殷国明文集 ⑤

死亡与孤独
艺术创作的生命体验

殷国明

———

著

九州出版社
JIUZHOUPRESS

图书在版编目（CIP）数据

死亡与孤独：艺术创作的生命体验／殷国明著．－－
北京：九州出版社，2022.11
ISBN 978－7－5225－1492－5

Ⅰ．①死⋯ Ⅱ．①殷⋯ Ⅲ．①随笔—作品集—中国—
当代 Ⅳ．①I267.1

中国版本图书馆 CIP 数据核字（2022）第 229979 号

死亡与孤独：艺术创作的生命体验

作　　者	殷国明　著
责任编辑	王　佶
出版发行	九州出版社
地　　址	北京市西城区阜外大街甲 35 号（100037）
发行电话	（010）68992190/3/5/6
网　　址	www.jiuzhoupress.com
印　　刷	唐山才智印刷有限公司
开　　本	710 毫米×1000 毫米　16 开
印　　张	19
字　　数	272 千字
版　　次	2023 年 8 月第 1 版
印　　次	2023 年 8 月第 1 次印刷
书　　号	ISBN 978－7－5225－1492－5
定　　价	99.00 元

引　子

在一段时间里，每当我思考一些人生和艺术的基本问题时，就不由自主想到死亡。在艺术研究中，我们往往不注意死亡——这一经常发生的事——的考察，不能不说是一种遗憾。因为只要对艺术稍有常识的人都会发现，死亡是艺术创作中最基本的一个主题，在表现人、塑造人的过程中，艺术家经常要面对死亡，经常要描写死、表现死，探索死亡的意义。

这就是我写这本小册子的开始。而当我深入思考这个问题的时候，死亡已不是一种空白，而成为隐藏着无数艺术家秘密的一个王国，艺术家与死亡构成的各种各样的关系令人着迷。记得但丁在《神曲》中曾写到过：主人公在森林中迷路时，为他引路的诗人维其略曾对他说，我将引导你经历永劫之邦，在那里你可以听见绝望的呼声，看见受苦的幽灵，末了，你才能走进上帝的住所。

如果我们真正具有但丁笔下主人公的勇气，那么在进入艺术的天堂之前，不妨先考察一下艺术创作中死亡的领域。

目　录
CONTENTS

三毛之死

艺术家与死

第一章

艺术与死

在但丁的《神曲》中，主人公在游历地狱之前，首先看到的是地狱之门上的题字："从我这里走进苦恼之城，从我这里走进罪恶之渊，从我这里走进幽灵队里。正义感动了我的创世主：我是神权、神智、神爱的作品。除永存的东西之外，在我之前无造物，我同天地同长久。你们走进来的，把一切的希望抛在后面罢!"——无疑，当我们跟随但丁走进了这地狱之门，才真正进入了但丁的艺术世界。

原来，地狱之门和艺术之门是相通的。

我们不希望如此，然而现在，我们希望如此。死神能够帮助我们打开艺术之门；而在艺术王国中看见死神，我们并不会感到过分恐惧，反而能够净化我们的心灵，进入更神圣的精神境界。

一、死与艺术的诞生

生命的终点是艺术的起点。

——一位记忆中的哲人

在艺术家与死的关系中，蕴含着人类生活中一个深刻情结，这就是死亡联结着艺术的诞生。在这方面，显然很多历史学家、人类学家都忽略了：艺术的起源不仅联结着一个光明普照的白天，而且深深扎根于无边无际的黑夜——这就是死亡。

原始艺术的起源，是和原始人类心灵需求分不开的。当时他们面临极其恶劣的自然环境，求生存是最重要的问题。在这种情况下，死亡也必然成为他们生活中最常见的事实。它在任何地方都可见到，随时都可能发生。如果人类不能在精神意识上超越它，就可能整天被困缩于一种极度惊恐的氛围中，无法获得一种肯定自我、超越自然的精神力量。于是，人类在肉体上无所逃避的情况下，开始在精神领域中寻求出路以征服和战胜死亡的恐惧。

从某种意义上来说，艺术就是人类所寻求的一种出路。

这条出路必须借助于心灵的创造，所以一开始就显露出梦幻特色。也许正是由于面对死亡，并且不愿被死亡统治和局限，原始人的幻想能力才迅速发达起来，日积月累，迈进了艺术创造的广阔空间。其实这个空间就由死亡而生成，最后亦扩展到"不存在"的境界；它神秘莫测，无边无垠，充满着不可知、不可直接把握的东西，甚至抽象的感情、情绪等。原始人利用这个空间创造了各种各样虚拟的生命形态和事物——这就是被人们称为艺术的东西。如果从这个意义上讲，没有死亡就没有艺术，并不是荒唐的见解。因为死亡一方面是人类无法拒绝，只能接受的事实。另一方面则是人类无所依附，无法确定的一个领地。人类只能依据幻想去确定、填补和超越它，用虚拟的方式去实现自己的探索和猜测。

从这个角度去思考艺术的产生，更能说服人们接受死亡的艺术意义，甚至深信不疑：从原始图腾崇拜到各种各样的原始舞蹈、壁画、雕塑和千奇百怪的祭祀活动，并不会因时间和科技发展而减少它们给人们带来的神秘感。这种神秘来源于它们的形式，同时也源于人类原始时期创造它们的心理动机。就后者而言，人类原始时期对于非凡的自然力量的崇拜和恐惧是一个极其重要的因素，因为恰恰是这种崇拜和恐惧，反归于人类本身，构成了一种深刻和强劲的生命和悲剧意识。今天，从大量的原始文化遗产中仍能看出，人类原始时期对人的生命出世，似乎并不难解释，表示人能够在一定程度上把握它；但是对于死亡却感到困惑不解，无法想象人将去何处。人类不仅设想出种种不可知的力量在冥冥中支配和决定着人的生死，而且确信人死后将进入另外一个世界。因此，人们有理由把生前许多良好的愿望，许多未可实现和解释的事由，寄托于这个世界。于是，人的肉体可能在某个时辰中止，而人的幻想却能够超越肉体，伸延到死亡世界。

因此，人类原始艺术创作的价值取向，大多并非由于现实生活的物质需要，而是为了满足某种心灵的渴求；并不依据于生前，而是指向"死后"的世界。无论是残存于高崖深洞里的壁画，还是庆祝丰收、打仗胜利的舞蹈，都包含着某种神灵降临的意味，人们不过是享受着神灵赐予的快乐，或者是祈求心灵能更接近神灵。

其实，对原始人类来说，艺术是探究和解释人的灵魂奥秘，并把它表达出来的一条途径，也是他们以为能接近神灵的一种方式，而这一切，都和死亡紧密连在一起。就此来说，原始艺术至今还会令现代人感到惭愧，原始人能够如此地接近甚至亲近死亡，远远不像现代人那样害怕和逃避死亡。因为在他们看来，他们生活在一个充满神灵的世界，死者和生者同在。德国学者格罗塞在《艺术的起源》中就曾谈到许多事例，说明原始人的人体装饰和舞蹈在很多情况下都与死亡有关。例如在澳大利亚土著的科罗薄利舞中，跳舞者要把身体的形状尽量扮得可怕，他们在每条肋骨处画一根白色的横条,此外又在他们的腕上、腿和脸画上白条,在晚间营火的光摇摆闪动下,看起来就像一具具活着的骷髅。在这种舞蹈中,人们无疑能够体验到一种进入死亡世界和接触它的快感。

这种情景在中国的民间文学中也能看到。鲁迅曾饶有兴趣地描绘过故乡绍兴迎神赛会的热闹景象:那些目不识丁的粗人和乡下人赤着脚,把脸涂上蓝色,上面又画些鱼鳞、龙鳞,或者是其他一些鳞片,穿着红红绿绿的衣裳,打扮成鬼卒、鬼王、无常……鬼卒拿着钢叉,叉环震得琅琅地响,鬼王拿着虎头牌……其中最精彩的是无常的出现:

> 在许多人期待着恶人的没落的凝望中,他出来了,服饰比画上还简单,不拿铁索,也不带算盘,就是雪白的一条莽汉,粉面朱唇,眉黑如漆,蹙着,不知道是在笑还是在哭。但他一出台就须打一百零八个嚏,同时也放一百零八个屁,这才自述他的履历。……

当时正处于心情极度痛苦中的鲁迅,显然从这种民间艺术活动中吸取了极大的力量,他写道:"我至今还确凿记得,在故乡时候,和'下等人'一同,常常这样高兴地正视过这鬼而人,理而情,可怖而可爱的无常,而且欣赏他脸上的哭或笑,口头的硬语与谐谈……。"(《无常》)在这种氛围中,最怯弱的人也会消除对死亡的恐惧,并且把这种恐惧转化成一种心灵上的大欢喜。

这正是一切艺术给予人们的最大恩惠。人们在死亡面前创造了艺术,而艺术又使人们坦然地面对死亡,把最深刻的恐惧感转化成为一种最疯狂的欢愉。从这个角度可以说,艺术就是一种人类与死亡的对话和交流,由此人类不断地克服自我与大自然、神灵、死亡世界之间的陌生感。在这个过程中,人们对死亡由惊怒、愤怒、拒绝逐步走向了接受和宁静,在死亡里不断发现和体验生命的复活与延续。

这种情景同样表现在人类原始图腾崇拜及各种各样的创作之中,我们应当把这看作是最初的艺术活动。在图腾崇拜和祭祀活动中,人们能够体验到的一切生命的神秘意味都和一个未知的死亡世界相联结。在这种活动中，神灵往往会以各种方式出现，向人们昭示有关未来的神秘信息。这些信息来自他们早已死去的远祖（他们已变成神灵），他们所崇拜的飞禽走兽和山水草木。人们以载歌载舞的形式来驱赶对死亡的恐惧，等待着神灵的降临。而在这个过程中，一些神巫就扮演"神灵的使者"的角色，当众表现出"神灵附身"的情景，向人们昭示来自死亡王国的信息。因此，原始艺术一开始就表现出"泛灵论"或"泛神论"的色彩，这并不奇怪，因为那时艺术是直接和死亡意识对话的途径。正像他们用神灵来解释大自然中种种无法理解和把握的现象一样，原始人也用神灵来解释生存和死亡。不过，在他们看来，生存是肉体的住所，死亡则是他们灵魂的家园。这两个世界几乎是同样丰富多彩。而艺术，作为一种心灵的创造，无疑也是神灵诞生和光顾的地方。原始人把神灵赋予万事万物，同时又从万事万物中看到了自己，解脱自己对死亡的恐惧。由此可见，把艺术的起源归结于对自然的模仿，是一种过于简单的推论，因为在原始艺术中，大量的模仿自然以及打猎生产活动的舞蹈和绘画，都带着某种心灵意义。与其说他们在模仿现实生活，不如形容为他们在召唤灵魂，乞求神灵的帮助。

由此可以说，艺术真正的诞生地是死亡；没有死亡，就没有艺术。没有死亡，人类就会无所恐惧，无所悔恨，无所理想，也就用不着制造一个虚幻的艺术世界来弥补人生的遗憾、来满足自己对永恒的追求和向往。由于死亡不可避免，人们才创造了艺术的天堂和地狱，把不能得到的一切，都寄托在天堂里，把所厌倦的一切都放进了地狱。天堂和地狱都是死亡世界里的景观。

死亡是艺术的发祥地，也是艺术成长的广阔的肥沃土地。人类从自己诞生之日起就开始在这块土地上耕耘，时至今天，人类已经使"死"的天地里充满了五光十色的形象和事物，而且必将会越来越多，其中不仅包括形态万千的神魔鬼怪，而且还有各种各样的瑶池仙境和地狱深渊。它们都是人类幻想的成果，陈列在人的肉体无法企及的神秘空间之中。在那里人们能够看到人的生命无可阻挡地延伸：人们借用艺术的双翼，毫不担忧面临毁灭，能够跨越生与死的界限，把人生命中未完成的使命，未得到的报应，推移到死的世界里去完成和实现，当人类旺盛的生命力在生的境界中受到压抑的时候，便会越过死亡的界限，到另一天地里继续扮演某种角色；或者成神成仙，或鬼或怪，或者进入天国仙境，或者被打到十八层地狱。艺术家把人在现实中的种种际遇，透过死亡的程序来安慰和满足自己，由此形成了艺术世界中别具一格的景观，比如吴承恩创作《西游记》，汤显祖创作《牡丹亭》，蒲松龄创作《聊斋志异》，都使人的精神世界进入了更广阔无垠的世界。

这个世界无疑在更高的层次——美与创造——上重新复现和肯定了生命过程，表达了人类一种深刻的内在欲望：生命在跨越死亡的一刹那再次复活，人在接受死亡和痛苦的过程中肯定了自己的永生和"不死"。如果说，诞生和死亡是人生命中两极的话，艺术所完成的正是从"死"到"生"的另一种转化。

由此，我们不仅肯定了死亡在艺术中的意义，而且对人生的痛苦有了更深切的生命体验。显然，痛苦不等于死亡，但是它与死亡的紧密相连是不容置疑的，正因为如此，痛苦被很多人看作是艺术的酵母和温床。在人的生命活动中，痛苦实际上是欲望和死亡互相对峙冲突的产物。因为欲望永远不能消灭和回避死亡，所以痛苦必定伴随人的一生，而且必定是死前的一种感受。如果生是一种欲望的升华，痛苦是一种死亡的过程，那么，这两者必定是无法分离的一对孪生子，谁也不能脱离对方而独自存在。人生命的无穷无尽的欲望鱼贯而出，促使生命冲动的火花不断爆发，而在这连续的迸发中形影不离的是死亡，欲望的实现不能不面对死亡，不能不满足死亡，因为唯有死亡才能最后消除痛苦。在这种情况下，人可以选择为了躲避痛苦而投奔肉体的死亡，也可以选择另一条道路，这就是用肉体的死亡来满足心灵的欲望。

这就是艺术的诞生。艺术创作意味着一种肉体的消耗和"死亡"，意味着"衣带渐宽终不悔，为伊消得人憔悴"，意味着把自己的肉体交给地狱，让自己的灵魂升上天堂。

于是，我们看到，在死亡和痛苦的深渊之中，开放出了美丽灿烂的艺术之花，从中国古代神话中的"精卫填海""夸父逐日"到古希腊悲剧的诞生；从屈原的《离骚》，到但丁的《神曲》；从司马迁的"发愤著书"，到海明威饮弹自杀，不朽的艺术作品几乎都与死亡紧密相连，而诗人徐志摩则在自己的诗中写道：

> 死，我是早已望见了的。
> 那天爱的结打上我的心头，
> 我就望见死，那个
> 美丽的永恒的世界；死，
> 我甘愿地投向，因为它
> 是光明与自由的诞生。
> 从此我轻视我的躯体，
> 更不计较今世的浮荣，
> 我只企望着更绵延的
> 时间来收容我的呼吸，
> 灿烂的星做我的眼睛，
> 我的发丝，那般的晶莹，
> 是纷披在天外的云霞，
> 博大的风在我的腋下
> 胸前眉宇间盘旋，波涛
> 冲洗我的胫踝，每一个
> 激荡涌出光艳的神明！

——《爱的灵感》

因此，一个真正的艺术家的灵魂，注定要承受死亡和痛苦的重压，因为上帝已把他们安排到生命的边缘——最靠近地狱的地带，他们除了面对死亡并从中吸取力量之外别无选择。这当然不是艺术的悲剧。相反，一旦艺术家再也感觉不到死亡，意识中不再有任何痛苦的影子，他的人生，他的思想已经被蜜糖水所浸透，那也就意味着其艺术生命的"死亡"。

这就是艺术对一个迷恋自己，并愿意把一切都奉献出来的人的馈赠。这种馈赠也可以说是一种遗传。一个艺术家一旦踏入艺术这条河流，就得继承一种世代相传的血液。这种血液从艺术诞生之时就已经形成，生命从那死亡的洞穴里涓涓流出，进入艺术家的灵魂深处，然后又回到死亡，完成一种永恒的轮回。所以，一个真正的艺术家，并不是时代的花瓶，也不是一代人能够造就出来的，他不能不作为一种人生的"祭品"，奉献到艺术的祭台上召唤古老的艺术精灵的复活。

艺术家就是这种人：他们自己承担了死亡和痛苦，而把希望和复活通过作品留在世上，纵使在死亡的痛苦中辗转反侧，也会为艺术而奋斗。记得日本作家川端康成曾经说过："我觉得人对死比对生更了解才能活下去。"鲁迅曾经把自己的作品看作是地狱边上的"野草"。粗看起来，好像是一种悲剧，实际上正好道出了他对艺术本质的深刻理解。正因为他一直站在地狱边上，对死有深刻的了解和体验，他的艺术创作才如此光彩照人。

艺术在死亡和痛苦的深渊里诞生。如果你愿意在这里和一些伟大的艺术家会合的话，请记着一位不朽的雕塑家的一句话：

一生下来便死去，是最幸福的人。

二、死亡与美

你是从天而降，或是从深渊上来，
美啊？你那地狱的神圣的眼光，把
善行和罪恶混合着倾注出来，因此，
可以把你当作美酒一样。

——波德莱尔《美的赞歌》

艺术就是一种美的创造——这个看法也许为大多数人所接受，虽然有些艺术家，例如列夫·托尔斯泰，并不认为如此，但是人们总是把艺术和美连起来看待和认识的。这不仅是由于古往今来的艺术家为人们创造了无数美的精品，丰富了人们对美的体验，而且因为对艺术的追求本身就是一种美——一种由人的生命力创造和体现出来的美。

粗看起来，美与死是两个相距很远的世界，美意味着和谐、快乐、光明，使人精神振奋，心身优美；而死亡，则携带着痛苦、黑暗、忧伤，使人感到恐惧，感到人生的末路。然而，令人难以理解的是，当我们在艺术的长廊中漫步时会发现，死亡和美相隔并不遥远。在很多伟大的艺术作品面前，每当我们对美发出赞叹时，死亡的幽灵往往也会在旁边恭候，这好像是阳光下的一片阴影，无法净化或除掉。

这种情景在最古老的艺术中就已存在。原始部落最盛大的狂欢活动往往在丧礼和祭奠时举行，人们载歌载舞给死者送行，墓穴成为最古老的"艺术品陈列室"，人们把精心制作的作品放在坟墓里，以供死者享受；有的在墓壁和棺材上刻画优美的形象，例如栩栩如生的飞禽走兽，豪饮和歌舞的场面，优雅的淑女等，都充分表现出死亡和美在艺术活动中唇齿相依的情形。在它们之间，艺术活动常常起到一种桥梁的作用，用以沟通人们的心灵。从这点来说，死亡和美在永恒的观念上达到了一致，死亡意味着一种永恒，美同样如此。

死与美能够在无穷尽的时空中形影相随。原始人把最美的创作奉献给神灵或祖先，不是没有道理的。一个活着的人，理论上是没有能力承受永恒的美的。

因此，在艺术发展中，宗教艺术的产生顺理成章地成为一个必然现象。换句话说，死亡与美如此紧密的关系同时沟通了艺术和宗教的关系。两者在原始艺术中本来就难分难解。原始艺术带着原始的宗教因素，其中对超自然物、精灵、诸神的膜拜都具有很吸引人的内容，就此而言，原始艺术活动同时体现为一种原始的神灵崇拜仪式，在这个过程中，人们既能获得艺术快感，也能体验到某种原始的宗教感情和信仰。在这里，很难说艺术依附于宗教，或者是宗教依附艺术。在原始人的感受中它们是合二为一的。

艺术和宗教之所以能够联姻，最重要的原因之一，就是彼此都要面对无可逃避的死亡，人们企图在心灵上追求永恒。在互相影响和渗透的过程中，可以说，艺术在宗教里找到了永恒的内容，而宗教则在艺术里获得了永恒的形式，两者相结合产生了宗教艺术。死和美在这里都找到了各自的归宿。无疑，宗教艺术创造了艺术史上一个辉煌时代，其长久不衰的魅力，就来自把死亡和美凝结为一种永恒。宗教艺术所创造的各种雄伟的神庙圣殿或其他建筑物，雕塑的神像、洋洋大观的壁画和浮雕，至今仍然使我们叹赏不绝，心灵为之感动，其中很重要的一点，就在于这些艺术品把死亡宗教化了，把它带入了一个永恒的精神境界，我们从美的形体和画面中感到了永恒的上帝并接受了死亡。

这种情愫在宗教音乐里表现得十分完美。宗教音乐创造了一种生命的神圣时空，让人们超脱尘世，进入纯净自由的天国。很多伟大音乐家的创造灵感都来自宗教，写出来的音乐带着庄严永恒、和平宁静、协调完美的感情，造就了一章又一章不朽的乐曲，巴赫、莫扎特、柴可夫斯基、贝多芬等都是其中的代表者。写过《贝多芬传》的著名作家罗曼·罗兰就曾深深地被这种情愫吸引，并把它带入了著名的《约翰·克利斯朵夫》之中。在这部小说中，音乐自始至终体现着一种和谐、永恒的旋律，盘旋于无垠的宇宙自然之间，使人们的灵魂飞升。约翰·克利斯朵夫在生命的最后时刻丝毫不感到痛苦，因为这时死亡已化入永恒的美之中，他已经接触到了上帝："噢，欢乐，眼看自己在上帝的至高的和平中化掉，眼看自己为上帝效劳，生活了一辈子：这才是真正的快乐！……"

在很多伟大艺术家那里，死亡与美在最后都是殊途同归于一种宗教情绪，从达·芬奇到但丁、列夫·托尔斯泰、陀思妥耶夫斯基、马克·吐温等，如果说宗教是引导他们进入无限的一种心灵方式，那么，这种无限也是死亡与美的一种极致。所以但丁经过了世界最深的地狱，最后所达到的境界只是一刹那的永久至高无上的光，他只能有感触而没有记忆。

除此之外，死亡与美的密切关系还明显地表现在悲剧里。尼采曾经把悲剧的诞生归结于酒神狄奥尼索斯与日神阿波罗结合的产物，把对悲剧的解释引到了一种历史的迷圈之中。在他看来，古希腊人之所以创造了奥林匹斯诸神，是因为他们认识和感觉到生存的可惧，然而，在他们的心灵深处酒神狄奥尼索斯本性是可以打破神灵的幻境，超越规范而获得满足的，所以埃司库勒斯笔下的普罗米修斯受苦的原因是他超越了梦神所坚持的个性规范和原则，打破了神界与人界的自然规律，所以必然要被苍鹰啄食。

显然，尼采的这种解释很有见地，但是很难令人全部接受。比如他把希腊艺术中的日神艺术和酒神艺术截然分开就很不恰当。因为假如把荷马看作日神艺术的最高代表，那么荷马史诗中的英雄赫克托耳得到死亡的预告后，就会回避与对手决战，但是他却作了相反的选择。其实，荷马史诗具有的永久的艺术魅力，来源之一就是英雄悲剧和这种悲剧的美，由此荷马史诗和希腊神话一道构成了希腊悲剧艺术的渊源。单从这一点来说，与其把悲剧的诞生归为日神阿波罗和酒神狄奥尼索斯互相结合，不如采取一种更简单和直接的说法：希腊人的死亡意识和对死亡的挑战产生了悲剧——一种死与美的结合。

真正的悲剧很难把美与死分开。这明显表现在：悲剧震撼人心的艺术力量总是来自死亡，而死亡只有成为一种美的时候才能如此感人，所以悲剧的美是死亡的美，悲剧中的死亡是美的死亡。对这种死亡与美的关系，别林斯基有一段话说得很好："我们深深地怜恤在战斗中牺牲，或者在胜利中灭亡的英雄；可是我们却不知道，如果没有这种牺牲，或者这灭亡，他就不能成为英雄，就不会通过他的个性，把永恒的实体的力量，世界性的，并非转瞬即逝的生活法则实现出来。如果安提戈涅埋葬波吕涅克斯的尸体，不知道这样做了之后，不可避免的死刑在等待着她，或者根本没有遭罹死刑的危险，那么，她的行为就将是善良的，值得称赞的，但却是普通的行为。在这种情况下，安提戈涅就不会引起我们的全部同情。如果她立刻在一个偶然的机缘中死掉，我们也不会惋惜她的死亡：因为每时每刻在这地球上都要死掉千千万万人，如果每一个人的死亡都使我们为之惋惜，那就是喝一杯茶的工夫都不会有了！不，年轻而又美丽的安提戈涅的过早夭折之所以会震撼我们的整个存在，仅仅因为我们在她的死亡之中看到了人类尊严的补偿，普遍的、永恒的事物对转瞬即逝的局部的事物的胜利，以及对之进行观察后会把我们的灵魂向上天提升，使我们的心灵因为感到崇高的欢乐而搏跳不已的这样一种丰功伟绩！命运选取了最高贵的精神容器，站在人类前列的最高尚的人物，体现着精神世界所赖以维持的实体力量的英雄们，来解决伟大的道德任务。"（《诗歌的分类和分科》）

所以，悲剧的高潮就是死神的来临，这也是美神最光彩照人的时刻。他们是同时出现的，这时美神成了死神嘴角的微笑，成了死者床前的鲜花和明灯，成了壮美的誓言和行动，而死神则给美神提供了足够自由翱翔的艺术空间，把鲜活的生命作为美的祭品。

莎士比亚的戏剧中就是如此，死亡总是伴随着人生在进入最高潮的时刻出现，也最能表达人物对善与美的追求。同时，莎士比亚几乎不轻待和漠视死亡，总是让剧中的人物穿着盛装走向结局，就像一次崇高壮丽的祭礼，死与美紧紧地拥抱在一起。例如《奥赛罗》就给我们留下深刻的印象。在作品中，死亡和美在矛盾中互相依存。死亡不仅调和了人与人之间的隔阂和冲突，而且铺平了通向美的道路。在这个过程中，一种是美的消逝所构成的美，例如苔丝狄蒙娜，她美丽，善良，贞洁，是美的化身，最后却被嫉妒的手毁灭；一种是为美的毁灭而死，也构成了一种美，例如奥赛罗的死，是出于悔恨及对美的倾倒和迷恋。他的生命是为美而存在的，一旦美被毁灭，他只有选择死亡，所以他最后说："在我看来，死倒是一种幸福。"我们看到，莎士比亚很少在作品中回避死与生的冲突，也不躲避死亡最后必将战胜生的结果，但是他决不允许死亡与美彼此永久地对立。他在完成一种对死亡的赞美的同时，也在完成一曲美的颂歌。

当然，死亡与美的这种水乳交融的关系，并不是一种必然，而是经过艺术家的艺术熔铸才形成的。死本身并不是美，只是在与美的对比和探索中，才拥有美的意味。事实上，出于一种本能的反应，没有人能够容忍死神在美神面前肆意而为，不过，它作为一个永恒生命的配角，可以使美神更加光彩照人。这好比一个脸色苍白的妇人站在一位明眸皓齿的美人旁边一样。这种现象在现代艺术中非常普遍。波德莱尔曾写过一首诗《腐尸》，诗人由这具尸体想到了优美的爱人，想到其最终也难免成为这副模样。葛赛尔记录的《罗丹艺术论》中有这样一段评语："当波德莱尔描写一具又脏又臭，到处是蛆，已经溃烂的兽尸（女尸）时，竟对着这可怕的形象，设想这就是他拜倒的情人，这种骇人的对照构成绝妙的诗篇——一面是希望永远不死的美人，另一方面是正在等待这个美人的残酷命运。"当然，这并不是这首诗的全部含义。在这首诗里，与其说表现了诗人对死的一种厌恶和恐惧感，不如说是表现了诗人对生命的一种理想和眷恋之情，从中我们可以领悟到美的一种转瞬即逝，一种不断的转化，一种深刻的心理记忆；最后是在生活中美与丑的不可分离。

在这里，我们也许要把艺术家放置其中。在死与美的关系中，作为美的发现者和创造者，在漫长的人类历史生活中，艺术家也充当着死亡的一种陪衬。他们是用自己的生命编织成花环或者把人生的痛苦酿成美酒，把花环放在人们走往坟墓的道路两旁，让美酒伴着自己的人生。大诗人李白有一首写得非常好的诗：

> 悲来乎！
>
> 悲来乎！
>
> 天虽长！
>
> 地虽久！
>
> 金玉满堂应不守。
>
> 富贵百年能几何，
>
> 死生一度人皆有。
>
> 孤猿坐啼坟上月，
>
> 且须一尽杯中酒。

——《悲歌行》

身置墓地，面对死亡，手持美酒，这是诗人李白的形象；然而，这不也正是世界上所有艺术家的心灵写照吗？

因此，尽管死亡是可怕的，但是很多艺术家都怀着一种淳朴的感情赞美过它。雪莱有一首名诗就是《咏死》，诗中写道：

> 像一个苍白，冰冷，朦胧的笑
> 在昏黑的夜空，被一颗流星
> 投进大海包围的一座孤岛，
> 当破晓的曙光还没有放明，
> 呵，生命的火焰就如此暗淡
> 如此飘忽地闪过我们的脚边。

> 人啊！请鼓起心灵的勇气
> 耐过这阴影和风暴，
> 等奇异的晨光一旦升起
> 就会消融你头上的云涛；
> 地狱和天堂将化为乌有，
> 留给你的只是永恒的宇宙。

在诗人笔下，死亡是一种苍白而又朦胧的美，是这世界上饱经风霜的人最宁静的归宿，死亡只是一次再生的机会罢了。他还在另一首诗中写道：

> 呵，美化了的死亡，平静，庄严，
> 有如这静谧的夜，毫不可怖；
> 在这儿，像在墓园游戏的儿童，
> 我好奇地想到：死亡必是瞒住
> 甜蜜的故事不使人知道，不然，

也必有最美的梦和它相伴。

——《夏日黄昏的墓园》

诗人对死亡的赞美，也是对美的一种领悟和追求。这种领悟和追求促使诗人向永恒和绝对的境界探索和开发。正像雪莱在一首长诗《心之灵》中说的那样，"美的精灵"是和"甜蜜的死亡"结为一体的，诗人要追寻完美的光辉、爱情和神性，就不能拒绝诗神的牵引，向死亡的深渊走去，经过痛苦和挣扎，经过生和死的磨难，才能找到梦寐以求的美的幻象，才能体验到永恒。

雪莱对于死亡和美的发现是独特的，作为一种心灵历程，也许不少艺术家都有相同或相近的体验，比如但丁、波德莱尔、陀思妥耶夫斯基、惠特曼、高更、塞尚、罗曼·罗兰等，他们在对美的理解和创造中，浸透着对死亡的思考和体验。也许，从另一个角度来说，死亡激发了他们追求美的热情并更深刻地体验它。

三、死与艺术家的创作冲动

还在小时候，为了寻访幽灵
我就走过许多幽室，洞穴，荒墟
和星夜的树林，以敬畏的步履
追求希望——希望和死者谈心。

——雪莱《赞精神的美》

很多艺术家在回顾自己创作生涯的时候，对死亡表现出了深深的理解和眷恋。例如海明威就曾说过："死自有一种美，一种安静，一种不会使我惧怕的变形。我不但看到过死亡，而且我读到过自己的讣告，这样的人为数不多。"究其原因，并不是由于艺术家格外厌恶人生，而是因为死亡曾在他们的心灵上留下了深深的印记，触发了他们的生命意识和创造冲动。

熟悉海明威作品的人，都会体验到这位艺术家创作中的意味。就像离不开性一样，海明威的创作也离不开死。死亡不仅是海明威作品的一个主题，而且是触发他进行创作的一种力量。他喜欢打猎，喜欢西班牙的斗牛场，是因为他在那里能够观察到死亡。在长期富有冒险性的生活中，海明威所熟悉的死亡以及他所熟悉的自杀，已成为他思想和创作中一种根深蒂固的东西。正如他自己所说的，"我每天同死亡生活在一起"，他在生命中所感到的"最大的乐趣之一就是感受到在死亡的控制下产生的对死亡的反抗"。这种来自死亡的强劲冲动，深深刻印在他的创作之中，给作品带来了一种惊心动魄的美。

我们来看《死于午后》。这是一篇描写西班牙斗牛场面的小说。斗牛，海明威不仅把它当作一种艺术来描写，而且当作是一出精彩的悲剧，其中所有参与的人物都在生与死中表现自己，死亡是否能接近人们，就掌握在勇猛的公牛的威力或者是斗牛勇士细巧灵活的手腕持着的利刃之间。显然，作品最动人心弦的力量并不仅仅是斗牛场血淋淋的恐怖悲壮场面，而是来自海明威深刻的生命体验。在这种体验中，生和死的考验并不光发生在斗牛场，因为在海明威看来，世界就是一个斗牛场，一个人活着就必须面对死亡，做一个真正的斗牛勇士或者是一头一再上前冲似乎是用铜皮铁骨做的公牛。在《死于午后》中，海明威不过是把自己这种体验灌注到斗牛场场景中罢了。对于这种体验，有时候，海明威也喜欢用另一种比喻："在我看来，整个世界就像拳击场，每个人都在场内。你只有还击才能生存，所以我时刻准备拿起拳击手套戴上就打。我当然一直参加拳击。我要打到生命的最后一天，那时我就要跟自己打，目的就是要把死亡当作一种美的事物来接受。这也就是你每星期日看斗牛时见到的那种悲剧美。我倒下了，观众也将以无关的兴趣注视我，就像西班牙的妓女看到公牛被斗倒时那样不动感情。"

无疑，海明威实践了自己的诺言，他作为一个斗牛士、拳击家、战地记者、士兵、打猛兽的猎人和捕鱼者，目睹和打败了无数次的死亡，而最后一个对象就是他自己。不过，当他饮弹自杀的时候，全世界的人都充满敬慕地望着他。他一直从死亡中吸取着创作的灵感，而在最后时刻，自杀也就成为他的最后作品。

从海明威创作中可以看出，死亡在艺术家心灵中所激起的反响是深沉而又尖锐的。如果一个艺术家不被死亡击倒，那么他就必须用更坚强的力量来和它抗衡，用生命去承担它，击败它。所以，对一个伟大的艺术家来说，死亡不仅不能扼杀他的创作激情，反而能够激起他生命中更强烈的生存和发展欲望，爆发出一种神奇的艺术创造力。当生命向艺术突进时，再没有比从死亡中更生的艺术冲动更坚强，更尖锐，也更耐久的了。一个艺术家一旦真正看到过或经历过死亡，就等于获得第二次或者更多次的生命，在心灵深处积累起更深厚的欲望和力量，一旦冲脱而出，就会产生出石破天惊的艺术作品。

实际上，对一些伟大的艺术家来说，死亡并不遥远。死亡并不仅仅存在于战争、斗牛、打猎之中，而且流淌在流放、监禁、追捕、贫困、疾病之中，而艺术家似乎注定要承受它们。就拿十九世纪俄国伟大作家来说，普希金、车尔尼雪夫斯基、果戈理、莱蒙托夫、托尔斯泰、陀思妥耶夫斯基等，都在自己的生活中经历过生与死的考验。他们把在死亡阴影中的奋斗和挣扎，转化为非凡的艺术创作力从而写出了永恒的作品。

普希金（1799—1837）很多优美的诗篇都写于流放和幽禁期间，例如《高加索的俘虏》《囚徒》等，显然，失去自由的生活使普希金的意识更加接近死亡。他1821年流放期间在《匕首》一诗中写下了这样的诗句：

自由被斩了首，横陈着尸体，
而那阴险可鄙的血腥的暴徒，
那丑恶的刽子手却一跃而起。

与此同时，诗人反抗黑暗的激情更加猛烈，他在《翻腾的浪花》中写道："欢跃吧，风，把这一池水掀起/快来摧毁这扼制我的堡垒——雷呀，自由的信号，你在哪里？/让你的霹雳飞驰过死水。"在这种情绪语境中，死亡最能引起诗人的冲动，无论是诗人的死，还是革命者的死，都能引起他诗心深刻的震动。诗人在悼念法国诗人安得列·谢尼埃（1762—1794）的诗中写道：

> 明天是死刑，人民经常的宴飨；
> 但是，青年歌手的琴弦
> 要弹唱什么？啊，它要歌唱自由，
> 直到临终也不改变！
>
> ——《安得列·谢尼埃》

普希金不仅是一个终生歌唱自由的诗人，而且也是一个一直和死亡的阴影进行搏斗的诗人。在他的心灵中，他已经"死"过多次：随着他所崇拜的拜伦的死，随着十二月党一些革命者的死，随着他许多朋友的死，最后，是他自己勇敢地走向死亡，正像他曾在《瘟疫流行时的宴会》里所写的："面对坟墓的黑暗我们浑身是胆，你的召唤不会使我们张皇……"

确实，很多艺术家真正经历过"死"的时刻。1864年5月19日，在俄国彼得堡的广场上，文质彬彬的车尔尼雪夫斯基被绑在刑柱上，刽子手把枪举了起来，沙皇政府最后想用假死刑来征服这位诗人的心。一串枪声呼啸而过，然而，车尔尼雪夫斯基仍然高昂着自己的头。

陀思妥耶夫斯基有着同样的体验：那是1849年12月22日凌晨，他和21名难友一起被带上了死刑台，面对着行刑的枪口，他们在狂风呼啸中听完死刑判决书，开始等待着死亡……而在这最后的时刻，一个侍从武官疾驰而来，送来了沙皇尼古拉一世减免死刑的许可令。事后，陀思妥耶夫斯基在给他哥哥的信中写道："要知道，我今天曾在死神那儿待了四十五分钟！我就是怀着这个想法活过来的，我经历了最后的时刻，现在又复活了！"

很难想象这两位艺术家当时的心境，但是，我们可以肯定，这种经历死亡的感受将构成他们一生中最深刻的心理记忆，在任何时候都无法磨灭。只要他们经历过，并且没有发疯，死亡无疑将构成他们人生和艺术追求中最深刻的动力，他们会对生活中的一切艰难险阻无所畏惧，会对自己所追求的事业无所保留地一往直前。车尔尼雪夫斯基和陀思妥耶夫斯基的创作生涯都证明了这一点。对他们来说，死亡所带来的冲动不是瞬间的、短暂的，而是一种持久的、不断增长的冲动，每当他们想起自己所经历过的死亡时刻，就会激起新的情感、新的创作。

这种情形在我一位作家朋友李晴那里再次得到了证明。这位朋友曾是年龄最小的"胡风分子"，也有过类似的经历。在一段心情不大畅快的日子里，我们曾谈到过车尔尼雪夫斯基、陀思妥耶夫斯基等人的经历，这位朋友不止一次谈起他的经历。每到这时，我总觉得有股力量向他的头部聚集，使他的声音也变得高昂嘹亮，好像在拼命地从一种莫可名状的惊恐中挣脱出来……我相信，对他来说，那一刹那经历永远是常新的，会不断地促使他进行新的思考、新的体验，由此他成了从地狱爬出来的人。

这种深刻的心理体验，我们在他的小说《没有阳光的城堡》可以看到：

> 一片惊诧之声，海啸般地由远到近。执勤组长本能地感到，观刑的人群正从他身后涌来。他跨前一步，向两个士兵狂吼：
> "瞄准！放！"
> "砰！砰！"
> ……
>
> 董昕看见，紧挨着自己的邝思梦轻轻颤抖了一下。洁白的雪地上，突然出现了一道鲜红的，呈霰状的血迹。他看见她那发着高热般的眼睛，凝神般地停止了眨动，然后扑倒在雪地上，像儿时扑向母亲的怀抱那样，扑向大地母亲那隆起的，洁白的胸脯。他还看见，杀夫犯在雪地上痉挛，抽动。他闭上了眼睛。

　　这是一次死刑，不过倒下的不是作品中的主人公董昕。他作为一个陪刑的人活下来了。但是，他由此真正懂得了普希金、陀思妥耶夫斯基、车尔尼雪夫斯基、尤利乌斯·伏契克、让·拉斐德、王若飞，更懂得了什么是人的尊严，什么是非人的力量。也许正是这种对人的深刻理解，使《没有阳光的城堡》成为一部富有感染力的作品。

　　在这里我们发现，很多经历过"死亡"的艺术家，会更加顽强地活下去，他们从死亡中所获得的不是悲观、无奈、软弱，而是征服一切的力量。经历过那次"死亡"后，陀思妥耶夫斯基曾在信中说："……哥哥！我没有灰心丧气，也没有悲观失望。到处存在着生命，生命就存在于我们体内，而不是体外。我周围将有一批人，我将成为他们当中的一员，不管遇到什么不幸，我都要永远和他们在一起，永不气馁，永不消沉——这就是生命的意义，这就是人生使命之所在。"恰是凭着这种从死亡中吸取的力量，陀思妥耶夫斯基把自己的全部身心投入创作之中，创作了《死屋手记》《被侮辱和被损害的》《罪与罚》《卡拉马佐夫兄弟》等传世名著，其中很多作品的最初构思是在服苦刑期间。死，经常环绕在他的笔下。这位大师在最后的日子里喜欢朗诵这样的诗句："我用旧约占卜，/我哭泣，我悲伤，/但愿劫运给我带来的/是先知的生命，苦难与死亡。"

　　对创作来说，死亡的力量来自一种对生命深刻的悲剧体验，它形成一种巨大的压力使生命内化，导致艺术家悲剧意识的产生。这时，死亡就会推动生命。法国雕塑艺术家奥古斯特·罗丹（Auguste Rodin，1840—1917年）曾经根据法国诗人维龙的诗《美丽的欧米哀尔》完成了一个"丑得如此精美"的《欧米哀尔》。在这作品里，罗丹从一个曾经年轻貌美、容光焕发的妓女身上，发现了一种来自死亡的震撼人心的力量。当一个比木乃伊还要干瘪的老妓女，移动着自己绝望的眼光，出现在人们面前的时候，她那两乳干瘪的胸膛，那满是可怕的皱纹的肚子，那满布筋节如枯干的葡萄藤的腿和臂，无不向人们透露出死亡的信息。这位年老的欧米哀尔，则因为活着像一具尸体一样的情景而使人深感恐怖并由此从生命悲剧中获得启迪。

这种恐怖无疑已经穿透了生命，到达了一个深不可测的地方。一个可笑又可怜的人，她热爱自己的青春和美貌，但是她看到自己的皮囊一天天衰败下去，却又无能为力。她所体验过的快乐和生命活力，所享受过的欢愉和生活琼浆，都已远离自己而去，而只有那趋于灭亡，将要化为乌有的肉体，在忍受着垂死的苦痛，她面对死亡似乎在默默发问：昔日的梦幻和欲望到底意味着什么？

这是死亡向生命投去的最后的注目礼。

很难猜测罗丹在创作这塑像时的真实心境，但是无疑他已经跨越了生命的全过程，从儿童到成年，从青春到死亡，进入了一种生死交接的神秘境界。他的目光已经穿越了生，延伸到了无穷的黑暗之中，在那里再一次地体验和发现人和人的生命的终极价值。

这种情景也许就是罗丹所说的一种"酸辛的快乐"，它来自死亡之谷，来自艺术家耳闻目睹的互相残害的生灵。憔悴的青春，衰退的精力，枯竭的天才，以及一切有关死亡的征象。

这种情景和陀思妥耶夫斯基、果戈理及我那位作家朋友在各自作品中所表现的死亡有相同的地方。在人类生活中，死，本身就是一出惊心动魄的悲剧，它比任何东西都更能打动人心，激发人对自身产生深深的同情和怜悯。一个艺术家不可能面对生命的毁灭而不产生悲悯，更不可能面对美好的生命的夭折而不产生仁爱之心，这就像冰冷的岩石投向火热的熔炉，死亡书写与生命相撞，必然会迸发出美丽的光华。

对很多艺术家来说，创作冲动就是这样产生的。死与生的碰撞在心灵中燃起了熊熊火焰，使他们无法遏止自己。名画《马拉之死》就是法国画家大卫（Louis David，1748—1825）面对死亡的杰作。现代艺术大师毕加索很多优秀的作品都是在死亡的冲击下创作的。1937 年 4 月的一天，德国法西斯的飞机对西班牙的一个小镇格尔尼卡进行了疯狂的轰炸，三个小时里有成百上千人被炸伤、丧生，毕加索义愤填膺，创作出了大型油画《格尔尼卡》。在这幅由黑、白、灰三种颜色协调起来的名画中，死亡和生存的欲望构成了强烈的对比，产生了强烈的感染力。在这幅名画中，生命被死亡撕成了碎块，生命在渴求生存时已竭尽全力，造成了变形，我们从中能够感受到人类最沉痛的悲剧意识和生命的活力。因此，可以说，死亡是刺激和激发人思维的打头石。当然，在艺术创作中，并不是一切冲动都来自死亡，但是死亡无疑能给很多艺术家带来深层次的冲动和灵感，把他们的艺术生命推向了高峰。在这些伟大的艺术作品中，死亡实现了不死。因为不仅在决斗中丧生的年轻诗人普希金是不死的，莱蒙托夫为普希金的死所作的《诗人之死》，同样也是不死的：

> 诗人死了！这荣誉的俘虏啊！
> 他受尽流言蜚语的中伤，
> 胸带铅弹和复仇的渴望，
> 垂下高傲的头颅倒在地上！……

四、死与艺术家的生命意识

> 诗人呀！请你为上帝的缘故，
> 引导我逃出这个森林和其他更坏的
> 地方罢；伴着我到你方才所说的境
> 界，一看沉溺在悲哀的深渊里的幽
> 灵，最后引导我到圣彼得的门。
>
> ——但丁《神曲》

死亡是一种生命的消失，是一种不存在，但是对艺术家来说并非如此，尤其是当死亡作为一种意识而存在的时候，它包含着丰富的内容，艺术家生命的意义往往通过对于死亡的观照而清晰地显露出来。

死亡不可避免。几乎所有艺术家都不得不面对这个无情的事实。这意味着一切都将过去，都会消失，无论是痛苦、悲伤、绝望，还是幸福、满足、信心十足，都将殊途同归，沉没在那个无边无际的黑暗里；死神默默无声地坐在幽暗的角落里，冷眼旁观，最后由他来结束一切。死亡是一种命运，而且是一种已知的命运。既然如此，很多声音都在问：人为什么而活着？为谁而活？有什么意义？……也许正是在这里，生命意识开始觉醒，开始从已知的命运中流去，流向那未知的天际，追寻着各种答案。生命意识是一种对死亡的反证，既可以看作是一种对死亡的挑战，也可以看作是一种对死亡的认同，它的目的只有一个，就是用生命之光照亮生命自己，使生命意识到自己短暂的存在。

在这个过程中，无数艺术家在思考死亡，为生命本身的意义而苦恼和追寻。西方的柏拉图向绝对理念求救，东方的庄子则在大自然中寻找解脱，古希腊悲剧作家拼命地与必死的命运抗衡，而中国的屈原已经开始向九天探索……各种有关生与死的看法，就像夜空中的群星闪耀，给人的生命活动增添光彩。

无疑，生命是美好的，贪生是人与生俱来的一种本能。也许正因为如此，热爱生命——这是美国作家杰克·伦敦的一部小说的题名——成为古今中外一切艺术家所关注的一个主题。无数艺术家在自己的作品中纵情歌颂过生命和对生命的迷恋。因此，"不想死"绝对是一种极合理的生命意识。记得美国作家斯威夫特曾在《格列佛游记》中非常风趣地写道："一个人已经一条腿跨进了死亡，一定会用力把另一条腿撑住。年老的人总希望多活一天，而把死亡看作最大的不幸，天性随时鼓励着他要他躲开死亡。"显然，这句话对于一些醉心于描写人求生本能的作家来说，丝毫不言过其实。只要读过杰克·伦敦的《热爱生命》的人都会感到这一点。

热爱生命，这不仅意味着要保存性命，而且包含着开发和发展生命，向生命索取人之所需。所以，"尽取时间所给予的稍纵即逝的好处"——这是莎士比亚留给世界的一句名言——这句话的意思被古今中外很多艺术家用不同的言词重复过，表现过。例如歌德就写过这样的话：抓紧现在的时刻；每一种情况的忍耐，每一秒钟的忍耐，都价值无限，我像一个在一张牌上押大笔赌注的人，一直在"现在"上押赌注，而且这不是夸张，我总是设法把赌注押高。

歌德的这段话显然和萧伯纳的一段话相映成趣:"对我而言,生命并非短暂的蜡烛。它是一种光辉的火炬,此刻为我所拥有,在交给将来之前,我要使它尽量烧得光亮。"

正如王蒙所言,创作是一种燃烧,这是一种生命的燃烧。

但是,这种对于生命充满信心和勇气的态度,并不意味着艺术家的意识深处已经摆脱了死亡的阴影,能够坦然地接受死亡或者和死亡说声"再见",恰恰相反,"押赌注"和"尽量烧得光亮"本身就显示了一种悲剧性的挣扎。因为他们在体验生命的同时,就已经深深地意识到生命的有限性,尽量把一种瞬间的追求扩大到无限的时空之中,从而不能不把生命看作是一个步向死亡的过程。

显而易见,死亡不仅加强了艺术家对生命流逝的知觉,而且加深了生命的悲剧意识。在这方面,对于生命,大部分艺术家并不那么乐观。例如有人设想生命就像暗夜天空中的流星;有的设想生命如同蜡烛,光亮用死亡的泪水换取;还有的则把生命视为一块画布,一位中国诗人写道:

> 生命无非是一块画布,
> 拿着笔在上面乱涂;
> 看涂的都是些什么,
> 不过是一片庞杂的颜色
> 到此刻没有画出形象,
> 一支蜡却费去这么长。

——罗慕华《画家》

从某种程度上来说,艺术家对自我生命的体验,同时也成为对死亡来临的一种体验。在这种体验中,时间和生命难以分开。时间是可以分割的生命,生命是不可分割的时间。时间之河永不回头,生命也永远不可追回。

很多艺术家对时间的流逝表现了异乎寻常的敏感性，留下了无数感叹时光不再的艺术作品。艺术家的不幸就表现在他每时每刻都感觉到"死亡"，对时间的惶惑经常扰乱他的心境。例如高尔基面对时钟时就曾写道："在时钟的不息的运动中没有静止之点，——我们能把什么称作'现在'呢？头一秒钟产生之后，第二秒随即而来，把第一秒推进未知数的无底深渊……"（《时钟》）时钟高悬，就如同死亡之星高照。这会使我们想起美国作家爱伦·坡小说中的一个场面：一个人被捆在木床上，上面是一把钟摆的利刃，时间每过一秒，那利刃就离他的胸口更近，直至戳入他的身体……生命实际上是生和死的交叉，任何一个人的生命过程都隐藏着，进行着千万次的死亡。

实际上，艺术家要追寻生命的意义，就不能不面对生命的流逝，尤其是当把个体的生命融入无限的宇宙时空里，感觉就格外强烈。所以中国古代有很多感叹人生短促的诗句代代相传，至今还为人耳熟能记。例如屈原《九歌》中的"时不可兮再得，聊逍遥兮容与"；曹植笔下的"惊风飘白日，光景驰西流"（《箜篌引》），"人生处一世，去若朝露晞"（《赠白马王彪》）；曹操诗中的"对酒当歌，人生几何？譬如朝露，去日苦多"（《短歌行》）；陶渊明所咏"人生无根蒂，飘如陌上尘"（《杂诗》），陈子昂的名诗"前不见古人，后不见来者，念天地之悠悠，独怆然而涕下"（《登幽州台歌》），如此等等，无不唤起人们对生命的悲剧性的感慨思考。

在中国，这种悲剧性思考并不局限于人的个体生命本身，而是涉及整个宇宙自然的存在。这也许构成了中国艺术家生命意识中的一个重要特色。人生的短促有限是在和悠远无穷的宇宙自然的对比中显示出来的。当一个人面对永远流动的江水，面对那向四方伸展万里的海洋，面对天空的星云；当一个人的灵魂和无穷的宇宙接触，并开始伸展到无限的时空的时候，便会意识到个体的生命是多么渺小和微不足道。

这种情形一开始就构成了艺术家生命意识中的冲突：死还是不死——正像哈姆雷特所说的那样；它们构成了艺术家意识中的两个极点，让生命不断在中间摆动。在这个过程中，信心百倍和垂头丧气往往是艺术家两种靠得很近的情绪。面对生命之河一无悔恨地向前奔流，艺术家比任何人都满怀着希望和恐惧。有时候，当希望来临，他情愿付出自己的一切，但求停止河水的奔流，让美好的瞬间永驻；有时候，心灵被痛苦和焦虑袭击，他又情愿河水流得快些，甚至乞求生命连同不幸和灾难一起化为乌有。因此，在艺术家那里，死亡常常扮演着两种不同的角色：一种是可亲可近的天使，它代表着公正和仁慈，能够使受苦受难的人脱离苦海；一种则是面目可憎的魔王，它是不义和罪恶的化身，带来美好事物的毁灭。

由此，在生与死的对垒中，艺术家必须肯定自己生命的意义和价值，否则他可以选择生存，也可以选择死亡，但二者都不能够证明自己。对艺术家来说，死亡不再是另一世界的事情，而成为意识中的一种存在，一种选择。一个人无所追求，又无力获得生活的激情，心灵萎靡，趋于无能、冷漠、麻木，这都是一定程度的死亡，可以说这种"死亡"比真正的死亡更为可怕。在这个过程中，意识不到死亡和痛苦也是一种"死亡"，这时候唯一能够使他们得到快意的就是追寻，在虚无中体验有意义的生命。

很多艺术家之所以走上自杀的道路就在于此，对他们来说，生命中最不能承受的并非死亡的痛苦，而是人生的无意义或是寻找不到意义，所以苏联诗人叶赛宁自杀时留下这样的诗句：

朋友，再见，不必握手告别，

不必愁眉不展，不必忧烦，

过这种日子死了并不新奇，

可活着，自然也不怎么新鲜。

年仅三十岁的诗人自愿选择了死亡，但他用这一举动证明的并不是死亡，而是生命的意义；不是虚无，而是一种存在。

这种意义的存在，也许并不会得到他人的理解，但却实实在在存在于艺术家的生命意识之中。艺术家需要在精神上拥有完整的自我世界。显然，完整地拥有我自己——作为一种生命意识，包括拥有死亡。尽管死亡表现了生命的负面，艺术家却无法把它排除于"我"之外的世界。当然，"拥有死亡"，并不仅仅指死亡的实体，而是指死亡意识。当一个人麻木不仁或者稀里糊涂地活着，死亡可能是他不会想到或者不希望想到的，但是当他需要完整地意识到自己——一个有血有肉的，具体而真实的人——时，他就不能不感觉到死亡的存在。艺术家对此无所逃避，只能像接受自我一样接受死亡。

于是，艺术家也许成了世界上最不幸的人，因为他们所追寻的必定是永远追寻不到的，这意味着他们永远不可能满足，他们的生命永远处于尖锐的冲突之中。原因很简单：他们所追求的是生命的完整性，这就意味着不仅要满足自己生的本能，也要满足自己死的本能；既想让自己的灵魂上天堂，又不愿让自己的肉体遭受磨难。

实际上，正是在这里，艺术家与宗教家发生了争执和冲突。我们曾经谈过，在死亡的问题上，艺术和宗教曾经非常贴近地站在一起，并且可以手拉起手一起唱赞美歌，但是它们终究不能成为一体，因为宗教意识的核心是上帝，人的生命只是一种牺牲，一种奉献，人只有在活着的时候把自我奉献于上帝或佛祖面前，才能死后进入天堂。而艺术意识的中心则在于人的生命本身，人本身就是一项目的，在艺术中，生命奉献的对象不是上帝或其他什么，而是生命本身，所要求实现的满足是生命过程中的满足。所以，宗教家会为来世而活着，能够对现实生活中的一切怀着淡然的态度，而艺术家则不同，他们的痛苦与欢乐都倾注在今生今世的生命过程中，把一切对无限的追求都集中在有限的生命之中。

也许正因为如此，很多艺术家在上帝面前是一些不可救药的"放荡儿"。因为在他们的生命意识中，本能、欲望、肉体并非丑恶的、可怕的，而是快乐的泉源。关于这一点，希腊悲剧中就有人告诉我们："……啊，朋友，你可懂得，人生在世，是怎么一回事？我想，你不懂得。那么你听我说吧。世上没有一个人能知道来日的遭遇。因此，我对你说，要想开一些，能吃就吃，能喝就喝，今朝有酒今朝醉，此外一切都是假的。其他一切东西，你都要把它们丢在一旁；好好地听我的话吧。把重重地压在你心上的烦恼丢掉，进房来，跟我一起喝酒。等会儿酒倒入杯中，发出声音，你听了心中的忧愁就会消散了。你就是凡人，就得像凡人那样寻欢作乐；对于那些愁眉苦脸的人——假若我评判得对的话——生活已不是生活，只是一种苦难罢了。"（《阿尔刻提斯》）

既然来者不可追，不如今朝有酒今朝醉——这种及时行乐，追求享乐的想法，可以在很多艺术家身上看到。他们一边感到人生就是一场梦，承受着巨大的悲剧意识；一边经常穿梭于醇酒美人和醉生梦死之间。在一些艺术作品中，根深蒂固的悲观和毫无节制的放荡，往往珠联璧合地结合在一起。艺术家往往就是一群拼命消耗生命，又拼命享受生命的人，他们意识中一方面是生命的饥渴，另一方面则是生命力的充溢，他们通过消耗自我来满足自我，用自己的生命沟通了生与死的世界。

然而，这个世界是不平静的。正像很多艺术家都曾被宗教所不容一样，艺术家的灵魂也很难达到一种真正的平静，生与死，欲望与规范，理想与现实，灵与肉，经常处于冲突之中，心灵的焦虑，灵魂的动荡，良心的不安，构成其意识活动中难以平息的波澜。在这种情况下，确实有很多艺术家皈依了宗教，但是，这在他们的灵魂中并没有消除冲突，而只是为了获得一种精神上的支撑，希望借助上帝的力量把自己从自杀的边缘上拉回来，使灵魂中的搏斗进入一个更高的层次。列夫·托尔斯泰就是很好的例子。在自己的作品中，他曾经多次让笔下人物在灵魂极端矛盾的时候走向宗教，比如《战争与和平》中的彼尔，《安娜·卡列尼娜》中的列文，《复活》中的聂赫留道夫都是这样，由此获得心灵上的安宁。然而作家本人则一直处于激烈的心理矛盾之中。直到最后，已经八十二岁的托尔斯泰，从家中出走，期望在自然中寻求心灵的平静。

所以，在艺术家的意识中，魔鬼往往与上帝同在，但是它们真正的主人是艺术家自我。对艺术家来说，面对死亡最终是面对自我，因为死亡已经"内化"，成为自我内在的一种属性，它不再属于自然和他人，而是属于自我。从这个角度来说，艺术拥有最自私的品质，也具有最无私的品质，就前者而言，艺术绝对是属于自我的，它出于生命的本能需要，全然为了一种自我享受、自我完善和自我实现；从后者来说，艺术又意味着一种献身，必须全心全意投入艺术创作中，达到忘我的境界，才能真正享受艺术所给予的快乐。艺术家在艺术追求中所达到的最高境界，既是我拥有、我占有、我享受，也是"占有我""拥有我"和"享受我"的完整体验。在这个过程中，艺术家显然与死亡形影不离，是能够在死亡之中看到自己的存在，体验到自己的生命。

在这里，死亡已经完全回归到自我，这是它最有意义的归宿。换句话说，艺术家对于死亡的探索和思考，其最终意义是对自我的探索和思考，是为了在茫茫的宇宙中把握住自己，避免自我的迷失和丧失。正是为了达到这个目的，艺术家愿意在天堂看到自己，也愿意在地狱中看到自己，这大概正应了鲁迅《墓碣文》中的几句话：

> 于浩歌狂热之际中寒，于天上看见深渊。于一切眼中看见无所有，于无所希望中得救。

第二章

死亡的艺术过程

死神进入了艺术世界，就具有了自己独特的生命，它有自己的风采，亦有自己的生命过程，不再是两个生命之间的空白，艺术家赋予它生命的孕育、开始、发展和终结——这就是死亡的艺术过程。

其实，在和平时期的人们，有关死亡的大多数经验都来自艺术，包括电影、电视、绘画雕塑和文学作品。显然，艺术作品中死亡的过程不同于现实中的死亡，它具有特殊的美学意义，也必然有自己独特的形式和活跃的时空。正如莎士比亚《哈姆雷特》中的鬼魂一样，死神在向我们招手的时候，总是希望我们能跟随着它，假如我们有勇气跟他去，他就会告诉我们一个震撼人心的秘密。

一、死亡的预兆

如果有人愿意跟从我，就应当拿起他的十字架来跟从我。凡是想救自己生命的，必丧掉生命；但为我牺牲生命的，必得到生命。

——《新约全书》

从宗教观念看来，也许只有上帝才有权发布死亡的预兆，但是艺术家在创作中却经常替代上帝，用自己特殊的方式预示死亡的来临。显然，艺术家与宗教家不同，艺术家所感兴趣的并不在于死本身，而是死亡的过程。这个过程对人的生命来说是反方向的，然而和生一样，其有萌芽、发展、完成的过程，死神往往隐藏于生命深处，并不轻易抛头露面，只是偶尔悄悄地出现，以非常隐蔽的方式向人们转达即将来临或必然来临的信息。

艺术家对于人生命的发现，同时也意味着一种对死亡的发现，后者不仅是艺术家探索和表现人生的重要方面，而且也是艺术家对死亡的应战。孔子早就说过"未能事人，焉能事鬼，未知生，焉知死"，这说明死是比生更难把握的一种现象，死亡体现一种偶然，一种未知，一种无法确定的存在，它常常不期而至，也常常姗姗来迟。如果艺术家完全听任于此，被动和盲目地等待死亡的来临，那就等于让自己陷入了一片无序、混沌和紊乱的死亡世界之中，被死神随心欺骗和捉弄；艺术家也就无从显示自己的存在。在这种情况下，艺术家应战死亡的第一步就是发现死亡，在偶然中发现必然，在无序中发现有序，在紊乱中建立一致，自己来充当命运之神的角色。

于是，死亡在古今中外很多艺术作品中，首先表现为一种预兆，艺术家成了死神的使者，他能够在各种各样的情景和意境中发现死，并且借用各种方式把死亡的信息传达给人们。至今为止，对于死亡的预兆在艺术创作中的表现尚没有进行深入研究，但这无疑是一个内容丰富而又深奥的课题。这不仅在于艺术家的创作是多种多样的，使死亡预兆常有丰富的历史文化色彩，不仅在于这些预兆本身表现了人心灵深处对生命的特殊感应和知觉能力，潜藏着人与自然交接的一种神秘关系，而且在于这些预兆本身表现了人的艺术创造和幻想力，是一种对美的发现和创造。

关于死的预兆，我们在最古老的艺术中就能发现，比如原始艺术的舞蹈、壁画、图腾崇拜之中，都包含着一种向神灵求助的意味。据现存的一些史料记载，在原始部落中活跃着一些"先知"，他们借助迷狂（主要是指创作过程中出现的一种感情高涨、全神贯注、物我两忘、如有神助的心理状态）能够与神灵交通，把一些凶兆传达给人们。同时，原始部落中还流行着占卜活动，由此来决定生活中的吉凶生死。这些活动本身就带着浓厚的艺术意味。例如中国最早论及艺术形象的言论就出自《易经》，其中就有"天垂象，见吉凶，圣人象之"的说法，表明古人很注重从一些自然现象中去获得预兆，由此出发，中国古代对艺术有一种根深蒂固的看法，都与神灵和天人感应有关。

在古希腊神话和传说中，死亡的预兆往往来自神灵。例如特洛伊王后赫卡柏在生育儿子帕里斯之前就做了一个可怕的梦，梦见火灾在毁灭整个特洛伊。后来这个梦果然变成了现实。而预言家在这当中充当着神灵的传信人。

这一方式也保持在《荷马史诗》和古希腊悲剧之中。在《荷马史诗》中，神灵不断把死亡的预兆显示给希腊和特洛伊英雄，使这些英雄在与死亡的对抗中表现自己的英勇。例如希腊英雄阿喀琉斯在攻击特洛伊之前就已知道自己必死无疑。当他再次走向战场之时，一匹马再次用天神赫拉赐予的声音告诉他："也许令人生畏的阿喀琉斯，这次我们完全能够救你，然而你的末日临近了。你死的原因不在我们，而在伟大的神和强大的命运女神摩伊拉。你注定要被一位神和一个人所杀。"而这位英雄则这样回答："我自己知道得很清楚，我注定要死在这里，远离自己的父母，但在特洛伊吃尽战争的苦头之前，我决不罢休。"

在希腊悲剧中，死亡的预兆成为剧情发展中的一个核心因素，用以显示命运的强大力量。在索福克勒斯的《俄狄浦斯王》中，预言家忒瑞西阿斯所领悟的正是神灵的预言。剧中的拉伊俄斯和俄狄浦斯在事先都已得到命运之神的预言，并且想尽力逃脱。在这个过程中，死亡的预兆——俄狄浦斯注定要弑父娶母——一直贯串于全剧始终，成为人物悲剧结局的根源。

　　即使在人们不再乞求天神的时代，死亡的预兆在艺术作品中仍继续存在。在中古艺术创作中，除了上帝冥冥中的召唤之外，鬼魂也频繁地出来预告死亡，比如中国的古典戏剧和《聊斋》之中，鬼魂是经常出现的。按照中国传统观念，人在临终之前，阴间的无常会来索命，人若看到它的出现，死期也就不遥远，所以艺术家也常常借助鬼魂来达到复仇的目的，例如在《王魁负桂英》中，最后由桂英的鬼魂活捉了王魁，在《窦娥冤》中，是窦娥的冤魂最后复了仇，等等。在西方的戏剧和小说中，鬼魂也曾担任着很重要的角色。薄伽丘的《十日谈》中就有鬼魂复仇的故事；在莎士比亚的戏剧中，鬼魂的出现不仅报告着死亡的原因，而且也预示着新的死亡，例如在《哈姆雷特》中，鬼魂在把一种永恒的神秘向一个血肉的凡人宣示时，就意味着新的悲剧的诞生。

　　当然，在艺术作品中，死神的使者并不一定都以鬼魂面目出现，它会以各种面目出现，例如疯人、盲人、乞者、衣冠楚楚的牧士和医生等。在这方面艺术家所表现的情景令人惊叹不已，例如我们在诗人戴望舒的笔下所看到的夜行者也许就是一个死亡的传信人：

　　　　这里他来了，夜行者！
　　　　冷清清的街上有沉着跫音，
　　　　从黑茫茫的雾，
　　　　到黑茫茫的雾。

　　　　夜的最熟稔的朋友，
　　　　他知道它的一切琐碎，
　　　　那么熟稔，在它的熏陶中
　　　　他染上它一切最古怪的脾气。

　　　　夜行者是最古怪的人，
　　　　你看他走在黑暗里，

戴着黑色的毡帽，

迈着夜一样静的步子。

——《夜行者》

如果哪一天，这位夜行者突然坐到了谁的床前，这人必死无疑。这也就是纪伯伦（1883—1931）所表现的情景，死神会把手指轻轻放在人的嘴唇上，摄取了他的真魂，或者用手捂住他的嘴，让他的灵魂随风飘去。

实际上，随着艺术的发展，死亡的神秘性不仅没有消失，反而更强烈了，这也使得死亡的预兆更为生动，更为多样化，魔鬼、猎狗、乌鸦、黑猫、黑蝴蝶，以及各种各样的自然现象，都能够把人带到一种死亡的阴影之中，这在爱伦·坡、毛姆、舒伯特、霍桑、斯特林堡等艺术家的作品中都有所表现。

令人感兴趣的是，一些艺术家对于死亡预兆的敏感性，并不完全出于虚拟和想象，而是来自信仰和理性，他们很相信一些神秘的启示。例如当招魂术在十九世纪的欧洲风靡一时的时候，很多艺术家就曾迷恋其中。维克多·雨果就是一个。他自己非常相信预感，相信人能够和幽灵进行对话，因此他梦想着自己进入预言的境界。雨果在很多诗中表现了"白衣女士"的降临及其所带来的另一个世界的信息。雨果的中篇小说《死囚末日记》所描写的就是死亡的预感。

显然，当艺术家距离神灵越来越远的时候，心理状态就显得越来越重要。这时，死亡的预兆就会成为一种死亡意识的反射，人的心理愈沉重，愈趋向死亡，死亡的阴影也就愈容易出现；死亡就会以各种各样的面目出现。这在爱伦·坡、波德莱尔、鲁迅、毕加索、海明威等人的创作中都有表现。例如，爱伦·坡是一个很悲观的作家，他的作品一直难以摆脱死亡的纠缠，到处都能看到死亡的预兆，其作品中的主人公也常常生活在死亡来临的恐惧之中。

比如《黑猫》，主人公把作品中的黑猫起名为普路托（普路托原是希腊神话中冥王的名字），就表达着一种死亡的信息。这只黑猫一直跟着主人公，怎么赶也不走，主人公越来越感到恐惧，在一次酩酊大醉之时，用小刀把猫的眼珠剜了出来，后来又活活将它吊死，当天晚上主人公家就发生了一场大火……从此主人公注定无法摆脱这只黑猫的纠缠，直到他杀了人，最后被送到刽子手的手里。

在有些艺术家的笔下，死亡的预兆来自一种心灵的幻象，例如在福楼拜的《包法利夫人》之中，爱玛临死前听到人行道上一个盲人的歌声，相信自己已经看见了一个乞丐的丑脸——这意味着死神即将来临。

在歌德的《少年维特的烦恼》中，维特自杀前看到了一个白发行吟诗人，一边在荒野中蹒跚行走，一边呼唤着自己的青春；在海明威的《乞力马扎罗的雪》中，主人公脑海里几次出现雪的景象，也是一种死亡的预感；在《永别了，武器》中，雨对凯瑟琳·巴克莱来说，就是一种死亡的幻象，她不仅一次次地感觉到自己将在雨中死去，而且最后证实了它，如此等意象，都深刻表现了人物在特定情景中的心理状态。

这种幻象当然并不能一概而论。在艺术家的笔下，它们有可能出于一种有意识，也可能出于一种无意识。前者是人面对死亡的感觉和思索，已经意识到死亡即将来临，自己已经无法躲避；后者则往往出于一种本能的恐惧，出于前途吉凶未卜的担忧。作为一种有意识的预兆，常常伴随着艺术家死亡意识而来，对于死亡的思考经常导致死亡幻象的出现，笔下的人物也会透露出死亡的信息。例如鲁迅的作品就经常透露出死亡的信息，这种信息来自他对现实社会的深刻感受。1925 年 5 月鲁迅在《"碰壁"之后》一文中曾谈及："华夏大概并非地狱，然而境由心造，我眼前总充塞着重叠的黑云，其中有故鬼，新鬼，游魂，牛首阿旁，畜生，化生，大叫唤，小叫唤，使我不堪闻见……。"鲁迅处于这种经常与死亡打交道的心境之中，对于死亡的预感也会更加敏感和强烈。比如 1926 年 2 月，在北京枪杀学生的"三一八"惨案发生之前，鲁迅就预先感到了死神的来临。他在文章中突然提到了无常："记得幼小时候看过一出戏，名目忘却了，一家人正在结婚，而勾魂的无常鬼已到，来到婚仪中间，一同拜堂，一同进房，一同坐房……实在大煞风景，我希望我还不至于这样。"这个不祥的征兆，不久就被证实。当时鲁迅正和许广平热恋，虽然并没有被无常勾去，但是共同经历了"民国最黑暗的一天"，陷入了非人间的悲凉之中。

死亡就隐藏于生活之中，但是很多人感受不到，只有对死亡有深刻体验的人，才能在生活中发现死亡，发现正在形成的死亡的萌芽。鲁迅就具有这种敏锐的眼光。在《祝福》中，鲁迅一开始就发现了"死亡"，死亡的预兆清晰地从祥林嫂那脸上，尤其是眼睛中流露出来。作品这样写道：

> 脸上瘦削不堪，黄中带黑，而且消尽了先前悲哀的神色，仿佛是木刻似的，只有那眼珠间或一轮，还可以表示她是一个活物。

鲁迅曾说过，他爱画眼睛，更想画国人的灵魂。在《祝福》中，眼睛不仅是心灵的窗口，也是透露死亡信息的窗口，我们从祥林嫂那变化着的眼神中能够清楚地读到"死亡"，鲁迅很细致地描写了其中所包含的悲哀，疑惑，麻木，恐怖，绝望的内容。显然，这种死亡的预兆给作品带来了浓厚的悲剧色彩，也表现了鲁迅自我浓重的悲剧意识。

如果我们继续探讨就会发现，死亡的预兆所显示的并非仅仅是死亡，实际上它以一种特殊方式指向了人物的灵魂和他们最后的命运。有时候，它会是一种"意会"到的必然性，把生活中的一些偶然现象刻印在人物命运中，成为生命意识本身的标志。例如，在列夫·托尔斯泰的《安娜·卡列尼娜》中，安娜最后自杀的预兆，在她刚到莫斯科的时候就已出现了。在火车站上，一个人卧轨自杀，使安娜心灵受到很大的震动，她忍不住自己的眼泪戚戚而下。这一情节不仅预示了安娜的结局，也表现了安娜当时的心境：她已经把自己的命运全部交付给了自己不能把握的未来，当她跨出这一步的时候就意味着再无退路可言，除非死。

这种情形在托马斯·哈代（Thomas Hardy，1840—1928）笔下经常出现。在长篇小说《德伯家的苔丝》中，苔丝和安吉尔在结婚的喜庆时刻，听到了雄鸡的叫鸣——按照习俗，雄鸡在下午叫是凶兆——这实际上预示着苔丝最后的悲剧。当然，种下这悲剧祸根的并不是那只雄鸡，它的啼叫只不过唤起了苔丝心中对未来的恐惧感和不安全感，因为她无法预测安吉尔一旦知道自己过去的历史将意味着什么。在这种情况下，雄鸡晚啼——对于苔丝来说，就有了特殊的生活意味，表现为一种死亡的意象。

这个例子实际上表现了预兆的心灵意味。在这方面，哈代确实是一个善于创造死亡氛围的艺术家，他会用一种充满诗意的情景描写来预示死亡的光临。例如在《还乡》（*The Return of the Native*）这部长篇小说中，一开头长长的对爱敦荒原的描写就已经暗示主人公后来的死亡。在作品中，爱敦荒原是一片苍冥和荒渺，一片广大的深渊，令人想起又黑又深的地狱，青春和生命都将被它吞噬。就在这荒原面前，主人公韦狄和游苔莎一次又一次地预感到死亡，体验到死亡就在眼前的恐惧，例如作品中有这样一段对话：

> "我是很恨这片荒原，"游苔莎带着深沉的感情嘟囔着说，"这片荒原就是我的苦难，就是我的冤孽，将来还会是我的追命鬼。"
>
> "我也很恨，"韦狄说，"你听现在咱们四外刮的风有多凄凉！"

最后，他们俩双双死在荒原的激流之中，完全证实了这种预感。他们曾经跟这荒原，跟这死亡的预感拼命搏斗过，一心想逃脱这死亡的阴影，但是终究没有能够，因为死亡不仅来自荒原，还来自他们的心灵深处。

越来越多的艺术家意识到了这一点，也就有了越来越多的艺术家向人的心灵深处询问。如果可怕的死亡并不在于肉体，而在于灵魂的话，那么死亡的预兆就成为超越其物质范围内的精神现象，证明它存在的根据在于心灵本身的状态和愿望。所以纪伯伦以先知名义回答他人关于死的秘密时说："除了在生命的心中寻求以外，你们怎能寻见呢？"他继续说：

在你的希望和愿欲的深处，隐藏着你对于来生的默识；

如同种子在雪下梦想，你们的心也在梦想着春天。信赖一切的梦境吧，因为在那里面隐藏着永生之门。

在艺术创作中，愿我们把死亡的预兆和永生之门紧紧联结起来。

二、临近死亡

只见我站在一个巨壑的边崖上，我下面是一个可怕的深渊，里面发出无数怨叹的声音，又黑又深，并且有云笼罩；我的眼睛，怎么也看不见它的底儿，也分不出一切别的东西。

——但丁《神曲·地狱篇》

临近死亡的时刻，也许是人一生最神秘的时刻，虽然也有一些人曾经有"死而复活"的体验，但是对其他人来说毕竟只是一种假设；与此同时，死亡与生不同，人可以在意识尚未觉醒的时候出生，但是不能保证自己在无意识之中死去，换句话说，人一生都在等待着这最后的时刻，不可能不对它抱有很大的好奇心，所以很多人生前就在考虑自己临死时的情形，希望自己尽量在那个时候表现得体面些或者平静些，有些人之所以生前写下遗嘱，就是害怕自己临终时稀里糊涂说不出话来或者突然死亡，使自己最后的想法和体验一起沉入黑暗。

没有人死后再回来向我们报告他临近死亡的真实感受，但是这并不意味着人在临近死亡时没有感受。这也许正是一切艺术家不愿放弃这一时刻的理由，况且这一时刻本身事关重大，很多人出生之时默默无闻，但是临近死亡的表现却给无数人心中留下了深刻印象。也许也是这个原因，很多艺术家在作品中预告死亡，并且详细记录下了有关临近死亡的设想和体验，即使命赴黄泉也不再有什么遗憾，因为他已经把自己完整的生命——

连同最后一刻的体验——通过艺术作品留在了世界上。

如果按照生理学观念来理解，临近死亡是生命最黯淡的时刻。当生命之火逐渐熄灭的时候，人的精神也随之趋于麻木，感觉逐渐消失；生命就像一支用久了的秃笔，不再可能写出像样的字来了。茨威格在小说《一个女人一生中的二十四小时》中曾写道："人若想到死期将至，死神的黑影已经罩上了人生的旅途，一切事情就会显得模糊黯淡，不再那么尖锐地刺激感觉，它的那种摧伤心情的力量就会减少许多了。"

然而，这并不意味着大多数人都能够平静地迎接死亡，也没有减少临终的心理秘密。很多目睹过死亡过程的人都相信，人在弥留之际心理并不一定安宁，除了生理上的痛苦之外，其流露出来的心灵状态更使人难以忘怀，在这个过程中，临终的手势、眼神、身体颤动以及为数不多的言语都构成了一种特殊的"密码"，表明死者确实已经看到了什么，或者听到了什么，感觉到了什么。从某种程度上可以说，死亡的真实意义就隐藏在这"什么"之中，隐藏在这临近死亡的时候，因为死一旦成为现实就什么都不存在了，死只是存在于人未死亡时，尤其是将死亡之时。

虽死犹生，这是生命迸发的最后火花。

在探究死亡的时候，艺术家不能不做这些"密码"的破译者。

很多艺术家描写过人物临近死亡时的情景，并且倾注了自己炽热的艺术热情，著名的《拉奥孔》就是明显的例子，它已作为一个艺术表现和美的典型经常被人们提及，拉奥孔临近死亡时那痛苦的挣扎丝毫不亚于但丁笔下已经下地狱的一些人，他以一种无声的语言表达着生命中深刻的恐惧。在莱辛（1729—1781）看来，这临近死亡一刹那间的凝固达到了美的永恒。

至今为止，艺术家不仅以各种方式呈现临近死亡的情景，而且通过心灵的眼睛"看"到了死亡的来临，希腊悲剧《阿尔刻提斯》（欧里庇得斯著）中的女主人公甘愿为父赴死，在最后的时刻，她清清楚楚地看到冥国的船已经缓缓驶来，摆渡死人的舵工站在船头向她呼喊，"快来呀，你耽误我们了"。著名画家梵高的最后一幅画《麦田上的鸦群》所表现的则是另一种情景：一片阴沉沉的天空压着大地，充满粉碎生命的力量；田野在狂乱地摇动，像是要挣脱死亡的压迫，但是黑色的鸦群已经把毁灭带来；死亡已经不可避免——这无疑是艺术家一种临近死亡的感觉，不久，他自行结束了自己的生命和创作。

很多事实可以证明，艺术家非常看重临近死亡这一时刻，把它看作是表现人刻画人的一个重要环节，例如巴尔扎克写高里奥老头之死，福楼拜写包法利夫人之死，托尔斯泰写安娜·卡列尼娜之死，歌德写浮士德之死等，都颇费笔墨，占去不少的篇幅，与此同时，有很多艺术家很乐意把临近死亡的时刻作为作品的开端，例如加西亚·马尔克斯的《百年孤独》、苏联作家顿巴泽的《永恒的规律》、法国作家玛格丽·尤瑟娜尔的《一个罗马皇帝的临终遗言》等都是这样。

这本身就能说明很多问题。毋庸置疑，生活中很多惊心动魄、意味深长的事情都发生在临近死亡的时刻，而且对任何一个人来说，这都将是生命最后一次表达和表现时机，其感受和思想如果继续运行的话，会显示出从未有过的奇特和毫无保留，放弃或者失去了这一时机，对艺术家来说很可能是一大憾事。例如，歌德曾经说过："罗兰夫人（Jeanne-Manon Phlipon，1754—1793，法国资产阶级革命家——引者注）在断头台上，曾请求给她笔和纸，以便她把在最后旅途上萦回在她心头的那些独特的思想记载下来。可惜他们拒绝了她，而那在迄今为止依然是不可思议的人生的最后时刻，从静穆的心灵里涌现出来的思想，就宛如是落在过去光彩夺目的顶峰上受到幸福沐浴的内在的声音。"

当然，在艺术创作中，临近死亡的时刻是否能够"光彩夺目"，也许取决于艺术家的体验和创造。而在这一方面，古今中外的艺术家确实不会使人们失望和遗憾。只要浏览一下中外优秀的文学作品就不难发现，"临近死亡"常常是艺术作品中最精彩的部分，它往往集中了人生中最强烈的感情体验，在一种特定的情景中展现出来，使人们的心灵颤动不已。

例如，在《红楼梦》中，对黛玉临近死亡的描写就是其中最精彩的篇章之一，它把人物心灵中那份深情，那份辛酸，那份悲切推向了极致。先

是黛玉在一息奄奄情况下，以最后一点心力来焚烧过去诗稿的一幕，充分
展示了黛玉真挚而绝望的心情。她让紫鹃把那块题诗的白绫绢子递过来，
看都不忍再看，先是用那双打颤的手拼命撕；撕不动，然而决不罢休，又
叫雪雁笼上火盆，硬是亲手把它放在了火里，然后又把诗稿也投入火盆。
这两样东西，一件是爱情的信物，一件是她生活中最大的寄托，如同她的
生命一般。黛玉自觉临近死亡，把这两件东西亲手烧毁，无疑就等于一种
自焚，表明了她与混浊的人间决绝的心情。接着，曹雪芹是这样写黛玉最
后的时刻的：

> ……半天，黛玉又说道："妹妹，我这里并没亲人。我的身
> 子是干净的，你好歹叫他们送我回去。"说到这里，又闭了眼不
> 言语了。那手却渐渐紧了，喘成一处，只是出气大入气小，已经
> 促疾的很了。
>
> 紫鹃慌了，连忙叫人请李纨，可巧探春来了。紫鹃见了，忙
> 悄悄的说道："三姑娘，瞧瞧林姑娘罢。"说着，泪如雨下。探春
> 过来，摸了摸黛玉的手已经凉了，连目光也都散了。探春紫鹃正
> 哭着叫人端水来给黛玉擦洗，李纨赶忙进来了。三个人才见了，
> 不及说话。刚擦着，猛听黛玉直声叫道："宝玉，宝玉，你
> 好……"说到"好"字，便浑身冷汗，不作声了。紫鹃等急忙扶
> 住，那汗愈出，身子便渐渐的冷了。探春李纨叫人乱着拢头穿
> 衣，只见黛玉两眼一翻，呜呼，香魂一缕随风散，愁绪三更入
> 梦遥！
>
> 当时黛玉气绝，正是宝玉娶宝钗的那个时辰……

在这临近死亡的时候，曹雪芹那支饱蘸血泪的笔无疑给人们留下了深
刻记忆，这里面有三个因素最令人感动，一是林黛玉纯洁的心灵，她至死
也不愿意让自己的一切，感情，诗，连同死后的灵魂，继续留存在龌龊的
大观园里；其二是她的痴情，她把最后一点心力也献给了宝玉，她死得并

不甘心；其三是黛玉死时特定的时间，以自己悲惨的死讯与宝玉宝钗的喜庆气氛形成强烈反差，更增加了黛玉死亡的悲剧意味。从这个角度来说，黛玉之死也是一种最及时的抗议。由此林黛玉完成了自己性格和命运的历史，她独特的个性在最后的时候也没有退让。

从上面的例子可以看出，临近死亡的意义并不仅仅是"死"，而是包含着丰富的内容。从表现人物性格来说，如果艺术家不想让人物把一切都带到坟墓里面去的话，就不会让他一言不发地死去；如果这个人物是艺术家所同情、所钟爱的，那么也绝不会在生死关头将他撇下，艺术家往往会情不自禁地送他一程，甚至也赔上自己的眼泪，直到最后不得不和笔下人物告别的时候，艺术家也绝不会忘记亲手合上他的眼睛……这一切都不仅会增加"临近死亡"情景的情感浓度，而且能够使死亡富有历史感，使得瞬间发生的事情在心理意识的时空无限延长，直到人物能够完全找回自己为止。

这里，笔者很想以托尔斯泰笔下安娜·卡列尼娜临近死亡的情景为例。其实，当安娜奔向火车站的时候，不是决计要去卧轨的。当时她的心情处于极度痛苦之中，如同作品中所写的，还伴随着由于回想使得"希望和绝望，又轮流在她的旧创口上刺痛了她那痛苦万状的、跳动着的心脏的伤处"。在这种情况下，安娜期望能找到一条最终摆脱痛苦的方法，因为她已经把一切都看穿了（全是虚伪的，全是谎话，全是欺骗，全是罪恶！），她对一切人，包括渥伦斯基和自己，都感到可厌，于是，她想到了死，当她回忆起她和渥伦斯基初次相逢那一天被火车压死的那个人时，她突然就像找到了自己一样醒悟应该如何摆脱痛苦，作品中写道：

> "到那里去！"她自言自语，望着投到布满砂土和煤灰的车辆
> 上的阴影，"到那里去，投到正中间，我要想罚他，摆脱所有的
> 人和我自己！"
> 她想倒在和她拉平了的第一辆车厢的车轮中间。但是她因为
> 由胳臂上往下取小红皮包而耽搁了，已经太晚了，中心点已经开

过去。她不得不等待下一辆车厢。一种仿佛她准备入浴时所体会到的心情袭上了她的心头，于是她画了个十字。这种熟悉的画十字的姿势在她心中唤起了一系列的少女时代和童年时代的回忆，笼罩着一切的黑暗突然破裂了，转瞬间生命以它过去的全部辉煌的欢乐呈现在她面前。但是她盯着开过来的第二辆车厢的车轮，车轮与车轮之间的中心点刚一和她对正了，她就抛掉红皮包，缩着脖子，两手扶着地投到车厢下面，她微微地动了一动，好像准备马上又站起身来一样，扑通跪下去了。同一瞬间，一想到她在做什么，她吓得毛骨悚然。"我在哪里？我在做什么？为什么呀？"她想站起身来，把身子仰到后面去，但是什么巨大的无情的东西撞在她的头上，从她的背上碾过去了。"上帝，饶恕我的一切！"她说，感觉得无法挣扎……一个正在铁轨上干活的矮小的农民，咕噜了句什么。那支蜡烛，她曾借着它的烛光浏览过充满了苦难、虚伪、悲哀和罪恶的书籍，比以往更加明亮地闪烁起来，为她照亮了以前笼罩在黑暗中的一切，摇曳起来，开始昏暗下去，永远熄灭了。

　　对安娜来说，临近死亡和她走向死亡是同一过程，自然具有另外一种意味。在这最后的时刻，我们不仅感到安娜当时的身心状态，而且感到了她的过去。实际上，安娜的一生都在最后的瞬间再次得到了证实，包括她的童年和少女时代，她和渥伦斯基的相识和第一次重逢，她一生所遭受到的苦难，所看到的虚伪，所体验的悲哀和罪恶等，可以说，在临近死亡之际，安娜完成了对自己的总结和判决。

　　从另外一种角度来说，这种总结和判决也是托尔斯泰赋予安娜的。在安娜临近死亡之际，托尔斯泰不可能对一个生命的自我毁灭无动于衷，他有责任解释安娜悲剧的内在原因。因为从宗教观念来看，安娜采取自杀来结束自己是一种罪恶，而托尔斯泰本身是一个教徒；与此同时，托尔斯泰开始时曾把安娜当作一个不道德的女人来写，结果后来几乎完全改变了这个想法；这一切也都集中在了安娜临近死亡的时刻，要求托尔斯泰作出回答。正因为这些，安娜临近死亡的时刻对托尔斯泰是一种艺术的考验，他必须利用最后一次机会来肯定自己的思想和感情。

这也许是很多艺术家沉醉于"临近死亡"过程的原因之一。一个艺术家一直和自己笔下的人物生活在一起，也许只有到人物临近死亡的时候，才真正感觉到自己与他的血肉关系。这种感觉并不仅仅来自"他要死了"这一事实，更重要的是来自艺术家长期与之相处的心灵历史，来源于艺术家已非常了解他，熟悉他，在创作中已经把自己的一部分生命交给了他。因此，我们完全可以理解巴尔扎克写到高里奥老头死去时会哭，福楼拜写包法利夫人服毒自杀时感到自己嘴里也尝到了"吃砒霜的滋味"。

由此可见，临近死亡在艺术创作中之所以成为令人感动的时刻，首先来自艺术家对于生命的深度体验。之所以说"深度"，是因为这种体验面临吞没一切的死亡，艺术家不能不担负着"抢救"一切有价值东西的重任，其中包括人生中未能遂愿的美好感情、希望，人们不愿意让它们消失，希望它们能够在人世中留存，永放异彩，艺术家把它们从死亡的边缘上"抢救"出来，让它们在艺术作品中永远留存。

这样，我们从临近死亡中会产生另外一种感觉——艺术越来越靠近生命的中心，这正如歌德笔下的维特说的："我愈近坟墓，我的心里愈加清楚。"尤其对于艺术家来说，临近死亡是一种心灵体验，它的内容往往藏在自己的意识深处，与生命中最深刻的欲望和活力同在，当他的心灵逐渐接近死亡的时候，也逐渐意识到了自己生命中深层的欲望和活力。这实际上是一个一步步走近自我和找到自己的过程。所以伟大的艺术家绝不会因临近死亡而退缩和逃脱，相反，他们总是敢于大胆地向前走，直视死神的目光，从中体验到一种生命的快感，例如毕加索、福克纳、海明威、托尔斯泰等，都曾在面对死亡的空虚、绝望和残酷的过程中站立在地狱的边缘，领略和把握生命的含义，而诗人波德莱尔则在《艺术家们的死亡》中留下这样的诗句：

让死亡高悬天空，

像新的太阳，

使他们头脑里面的百花开放。

三、"临终的眼"

一切艺术的奥妙就在这点"临终的眼"吧。

——川端康成《临终的眼》

临终的眼——这句话出自日本作家芥川龙之介自杀时留下的遗书《给一个旧友的手记》，日本诺贝尔文学奖获得者川端康成（1899—1972）对此深有感触，写下了我上面所引用的这句名言。芥川龙之介的一段文字是这样的：

现今我生活的世界，是一个像冰一般透明的，又像病态一般神经质的世界。……我什么时候能够毅然自杀呢？这是个疑问。惟有大自然比持这种看法的我更美。也许你会笑我，既然热爱自然的美而又想要自杀，这样自相矛盾。然而，所谓自然的美，是在我"临终的眼"里映现出来的。

1927 年，年仅 35 岁的芥川饮药自杀，川端康成当时对自杀这种做法并不赞成，但是对芥川"临终的眼"及其所创作的作品很欣赏，在他看来，"临终的眼"之所以感人至深，是因为这时艺术家的内心已清澈无比，能够映照出大自然纯真永恒的美；而这种美，心底混沌的人是体验不到的。可见，川端康成之所以看重"临终的眼"，是因为它体现了一种具有东方色彩的艺术境界：艺术家已经摆脱了尘世的偏见，精神进入一种佛道的境界，宁静无我，清澄之心如明月之光，能与自然之美比美。

　　这种境界在芥川龙之介的《戏作三昧》中就有所表现。作家马琴泷泽琐吉在作品一开始就感觉到死亡的阴影，但是这个"死亡"已不像过去威胁过他那样具有恐怖的因素，它犹如映现在桶里的天空，是那么宁静亲切，显示出一种解脱了一切烦恼的寂灭之感，然而，主人公一旦卷入尘世，这种"死亡"的宁静就不再存在，创作也就陷入了困境，直到他重新获得宁静之后，才进入最佳创作状态。

　　作品最后写道："这时，映现在他那帝王般的眼里的，既不是利害得失，也不是爱憎之情。他的情绪再也不会为褒贬所左右了，这里只有不可思议的喜悦。要么就是令人陶醉的悲壮的激情。不懂得这种激情的人，又怎么能体会戏作三昧的心境呢？又怎么能理解戏作家的庄严的灵魂呢？看哪，'人生'涤荡了它的全部残渣，宛如一块崭新的矿石，不是璀璨地闪烁在作者眼前吗？"

　　很明显，芥川这里所说的"三昧"来自佛教观念，意思是心专注于一境而不散乱的精神状态，通过禅定人能够脱离欲界而临近上天，与佛同在。芥川在这里来了一次巧妙的"移花接木"，把一种佛教境界引到了艺术创作之中，使得他所说的"临终的眼"具有了东方艺术色彩。

　　然而，在艺术创作中，这种"临终的眼"并不限于我们在日本文学中所看到的。可以说"临终的眼"是艺术家表现生活的一个特殊视角，也是一种美学境界，艺术家用临近死亡的态度来看待生活中的一切，用体验死亡的方式来体验生命，这是古今中外艺术创作中一种普遍的现象。

　　其实，"临终的眼"就散布在大千世界之中，它以一种特殊的目光吸引着艺术家。这是一种内在的目光，是生命历程磨难陶冶出来的目光，因此在生命最后临近死亡的时刻，可以超脱世俗的束缚，看穿人世间一切虚伪的假象，进入人心的深处，把生命的本质揭示出来。

　　这种"临终的眼"闪烁在很多艺术作品之中。例如陀思妥耶夫斯基的《死屋手记》就贯串着一种临近死亡的目光。作者在囚徒的歌声和铁镣的叮当声中，在孤独和疯癫状态中目睹着生命的被毁灭，被践踏，加深了对死亡存在的感觉。他看到了在生的面具下隐藏着另外一种更凄惨的"死"。

如他在《死屋手记》中所说："我有一次想到一个念头：假使人们想把一个人完全压碎，完全消灭，用极可怕的刑罚惩罚他，使得凶手会为了这刑罚抖栗，预先看着它就害怕，只要在工作上加添完全无益和无意义的性质就行了。"而作者就是在这种情形下重新观察思考生命的意义的，《死屋手记》借助一个已经故世的西伯利亚移民流放犯的名义发表，本身就体现了这一点。对于这部作品，赫尔岑给予了最切实的评价："……一部惊心动魄的史诗，这部作品将永远赫然屹立在尼古拉黑暗王国的出口处，就像但丁写在地狱入口处的著名诗句一样惹人注目。这就是陀思妥耶夫斯基的《死屋手记》，它是一部撼人肺腑的作品；大概就连作者本人也毫不怀疑，他用一只戴着手铐的手描绘出了狱友们的形象，以西伯利亚监狱生活为背景，绘制出一幅类似《最后的审判》的那样的壁画。"

由此可见，用"临终的眼"去看待人生，会发现生活中很多难以发现的秘密。而对艺术家来说，这"临终的眼"来自一种对生命的焦虑、不安和悲剧性体验，来自对于时间流逝的恐惧感以及对生命意义的追寻。例如歌德晚年完成的《浮士德》，就充满着向死亡和时间挑战的意味。在这首长诗中，主人公浮士德与恶魔梅菲斯特打赌的重要前提之一，就是死亡的存在，梅菲斯特自觉稳操胜券的根据就是时间必能战胜一切。为此，浮士德一直探索着生命之谜，在任何成功的瞬间都不愿满足，因为满足就意味着停滞，就意味着对时间的一种妥协。在浮士德的生命意识中，除了自由永恒的极境，什么也无法满足他对生命的渴求。死会把一切都打扫干净，不留一点痕迹，也会使灵魂获得一个更广阔的时空。

浮士德终于倒下了，但是他的灵魂得到了拯救，恶魔梅菲斯特虽然看到了浮士德肉体的毁灭，却无法占有他的灵魂。这个结局实际上是浮士德探求生命秘密的一个谜底，它本身是在随着生命走向死亡一步步显露出来的。

按照中国的艺术观念，"临终的眼"可以看作是艺术创作中的"诗眼"，不过这"诗眼"离不开死亡的背景。艺术创作中一些精彩的创造像是出现在黑色幕布上的光亮文字，死亡的虚空不仅不能使它们失色，反而更能衬托出生命力的光华。就此来说，"临终的眼"本身就包含着丰富的艺术内容，借助它们，艺术家更深刻地表现人性和揭开人性的秘密。

例如，在托尔斯泰的《战争与和平》之中，安德烈王爵临近死亡时的感觉，就表达着一种深刻的洞见，让生命在临终之时发出灿烂的心智之光。当安德烈不仅知道自己要死了，而且也觉出自己正在死去的时候，不仅有一种超脱尘世的感觉，还有一种奇怪的轻松愉快的感觉，好像从压制他的人生的束缚中解放出来一般，爱情也立刻在他灵魂中展开了。他更深刻地理解了爱。在这一时刻，托尔斯泰在安德烈心灵的眼睛里看到了永恒的光亮：

> 他在睡着的时候，依旧想这时经常盘踞他的头脑的那个问题——生死问题，而主要的是关于死的问题。他更接近死了。
>
> "爱，爱是什么？"他想道。
>
> "爱拦住死。爱是生命。我所懂得的一切，每一件事存在，只因为我爱。每一件事只有靠了爱才联合起来。爱是上帝，死的意思是我（一个爱的质点）回到总的永生的本源。"……

无疑，这就是作品中的"临终的眼"，托尔斯泰让自己笔下的人物穿越了黑暗，最后达到永恒的平静。

尽管有时可能为时过晚，很多艺术家喜欢在临近死亡之时让自己笔下的人物大彻大悟，通过他们垂死、不再自欺的目光看到人生和人性的真实，并且从内心深处感受到真善美的存在，把他们的灵魂最后从迷惘的状态中解脱出来。比如在莎士比亚的《奥赛罗》中，奥赛罗临死才真正意识到自己心灵中嫉妒的恶魔。而在巴尔扎克的《高老头》中，当死亡最后来临的时候，才是高里奥老头——这个把自己的一切都贡献给自己女儿的面粉商——真正体验到人与人关系的残酷性的时候。正如他对拉斯蒂涅所说的："直要临死才知道女儿是什么东西！唉！朋友，你别结婚，别生孩子！你给他们生命，他们给你死。你带他们到世界上来，他们把你从世界上赶出去。"

显然，从高老头这"临终的眼"中还流露出了更多的东西，比如迷离、绝望、沉痛、抗议、决绝等。巴尔扎克从高老头内在心灵中所看到的悲哀，不仅是一个老人孤苦伶仃地死去，更重要的是一个人的美好真实感情被社会奚落。在金钱面前，人间的真诚、温情和爱都黯然失色，一个人会像野狗一样死去（因为他没有钱!），而连自己的亲生女儿都退避三舍。

无疑，在这"临终的眼"中，我们不仅看到了人物的心灵，而且也看到了艺术家的心灵，它们互相映照才夺目生辉。所以作者在创作《高老头》的时候，高老头临终之时在为自己的遭遇和处境流泪，而巴尔扎克则在为高老头之死痛心不已。后者的眼泪不仅是为给高老头送葬，而且是为人类一些美好的东西的丧失而流。

记得川端康成曾经说过，芥川死前发表的《齿轮》是他当时打心眼里佩服的作品，因为其中的"临终的眼"令人感受最深，让人产生一种宛如踏入疯狂境地的恐怖感觉。然而，事实上，令人感受深刻的"临终的眼"，并不一定让人感到疯狂和恐惧，相反，有时候它会引导人到达一种平静。比如在川端康成自己的小说中，作者把死亡的阴影隐藏得很深，或者情愿用哀怨把它冲淡，就像是在梦中看见了幻影一样。这种情景在《雪国》中很明显，生命被死亡的诗意所笼罩，在"临终的眼"中依然美丽。

不过，在海明威的《乞力马扎罗的雪》中，"临终的眼"所透露出来的思想感情则突出了作者对死亡的追求。哈里来到非洲的乞力马扎罗山下，就是为了寻找自己的归宿。这个归宿在他生命过程中是一种必然的结局，哈里在自己的内心中一步一步地理顺了它们，正如作品中所说的："非洲是在他一生幸运的时期中感到最幸福的地方，他所以上这儿来，为的是要从头开始。"他现在已经感受到了这种"开始"，死神已快要来临了。

于是，在海明威这"临终的眼"中的最后一丝光辉就是好奇心，他看见过各种各样的雪，各种各样的女人，各种各样的死，最后，他想看到自己的死。他相信自己已经看到了：

因为正是这个时候死神来了，死神的头靠在帆布床的脚上，他闻得出它的呼吸。

"你可千万别相信死神是镰刀和骷髅，"他告诉她，"它很可能是两个从从容容骑着自行车的警察或者是一只鸟儿，或者是像鬣狗一样有一只大鼻子。"

现在死神已经挨到他的身上来了，可是它已不再具有任何形状了。它只是占有空间。

"告诉它走开。"

它没有走，相反挨得更近了。

"你呼哧呼哧地尽喘气，"他对它说，"你这个臭杂种。"

它还是在向他一步步挨近，现在他想默默地把它赶走，但是它爬到他的身上来了，这样，它的重量就全压到他的胸口了，它趴在那儿，他不能动弹也说不出话来，他听见女儿说，"先生睡着了，把床轻轻地抬起来，抬到帐篷里去吧。"

他不能开口告诉她把它赶走，现在它更沉重地趴在他的身上，这样他气也透不过来了。但是当他们抬起帆布床的时候，忽然一切又正常了。重压从他胸前消失了。

很多年之后，海明威用自己最心爱的猎枪结束了自己的生命，但是在这里我们已经看到了它。在这二者之间的时空中，海明威的创作中一直贯串着这"临终的眼"，死亡一直是他难以回避的主题。自杀，实际上一直隐藏在海明威的身心之中，在他还有能力对死进行探索的时候，他没有放弃一切机会，一次又一次地磨炼着自己的意志和忍耐力；当他感到自己已经失去这一能力的时候，就用自杀来满足自己最后的好奇心，用自己的手合上了那悲郁和无畏的"临终的眼"。

可见，艺术创作中"临终的眼"指向对生命终极的探索。这意味着艺术家竭尽自己的全部心力，毫无保留地把自己贡献出来，于是，在"临终的眼"的注视下，生命中一切秘密，其实都不值得隐瞒了，就像一位剧作家所说的：

> 没有一分钟好活了，
>
> 没有什么好隐瞒的。
>
> ——基诺《阿蒂斯》

　　艺术家在这种情况下所创作的作品，必然带着某种"绝笔"的性质，里面贯注着艺术家全身心的热力。例如世界著名绘画《我们从哪里来？我们是谁？我们向哪里去？》就是高更（1848—1903）准备自杀时所作，高更曾说过："我在我死之前把我的全部精力放了进去，不加任何修改地画着，一个那样纯净的幻象，以致不完满地消失掉而生命升了上来。"

　　古人曾有一句话："千金难买亡人笔。"它实际上就道出了"临终的眼"的魅力所在。很多伟大的艺术创作都是艺术家在穷途潦倒，临近死亡时完成的。这时，艺术创作其实成了他们精神寄托的唯一方式，也是他们生命意义之所在，他们把创作看成是自己留给后人，最终能够自己证明自己存在的一种生命见证，由此可以说，对艺术家来说，作品才是他们真正的墓志铭和纪念碑。诗人普希金在诗中写道：

> 不，我不会完全死去——我的心灵将越出
>
> 我的骨灰，在庄严的琴上逃过腐烂；
>
> 我的名字会远扬，只要在这月光下的世界
>
> 哪怕仅仅有一个诗人流传。
>
> ——《纪念碑》（1836）

　　在这个过程中，实际上还包含着艺术家的自杀。有人认为，艺术家的自杀起因于对自己的信念，也就是自己对世界所持理想态度的绝望，其实未必都是如此。在一些艺术家那里，自杀本身是一种艺术创作和美学行

为，是他们所达到的一种绝对美的境界。例如继芥川龙之介自杀之后，日本作家三岛由纪夫切腹自杀，后者的这一举动是为了满足作家自己对于日本传统美的憧憬、向往和渴望，这就是被一些人总结成的所谓"三岛美学"的追求。在这里，自杀成了艺术家留给人世的最后一块艺术纪念碑。

还有一件事值得一提：1972年，已获得诺贝尔文学奖的川端康成自杀身亡。

四、"死后"

> "是的，那就是死！我死了——然后醒过来了。是的，死就是一种觉醒！"于是他灵魂里立刻亮起来，那时以前遮起未知世界的幕从他的精神的视觉前揭开来。他觉得那时以前关闭在他里面的能力已经得到解放，那奇特的轻松感觉不再离开他了。
>
> ——托尔斯泰《战争与和平》

死亡对一个人来说意味着一切都不再存在，但是对艺术创作来说并非如此，"死后"仍然是一个无限广阔的世界。因此，很多人认为，死亡不过是一种梦幻，此时人的意识如同进入了一种太虚幻境，心中响起了神秘的音乐声，伴随着灵魂飞升。"死亡只不过是一种睡眠"——这是哈姆雷特说的，奇怪的是，一些有过死亡体验的人都有这种感觉，他们曾被确定为"死"了，而复生后对于死亡毫无痛苦之感。

于是，梦幻成了一种死亡的象征，很多人在梦幻中看到或者经历了死亡，尤其是一些艺术家，他们以十分肯定的口气确定感觉到了死，或者曾经死过。例如，一位中国画家曾谈过自己在西藏的一次心理体验。当他一步一步爬到雪山的顶端，就在看到在日光下闪烁着金光的寺庙顶架的一刹那间，他说自己完全忘却了自己的肉体的存在，感觉到了一种灵魂的飘逸。他确信：这就是死，但是这是一种优美的、充满音乐感的境界。

这种梦幻般的境界在艺术创作中并不少见。例如《红楼梦》中的"太虚幻景"就是典型的例子。这也是宝玉"死后"灵魂到过的世界。在曹雪芹的笔下，"死后"的世界比生前更加阔大，死亡只不过是魂魄出窍的一种梦幻体验。由此宝玉只觉得身轻如叶，飘飘摇摇，来到了另一个世界，在这里他见到了很多故旧的亲朋，见到了已死的尤三姐、鸳鸯、林黛玉等，并且真正领悟了人生的真谛——这就是《红楼梦》第116回中所描绘的情景。

由此可见，"死后"的世界并不空洞。对于艺术创作来说，死亡并不意味着艺术世界的"到此为止"，而往往只是一个新的起点。事实上，很多艺术作品所表现的是"死后"的情景，例如但丁的《神曲》所表现的就是"死后"世界的奇观，这个世界不比人的现实世界简单，它分成很多层次，每一个人根据生前品行决定自己的位置。每一个人在生前已经生活过了，但是还必须在"死后"再活一次，生前的罪孽会在"死后"得到惩罚。

至今为止，艺术家已经在"死后"世界里创造了各种各样的奇境幻观，除了天堂和地狱之外，还有千姿百态的神仙、妖怪、精灵、恶魔、鬼魂和天使，他们有自己居住和办公的地方，有自己的官吏和法律。如果一个人真正闯进了这个世界，他绝不会感到寂寞和冷落。这说明艺术家不会仅仅满足于拥有生前那个世界，他们还想占据和拥有"死后"的世界。

这是情有可原的。艺术家之所以不愿放弃"死后"，是因为在生前有很多愿望无法实现，很多事情无法完成，而他们又绝不愿意就此罢休，不甘愿放弃它们，所以只好拿到"死后"去实现和完成。这样，但丁就能够把自己所痛恨的逢尼发西教皇放进地狱接受惩罚，而让自己所钟爱的女人贝亚德在天堂生活。同样，歌德尽管让浮士德抓紧生前的每一个瞬间进行创造和享受，但是仍然没有忘记让他死后进入天堂，因为生命毕竟是短暂的，而人的追求是无限的，它不应该被死亡所阻断。

与此同时，也许另一个原因更为重要："死后"的世界为艺术家提供了一种超现实的境界，艺术家在此能够获得幻想的满足。艺术家感到自己的生命受到了阻碍，理想在现实中无法实现，而且感到这种阻碍和困难在现实中不可克服，才开始寻求精神的满足，才产生了艺术创作向"死后"世界的突进。在这里，"死后"为艺术家提供了一个广阔空间，艺术家倾注了他们的理想和热情，用充溢的生命力去填补人生的虚空。

这就是"死后"世界的诞生，艺术的步伐注定要跨过死亡的界限，把人的创造力向另外一个世界延伸，开发它和征服它。

事实上，艺术家经常生活在两个世界之中：生前的和死后的，他的创作也经常穿梭于生死之间，映照着两个世界的面影。

鲁迅就是如此。在鲁迅笔下，不仅显现出一个人情世态的大千世界，而且经常表现出一个变化着的"死后"世界，在这个世界里挤满了地狱里的鬼魅尸体，活跃着牛头马面，大叫唤，小叫唤，无常和女吊，闪动着墓穴里黑影的图画；有时候，甚至鲁迅自己也把自己扮演成一个鬼魂，和很多人一起奔跑到野外，充当"死后"世界中的一员。

鲁迅经常穿越生的空间到"死后"世界里去旅行，把那个世界的情景告诉我们，例如：

> 半夜，我躺在公寓的床上，忽而走进两个东西来，一个"活无常"，一个"死有分"。但我却并不诧异，因为他们正如城隍庙里塑着的一般，然而跟在后面的两个怪物，却使我吓得失声，因为并非牛头马面，而是羊面猪头！我便悟到，牛马还太聪明，犯了罪，换上这诸公了，这可见智识是罪恶……我没有想完，猪头便用嘴将我一拱，我于是立刻跌入阴府里，用不着久等烧马车。

> 到过阴间的先辈先生多识，阴府的大门是有匾额和对联的，我留心看时，却没有，只见大堂上坐着一位阎罗三。他便是我的隔壁大富豪朱朗翁。大约钱是身外之物，带不到阴间的，所以一死便成为清白鬼，只是不知道怎么又做了大官，他只穿一件极俭朴的爱国布的龙袍，但龙颜却比活的时候胖得多了。

> "你有智识么？"朗翁脸上毫无表情的问。

"没……"我是记得虚无哲学家的话的，所以这样答。

"说没有便是有——带去！"

我刚想，阴府里的道理真奇怪……却被羊角一叉，跌出阎罗殿去了。

显然，鲁迅这个"死后"世界和《红楼梦》宝玉进入的那个世界大不相同，他把现实中的人拿到"死后"来开心，浸透着他对黑暗现实的切身感受。

和一些伟大的艺术家一样，鲁迅经常对死进行思考，而这种思考多半集中于"死后"。从《野草》中可以看到，鲁迅经常设想自己已经死了，或者躺在坟墓里，或者置身于荒寒的野外、地狱的旁边，或者在冰谷中被车轮碾死。他有一篇著名的散文，就是以《死后》为题的，其一开始就写道：

> 我梦见自己死在道路上。
>
> 这是那里，我怎么到这里来，怎么死的，这些事我全不明白。总之，待到我自己知道已经死掉的时候，就已经死在那里了。
>
> ……

在这篇散文中，鲁迅预想了死后人们对他的评价和反映，表达了自己对生命价值的看法。这些预想和看法在"死后"获得了印证。在他"死后"意识中，对于"始终没有听到一个熟识的声音"而感到高兴；对于一个青蝇到他的身上"寻做论的材料"感到不堪之至；对于别人剥夺他任意死亡的权利而感到气愤；对于把他看作是古学专家感到诧异……所有这些，都在呈现鲁迅当时对自己生命意义的思考。看来这种思考的结果虽不十分乐观，但是仍然给鲁迅带来了快意，这种快意来自他不仅拥有生前的自我，而且拥有了"死后"的自我。

鲁迅并不惧怕死，这一点他早就申明过。他在给许广平的信中说："我明知道笔是无用的，可是现在只有这个而且还要为鬼魅所妨害。例如我是诅咒'人间苦'而不嫌恶'死'的，因为'苦'可以设法减轻而'死'是必然的事，虽曰'尽头'，也不足悲哀。"因此，鲁迅不怕生活在"死后"世界里。而这一世界是和"生前"相通的，有时是相叠的，相互渗透的，他时常从生前而看到"死后"，同时由"死后"看到生前。

这种现象并不仅仅表现在鲁迅的创作中。很多艺术家都生活在"死后"的世界。其中一些宗教艺术家表现得非常明显。他们让自己的心灵永远靠近上帝，体验到只有天国才有的永恒的美景，弃绝尘世中的一切烦恼和欲望。虽然肉体还在人世，但灵魂早已进入圣洁的天国，此时他们所创作的艺术作品，也充满着普照一切的光辉。

不能把"死后"世界全部归于宗教，宗教不过为"死后"的世界提供了一种设想。艺术家能够摆脱上帝，摆脱宗教，但是不能摆脱"死后"。原因很简单，"死后"不是一种观念，而是一种存在，一种有关过去和未来的存在。尼采曾经说过，"上帝死了"，但是"死后"的问题对他依然存在。从某种程度上来说，他所鼓吹的"超人"只不过是有意想代替上帝，他宣扬重视生前不过是害怕不能把握"死后"。尼采把"死后"现实化了，是为了更加超然。这样，他还是难以排除内心的惶惑感，从而走向了疯癫。

实际上，丧失了"死后"是可怕的，尤其对于艺术家来说是这样。人用不着害怕死，但是对"死后"却不能不怀有疑惧。"死后"包含着人对未来的一种责任。一个人死了，可以说是不存在了，但是"死后"并没有随之消失，简言之，"死后"中有你的亲人、朋友和后代，你生前的一切行为都将和他们发生联系，产生影响；广而言之，"死后"还包括人类的未来，历史继续向前发展，这和你也有着某种关联。人类有一种本能就是延续自我。如果个人不与其他人，不与整个人类发生关系，那他当然可以无视"死后"的存在，然而这也就意味着他无从产生和存在。

由此可见，"死后"是一个人注定要承受的一个世界，尽管有时人会找种种借口想卸掉它。人承受它是一种负担，但是如果真正丧失了它，人就会变成自然的动物，人可以快快乐乐地活，快快乐乐地死，快快乐乐地玩，不用考虑未来、战争、文明、历史，更不用害怕艾滋病、麻风病、痴呆……所以，"死后"是根深蒂固的，它不存在于上帝那里，而是存在于每个人的深层意识之中，有时候，它以各种形态浮现出来，这就是梦幻。我们经常就是通过梦幻看到"死后"的。

因此，"死后"在艺术创作中永远有自己的一席之地。它可能是一个黑暗的世界，例如地狱；也可能是一个光明的世界，例如天国。前者出于人对于"死后"的恐惧，后者则表现了对于"死后"的希冀。绝望与希望、卑贱与崇高、勇敢与胆怯、奖赏与惩罚、罪恶与恩德、永劫与神秘、残暴与温柔，都能够在这里尽情地表现自己，并且得到公正的判决，这正如拜伦的长诗《审判与幻景》中天使所说的：

> 他的归宿要取决于他的事迹。
> 假如你有冤要申诉，坟墓允许
> 即使最卑贱的乞丐也能抬起
> 他的头反对至尊。

这里也许还可以用上鲁迅的一句话：公正的裁判是在阴间。

然而，这并不意味着"死后"的世界都是同一模式。只要对比一下曹雪芹与鲁迅的作品就会发现，"死后"的幻景具有很大差异。在《红楼梦》中，"死后"的太虚幻境属于群体化的，几乎谁都可以在里面居住。而在鲁迅的《野草》中，"死后"的世界纯粹是鲁迅个人的，带着强烈的自我品质。这一点同时表现了美学意向的差异，曹雪芹通过太虚幻境揭示了尘世的虚无，看穿了生前的世界，而鲁迅则通过"死后"完成了一种自我审视，包含着自我否定和自我肯定的双重意味。

这种审视中，"死后"成为一种自我状态的象征，艺术家从而尖锐地意识到了自我。在这种情景中，"死后"不是一个冰洁如玉的世界，人更不能在"死后"成仙成佛，失去他生前的感觉，相反，"死后"会是对自我深层意识的一种体验，把在日常生活中所不愿看到或者不愿承认的自我显露出来。例如鲁迅在《墓碣文》中所写的游魂，他"口有毒牙，不以啮人，自啮其身"，以至于"胸腹俱破，中无心肝"，实在令人害怕，但是这正是鲁迅自己的化身。

所以，"死后"有时会是一个象征的世界，隐喻的世界。

在捷克作家米兰·昆德拉（Milan Kundera，1929—2023）的小说《生命中不能承受之轻》（*The Unbearable Lightness of Being*）中，女主人公特丽莎关于"死后"的梦境，就极富有象征意味：

> 在第三轮梦中，她死了。
>
> 她躺在一个像家具搬运车一般大的灵柩车里，身边都是死了的女人。她们人太多，使得车后门都无法关上，几条腿悬在车外。
>
> "我没有死！"特丽莎叫道，"我还有感觉！"
>
> "我们也有。"那些死人笑了。
>
> 她们笑着，使特丽莎想起了一些活人笑。那些活着的女人过去常常告诉她，她总有一天也会牙齿脱落，卵巢萎缩，脸生皱纹，这是完全正常的，她们早已这样啦。正是从这种开心的大笑，她们对她说，她死了，千真万确。
>
> 突然她感到自己内急，叫道："你看，我要撒尿了，这证明我没死！"
>
> 可她们只是又笑开来，"要撒尿也完全正常！"她们说，"好久好久，你还会有这种感觉的。砍掉了手臂的人，也会总觉得手臂还在那里哩。我们实在已没有一滴尿了。"

这里实际上提出了人生中的一个基本问题：什么才算是"活着"？这个问题比哈姆雷特那个"活还是不活"的问题更为尖锐。在作品中，当外国的坦克开进自己的国家，一群正直的知识分子被迫接受一种强制政治统治，就不能不面对这一问题。如果一个人的生命意识已被剥夺，灵魂受到囚禁，自我受到侮辱，还能不能证明自己还"活着"，所谓生命中的"轻"与"重"就是在这种情况下表现出来的。在这种情况下，人被剥夺了一切，而仅仅依靠残存的感觉来证明自己"活着"，这正是生命中不能承受之轻；它太轻了，轻如鸿毛。

据译者介绍，米兰·昆德拉是一个不相信"永劫回归"（eternal return）的作家，他相信人的生命是一次性的，这样，他不可能把"死后"放到死后的地狱和天堂里去，而只好把它放在生前，放在主人公的生命意识之中。确切地说，他笔下所表现的那一群知识分子，例如外科医生托马斯，女记者特丽莎，女画家萨宾娜，大学讲师弗兰茨等，都已经生活在"死后"之中，不过他们自己所意识到的程度不同。正像作者所说的："……完全没有负担，人变得比大气还轻，会高高地飞起，离别大地亦即离别真实的生活。他将变得似真非真，运动自由而毫无意义。"——这是一种"死后"，然而却是因为放弃了"死后"而产生的。

由此可见，"死后"是艺术创作中一个独立的世界，也是生命意识中不可忽视的一部分。假如一个人有可能完全放弃它，那他就会最后走向疯狂和死亡，例如尼采就是如此。特别是对于一个艺术家来说，他生命创造的最根本的意义并不一定在"生前"显示出来，而是刻在"死后"的墓碑上，所以，很多艺术家宁愿放弃"生前"，也不愿放弃"死后"。

第三章

死亡的艺术意义

在但丁的《神曲》中，无论是在天堂还是在地狱居住的鬼魂，每个鬼魂都代表着一种将来的人生意义。与此几乎相同，在艺术创作中，不同的死亡往往体现着不同的艺术意义。在艺术创作中，死神绝不是一个微不足道的艺术角色。如果没有深刻的邀请，没有意义，它不会轻易出台的。无论是轻描淡抹，还是浓妆艳服，死神的出现往往是激动人心的时刻。

所以，艺术家常常喜欢和死神交朋友，甚至引以为知己。每当艺术家感到痛不欲生的时候，感到静寂难熬的时候，感到走投无路的时候，感到无家可归的时候，就会向死神发出召唤。而死神每每总会应召而来，把艺术家从困境中解救出来。

这就是死亡的艺术魅力，但是要想领略它必须和死神打交道。

一、永恒的暗示

……我的油灯给我照出了离我几步远的另一个石像；这些巨大的洁白形象跟幽灵并无多大区别。我痛苦地想起了埃及祭司借以把死者的灵魂吸引到他们用来崇拜的那些木雕偶像里的诱导动

作，我也像他们那样去做；我使石像着魔，反过来，石像也使我
入迷。

——玛格丽特·尤瑟娜尔《一个罗马皇帝的临终遗言》

歌德的《浮士德》最后的诗句是："永恒的女性，领我们飞升。"——这恐怕是浮士德最好的结局了，因为他从死亡中获得了永恒，或者说最后用永恒战胜了死亡。在这里，死亡和永恒实际上已合二为一。

这是艺术最辉煌的境界。罗曼·罗兰这样赞美过贝多芬的音乐："他分赠我们的是一股勇气，一种奋斗的欢乐，一种感到与神同在的醉意，仿佛在他和大自然不息的沟通之下，他竟感染了自然的深邃的力。"——这也是永恒。

因此，在艺术创作中，永恒与死亡同在。如果说死亡是艺术创作中一个永恒主题，那么永恒的真正实现只有死亡。永恒和死亡，它们相互依存而又相互克服。

人类之所以追求永恒、创造永恒，是因为死亡不可克服，无所逃避。用毛姆的一篇小说来说，就是《在劫难逃》。一个荷兰人得罪了一位土著人，那土著人就发誓要干掉他，于是这位荷兰人心里恐惧，到处躲避，想摆脱这个人，但是无论他走到哪里，都看到这位土著人盯着他。最后他一个人跑到一个小岛上，以为自己安全了，然而当晚就丧掉了性命。其实，我们每个人都不比这位荷兰人优越多少，死亡的阴影对每个人与生俱来，逃脱它的追随是一件最徒劳无益的事。

于是，人们对于死亡抱有深深的恐惧和敌意，用各种方法诅咒它，对抗它，然而久而久之人们会意识到，这种敌意，这种对抗并不能消除痛苦，反而会带来更大的痛苦。你越是对死亡抱有敌意，死亡就离你愈近，而且愈显得不可战胜，痛苦就会与日俱增。由此，一个属于永恒的声音会在人们耳畔响起：与死亡和解吧！你只有靠近它，亲近它，与它交谈，才能消除你内心中的恐惧，解除那种与生俱来的苦痛，来吧，做死亡的朋友吧！

艺术就体现着这种和解。人们创造了各种各样优美的神殿庙堂，千奇百怪的天神人鬼，令人迷醉的舞蹈、音乐和图画，都是为了掩盖或者消除对死亡的恐惧感，为了使自己在忘却自己存在过程中感到兴奋和愉快，最终也是为了使自己感到永恒。这样，就出现了我们在《一个罗马皇帝的临终遗言》中看到的情景：一位罗马皇帝面对雕像，设想灵魂能永远存活；这一感受令他激动不已。

永恒的艺术境界就是与死亡和解，或者说与死亡同在。有了永恒，死就并不可怕，正如有民谚所说的，"人一生来就死去，是最大的幸福"，因为，这时人再也不会为死而苦恼；对于艺术家来说，这意味着他已经超越了生死，进入一种永生的境界。

这种与死亡的和解，在中国艺术家的生命意识之中，时常表现为与自然的和解，这就是庄子所说的"天地与我并生，而万物与我为一"的境界。宇宙万物是无限的、不死的，而人的生命极其短暂。看得过重反而会被生命本身所累，最好把它融入宇宙自然之中。所以老庄强调"有"和"无"、"有为"和"无为"的互通，强调人的生命本体与自然本体的同一性，都是为了达到一种与自然宇宙同在的永恒境界，以求得能在有限中获得无限的存在感，如同庄子在《逍遥游》中所描叙的"若夫乘天地之正，而御六气之辩，以游无穷者"一样，实现一种对永远不死的渴望和追求。

死对于中国艺术家来说，不过是回归自然的一种行为，而自然代替着一种永恒，是"不为尧存，不为桀亡"的。所以李白认为"生者为过客，死者为归人"（《拟古十二首》），陶潜有诗云"死去何所道，托体同山阿"（《拟挽歌词三首》），都毫无悲哀的意思。据说魏晋文人嵇康在亲人死时竟敲盆高歌，喜形于色，大约出于同样心态。可见，中国艺术中缺乏上帝的观念，但并不缺乏对永恒的追求，这种永恒存乎大自然，这就形成了中国独特的寄情田园山水、游仙访道的艺术传统。大自然倒成了死与永恒相通的一座桥梁，艺术的出发点可能是："对于自然而言我微不足道"，然而它所达到的最高境界则是："我就是自然！"

所以，在屈原那样"入世"的艺术家的创作中，死亡中仍然包含着一种永恒的暗示。《离骚》就是明显的例子。这是一首辞别人世的死亡之歌，也是一首走向永恒的新生之歌，诗人在现实中走投无路的情况下，开始谋求与死亡和解。在作品中，诗人在人世和天界之间徘徊，也正是在生和死之间进行抉择；他在人世间受尽庸俗小人的嫉妒和迫害，而只有在天界才可能与美人香草为伍，并且自由地"驷玉虬以桀鹥兮，溢埃风余上征"，"览相观于四极兮，周流乎天余乃下"，所以，主人公所选择的最后的归宿——"既莫足与为美政兮，吾将从彭咸之所居！"——既意味着走向死亡也意味着走向永恒。

很多艺术家都从死及其有关意象中领悟到了永恒和不朽。这种情景突出表现在宗教题材的艺术创作中。例如意大利画家乔托（1266—1337）的《哀悼耶稣》一画就从死亡中表现着永恒。耶稣虽然是作为一具僵尸躺在那里，但是保持着那种伟大的磐石一般的安宁。达·芬奇的《最后的晚餐》也包含着这种意味。耶稣被出卖的消息意味着死亡，也包含着永恒，它在不同人物心灵上引起不同反响，作者巧妙地把它们表现在同一空间之中。其实，当永恒的光辉一旦闪烁在人物面容之上时，这个人物也就不再是凡俗之人，而是另一个世界的公民，这就是我们在艺术中经常看到的圣母、圣父、使徒的形象。也许正因为如此，德国的温克尔曼（1717—1768）在谈到希腊雕塑家列奥卡列斯的阿波罗全身像时，曾提醒人们注意："艺术家和观众们啊！你们得想象着自己是来到了一个没有肉体的美的佳境，并且权当自己就是天界的创造者，这样才能充分领略超然于尘世之上的美；因为这里没有任何可以死亡的东西或者人类所需要的东西。给这个身体以温暖和生命的，不是血液和神经，而是天界的崇高精神。它像潺潺流水遍及全身各处。"

与此同时，艺术家所能感到的最大的安慰也就是自己能够创造永恒，并相信自己能够由此不朽。他们把永恒寄托在艺术创作之中，也就意味着不惜消耗自己的生命去建造死亡的纪念碑。我们也可以把这称为一种艺术信念，在一切都会消逝的世界中，只有不朽的艺术作品万古常新。

因此，罗曼·罗兰这样赞美音乐："音乐给我们启示：生命在表面的死亡下继续奔流，一种永恒的精神在世界的废墟中百花齐放。"

莎士比亚相信诗有战胜时间的力量，他在十四行诗中给爱友写道：

> 白石，或者帝王们镀金的纪念碑，
> 都不能比这强有力的诗句更长寿；
> 你留在诗句里将放出永恒的光辉，
> 你留在碑石上就不免尘封而腐朽。
> 毁灭的战争是会把铜像推倒，
> 也会把巍峨的大厦连根儿烧光，
> 但是战神的利剑或烈火毁不掉
> 你刻在人们心头的鲜明印象。
> 对抗着消灭一切的无常和死，
> 你将前进；人类将永远歌颂你，
> 连那坚持到世界末日的人之子
> 也将用眼睛来称赞你不朽的美丽。
> 到最后审判你复活之前，你——
> 活在我诗中，住在恋人们眼睛里。

艺术的这种永恒的价值是与死亡息息相关的。从某种意义上来说，这种永恒性是艺术家在通向死亡道路上所领悟到的。巴尔扎克在《邦斯舅舅》中有一段话说得好："古往今来的雕塑家，往往在坟墓两旁设计两个手执火把的神像。这些火把，除了使黄泉路上有点儿亮光之外，同时照出亡人的过失与错误。在这一点上，雕塑的确刻画出极深刻的思想，说明了一个合乎人性的事实。"

艺术家也是执火把的人，不过所燃烧的是自己的生命。由此艺术家创造了一个自给自足的空间，自我意识脱离了时间的洪流，使得吞噬一切的死亡也感到无能为力。在这里，他的生命所接触到的是一些非现实或者超现实的事物和人物，艺术家能够重新安排时间和空间，让自己沉迷在自己的梦境里。

没有一个艺术家不渴求着自己永生，然而"永生"本身就是一种无法证明的梦幻，它如同地狱边沿上的陷阱，用死亡的微笑诱惑着艺术家。而往往这一诱惑是非常成功的。它吸引着艺术家把自己全部身心投入艺术创作，用生前"忘我"的追求，去实现死后的"有我"。这就是普希金在《纪念碑》一诗中所表现的，他相信自己是不死，相信他的诗能够使他永驻人间。画家梵高生前也曾坚信，他的作品必将为后世人所重视，尽管这很可能是在他死后。

这一信念对艺术家所产生的力量达到了令人难以置信的程度。很多艺术家把创作看作是自己唯一的生命，甘愿忍受极端困苦的生活，包括不理会死亡的威胁，直到生命的最后一息。例如法国剧作家莫里哀（1622—1673）在身患重病之时，还要登台演出，而且在舞台上表演得很成功，直到最后一场他发生了痉挛，仍然用一个强装出来的笑脸遮掩了过去。但是就在演完戏后的当天，这位伟大的艺术家便与世长辞。

巴尔扎克的创作成果使后人赞不绝口，敬佩不已，然而他所付出的生命代价也同样令人感叹。他在日常生活中是一个让人感到不可思议的"怪人"。一生中大部分时间生活在自己所创造的那个世界之中，正如茨威格所说的，他每天有一小时出去的时候，就好像一个囚犯在监狱天井里散步吸点新鲜空气。他像幽灵听到午后钟声必须回到黑暗中去一样，立即回到他写作的那间屋子里；真实的巴尔扎克并不是人们偶尔在街上看到的那个巴尔扎克，而是只有在他工作间四壁才看见和听见的巴尔扎克，除了他自己所创造的那个世界之外，他已完全脱离了日常时间和空间，直到他感到一阵痉挛，或者疲劳得头晕眼花的时候——这时候，他需要喝一杯黑咖啡提神。

对于这位艺术家的生命，茨威格表达得最为贴切，"一本紧跟着另一本，像在那件大织物——是他毕生的工作，也是他的寿衣——上面的一行行针脚。"

这是"因为巴尔扎克像一个幽灵，只被允许在他所不属于的世界上遨游一样，直到不可避免的钟鸣声把它召回阴间为止，他是没有几小时短暂的时间来享受自由的呼吸的。然后他就被召回到他孤寂的隐身之处，回到他自己所创造的世界，对于他，那才是一个唯一的世界"。

也许艺术家心灵是相通的。巴尔扎克逝世之后，雨果在他的葬礼上说："当一个崇高的精神这样尊严地进入另一个世界，一个久在群众之上以肉眼所能看见的天才的翅膀而翱翔的人物，忽然伸出我们一向所没有见到的另外的翅膀飞入不可知的境界里去的时候，在我们的心中只能产生严肃和真诚的思想。不！这不是不可知的境界！正如我从前会在同样悲痛的境遇里所说的，正如我永不厌烦来说的——这不是黑暗，而是光明。这不是终局，而是开端。这也不是虚无，而是永生。你们听我说话的一切的人，我不是说到真理了吗？像这一类的坟墓才是'不朽'的明证。"

在这里，我们再一次体验到前面所说的境界：死亡与永恒同在，不过，这一次我们已经逃离了肉体，来到了心灵的境界。艺术家用他一生的拼搏，用自己肉体的消耗，换取了灵魂的飞升。

实际上，永恒就是灵魂不死。对此艺术家常常表现出了固有的信念。例如雨果就一直坚信灵魂不死。据说，一次，一位交谈者曾断言，当我们与生命告别时，灵魂也整个地完结了，然而雨果回答那人说："对于你的灵魂可能是这样，但我的灵魂将永垂不朽。这一点，我很清楚……。"所以雨果本人对于死亡的来临毫不在意。1881 年 8 月 31 日他在遗嘱中写道："上帝、灵魂、责任，这三个概念对一个人足够了，对我来说也足够了。宗教的本质就在其中。我抱着这个信念生活过，我也要抱着这一信念去死。真理、光明、正义、良心，这就是上帝。上帝如同白昼。……我的凡眼很快就要闭上了。但是我精神的明眸将一如既往地灿若朝霞。"

由此，如果把艺术创作当作一种"自我拯救"也未尝不可。艺术家渴求永恒，拼命奋斗，仅仅是为了完成一种夙愿，就是把自己从死亡的恐怖中解救出来，使自己的生命尽可能地超越肉体的限定，使灵魂得以解放和自由。然而，这一"自我拯救"过程本身又是一种自我牺牲，艺术家必须把自己生命投入一种意义之后才能获救，也就是说，他必须用一种甘心情愿的牺牲去代替一种自然而然的无法抗拒的死亡，生命才会感到充实和有意义。艺术家用自己独特的方式最后接受了死亡，那就是永恒。

　　无疑，在艺术家那里，永恒的意义不属于上帝，而属于自己的生命。这一点决定了艺术家并非一定要把死亡的权利交给上帝或者自然，相反，有时他们愿意把死亡也牢牢地握在自己手里，最后自己给自己送终。我相信，艺术家在自杀的最后时刻，一定从死亡的足音中听到了一种永恒的暗示。所以芥川龙之介在自杀前留下一句名言："在神的一切属性中，我最同情的是神不能自杀。"

二、困境的解脱

> 过去的生命已经死亡。我对于这死亡有大欢喜，因为我借此知道它曾经存活。死亡的生命已经朽腐。我对于这朽腐有大欢喜，因此我知道它还非空虚。
>
> 只有我被黑暗沉没，那世界属于我自己。
>
> ——鲁迅《野草》

　　从巴尔扎克的《高老头》中可以领悟到，如果一个人的灵魂在死亡之际得不到认同和拯救的话，那么就将是生命最大的不幸。高老头之死的悲惨情景就表现在这里。大学生拉斯蒂涅目睹这一悲剧之后，流出了最后一滴眼泪——"神圣的感情在一颗纯洁的心中逼出来的眼泪，从它堕落的地下立刻回到天上的眼泪"，尔后他把自己投进了欲望的深渊。

　　由此看出，对艺术家来说，最深刻的悲剧感并非直接来自死亡，而是灵魂的失落。这种失落能够在无形中摧毁人的尊严和心灵深处对真善美的信仰，表现为对人生命本身最有价值那部分的讽刺、嘲笑和抛弃。

　　所以，灵魂的拯救，成为艺术家最为关注的一个问题。在表现和思考人的价值、本质和命运时，几乎所有伟大艺术家都把焦点集中于人的灵魂方面，深入思考灵魂得救问题。例如托尔斯泰的创作就很明显。他笔下的重要人物形象，例如安德烈、彼尔、聂赫留朵夫、列文等，无不贯串着一条相同的思路，就是灵魂从迷惘最后走向拯救。在这个过程中，这些人物几乎无不想到死甚至自杀，最后灵魂在死亡的边缘上复活。例如《战争与和平》中的彼尔，作者是这样叙述他灵魂获得宁静过程的：

> 他早就用各种方法寻求那种精神的宁静，那种内部的和谐，在波罗狄诺战斗中那些兵士的身上，那种心情曾经大大地感动了他。他曾经在慈善事业中，在共济会的教义中，在城市生活的放荡中，在酒中，在自我牺牲的英雄事业中，在对纳塔莎的浪漫爱情中寻求这种心情，他曾经靠推理来寻求这种心情——这一切寻求和实验都使他失望了。而这时，并未想到那种心情，他从死的恐怖中，从穷乏中，从在加拉塔耶夫身上认识到的东西中，才找到了那种宁静的内部和谐。
>
> ——《战争与和平》第十三卷

但是，无论是彼尔，还是列文（《安娜·卡列尼娜》）、聂赫留朵夫（《复活》），这种灵魂的拯救都是通过激烈的内心搏斗实现的。这个过程中充满着灵与肉的冲突，心灵被世俗、被邪恶、被淫荡、被虚伪的礼节囚禁着，而只有死亡才具有破碎这一切的力，把心灵从困境中解救出来。

这在聂赫留朵夫身上表现得更明显。"在聂赫留朵夫身上就跟在一切人身上一样，有两个人。一个是精神的人，他为自己所寻求的仅仅是对别人也是幸福的那种幸福；另一种是兽性的人，他所寻求的仅仅是他自己的幸福，为此不惜牺牲世界上一切人的幸福。"《复活》小说的全过程也就是主人公"兽性的人"渐渐"死去"，而"精神的人"再一次复活的过程。

显然，这种心灵与肉体的冲突，是人类自身生命过程中的内在冲突。除非在死亡面前，心灵和肉体才有可能得到和解，否则一直处于激烈的矛盾冲突之中，这必然给人带来无穷尽的精神痛苦。为了消除这种痛苦，各种宗教应运而生，教导人们远离尘世，追求精神的永恒。例如，照佛教观念看来，肉体的欲望是可怕的，像深渊一般，人一旦深陷其中就会苦海无边；为了使灵魂得到拯救，就应该"四大皆空""六根皆净"，不断消除和抑制肉体的欲望，甚至不惜摧残和毁坏它们，以期获得灵魂的超生。

但是，这样除了加重了人心灵上的负荷之外，并不能消除这种冲突。心灵是无法摆脱肉体而存在的，也不可能真正从肉体欲望中分离出来。实际上，心灵愈是期望远离肉体的束缚，就愈是需要肉体的支撑，这二者不可分离。如果把肉体的欲望看作是一种罪恶的话，人的生命本身就是罪恶，而且心灵注定要承担这种罪恶。

这就是叔本华所说的生命意志与欲望的冲突。

和宗教不同，艺术不可能回避生命的这种真实状态，所以艺术家也不可能像宗教家那样保持静穆，必须体验和承受这种生命中的冲突和搏斗，去追求和创造完整的和理想的生命。

然而，正是在这种情况下，艺术家经常陷入不能自拔的困境。常常有这种情况，艺术家面对着无法解决的冲突：一方面是心灵高尚和善良的人要永远忍受肉体上的痛苦，不可能获得更好的生活境遇，另一方面是品性恶劣的人物享受着物质上的极大快乐，他的罪恶得不到惩罚；一方面是需要肉体支撑的灵魂，另一方面是没有灵魂的强壮的肉体，它们常常相隔遥远并且顾此失彼，犹如熊掌鱼翅一般不可兼得；艺术家只能艰难地在心灵和肉体之间穿行，很难轻易地否定这一方面或者另一方面。

在这不可解决的心理冲突面前，除了向宗教求救之外，死亡就成为最理想的解脱方式。有时，死亡是为了解救灵魂，有时则是为了平息肉体的喧嚣。总之，死亡会把人从困境中解脱出来。

从这个角度来说，推动《复活》中聂赫留朵夫"复活"的首要因素是死亡而不是宗教。在作品中，聂赫留朵夫走向"复活"的最重要的镜头，是在监狱中发生的：

　　他走近前去，仔细看那具死尸。

……

"他受苦是为什么？他活着是为什么？现在他明白这些了吗？"聂赫留朵夫暗想。他感到这些问题的答案是没有的，感到除了死亡以外什么也没有，于是他觉得头晕了。

回到旅馆后，聂赫留朵夫对于福音书有了新的从未有过的感受。而这一感受是由死亡感受中来的。

实际上，就一种艺术理想来说，没有灵魂的肉体和没有肉体的灵魂，都不该存活在这个世界上，然而，这二者完美统一的人生在这个世界上又绝无仅有，如果有，那么就是神。这在艺术创作中就形成一个难以解决的悖论或者困境，艺术家所想得到的正是他永远得不到的，而在现实中真正目睹和体验到的又永远不能满足他的需求。

毫无疑问，这一困境中最不堪忍受的是灵魂和肉体被迫分离的痛楚。无论出现哪一方面的情况——或者肉体被剥夺被压抑或者灵魂被剥夺被压抑，都会造成畸形的人生和人格，表现出对生命本身的一种歪曲和亵渎。人如果在现实中无法改变这种状态，并且再也无力承受它，那么就会寻求最后的解脱，于是，死亡就找到了自主的意义。

例如，对于在苦难中挣扎的人来说，死亡并不可怕，可以是一种苦难的解脱。这一思想已被中外古今很多艺术家表现过。纪伯伦在作品中就表现过两种死。当死神站在有钱有势的富翁床前时，那富翁惊恐万状，想尽办法把死神赶跑；而死神来到穷苦无告的贫民区时，一位少年则双膝跪在死神面前乞求："壮美的死神啊，我在这里！我早就对您朝思暮想，望眼欲穿了。请接受我这颗心灵吧！心爱的，拥抱我吧！您是仁慈的，不会把我丢弃在这里。您是造物主的使者，您最公正无私，因此，请您别丢下我！曾有多少次，我找您，找不到；曾有多少回，我喊您，您不应。现在，您终于听到了我的祈求。请您成全我，满足我的愿望，拥抱我的心灵吧，亲爱的死神！"

也许这会使我们想到波德莱尔在《穷人们的死》一诗中对死亡的

赞美：

> 是死亡给人安慰，唉，使人活下去；
> 它是人生的目的，是唯一的希望，
> 它像酒仙一样，使我们陶醉，鼓舞，
> 给我们坚持走到日暮时的胆量。

只有在苦难中人们才能真正地亲近死亡，远离苦难的人往往很难体会。记得沈从文有一篇小说《知识》，写一位哲学硕士到了乡村，看到一位老农和儿子在田地锄草，儿子被毒蛇咬死，而其家人无动于衷且面有喜色，这位硕士大吃一惊，问其故，得到的回答是："我伤什么心？天旱地涝我们就得饿死，军队下乡土匪过境，我们得磨死。好容易活下来！死了不是完了？人死了，我就坐下来哭，对他有何好处，对我有何益处？"

可以理解，假如生命本身成为一种苦难的负担，那么死亡就不再会是痛苦。这时候，死神的来临就会受到欢迎。例如英国作家史蒂文生在《磨坊的威尔》中，就把死神描绘成一个解除人生一切痛苦的医生，作品中的主人公威尔处于灵与肉的煎熬之中，无法解除心灵的困境，最后他遇到了这位特殊的医生：

"你是医生吗？"威尔颤抖着。

"我是最好的医生，"那个人说，"因为我用同一味药方医治肉体和灵魂，我能解除一切痛苦，原谅一切罪恶。无论我的病人在生命中陷入什么窘境，我都能使他们解脱，并获得重生。"

"我不需要你，"威尔说。

"人人都会轮到这个时刻，威尔老爷，"医生说，"这时候人们做不了自己的主了。因为你谨慎而又安分，所以它到现在才降临到你的身边，你也早已做好准备迎接它的到来。你该做的事都做了，你像野兔守窝终日守在这里，现在这一切都该结束了。"

医生站了起来，"你应该起来跟我走了。"

"你是个奇怪的医生。"威尔盯着他的客人看。

"我是自然规律，"他说，"人们称我为死亡。"

"你为什么不早说？"威尔喊道，"这些年来我一直在等着你。把你的手伸给我，我欢迎你的到来。"

把死神描绘成一个包医百病的医生，是一个绝妙的比喻。显然，在艺术创作中，这个"医生"不仅医治肉体上的病痛，更重要的是医治心灵的病痛，尤其是精神上的"绝症"。患这种精神上"绝症"的人，面对着不可能解决或者不可克服的矛盾，生存下去，除了痛苦之外，只能是对于自我生命的一种轻薄。

往往有这种情况，生命内在危机来自心灵和肉体的无法认同，而生命本身已无法控制摆平它们。例如在郁达夫的《沉沦》中就是这样。作品中的主人公无法控制自己青春肉体的需要，他的心灵为此感到痛愧不堪，由此在生命意识之中形成了一种强大的自我否定力量，把人物推向了死亡。

关于这种心灵和肉体无法认同的情景，捷克作家米兰·昆德拉在《生命中不能承受之轻》中进行了绝妙的表现：

他解开她的第一颗扣子，暗示她自己继续下去。她没有服从。她把自己的身体送入了那个世界，但拒绝对它负任何责任。她既不反抗也不协助他，于是灵魂宣布它不能宽恕这一切，但决意保持中立。

他脱她的衣服时，她几乎一动不动。他吻她时，她的嘴唇没有反应。她突然感到自己的下身开始潮润起来，她害怕了。

她兴奋地反抗自己的意志，并感到兴奋因此而更加强烈。换句话说，她的灵魂尽管是偷偷地但的确宽恕了这些举动。她还知道，如果这种兴奋继续下去，灵魂的赞许将保持缄默。一旦它大声叫好，就会积极参加爱的行动，那么兴奋感反而会减退。所以，使灵魂如此兴奋的东西是自己的身体正在以行动反抗灵魂的意志。灵魂在看着背叛灵魂的肉体。

他已经脱了她的短裤，让她完全光着身子了。她的灵魂看到了她赤裸的身体在一个陌生人的臂膀之中，如同在近距离观察火星时一样感到如此难以置信。这种难以置信，是因为灵魂第一次看到肉体并非俗物，第一次用迷恋惊奇的目光来看肉体！肉体那种无与伦比、不可仿制、独一无二的特质突然展现出来。这不是那种最为普遍平凡的肉体（如同灵魂以前认为的那样），是最为杰出非凡的肉体。灵魂无法使自己的眼睛离开那身体的胎记，圆圆的、棕色的，在须毛三角区上方的黑痣。它把那颗胎记当作自己的印记，曾是被刻入肉体的神圣印戳。而现在，一个陌生人的生殖器正朝它逼近亵渎着它。

她盯着工程师的脸，意识到她决不会允许自己的肉体——灵魂留下印戳的肉体，由一个她一无所知也不希望有所知的人来拥抱，不允许自己的肉体从中取乐。她沉浸在仇恨的迷醉中，集了一口痰，朝陌生人脸上吐去。他正热切地看着她，注意到了她的愤怒，加快了在她肉体上的动作。特丽莎感到高潮正在远远到来，她大叫大喊以作反抗："不，不，不！"但反抗也好，压抑也好，不允许发泄也好，一种狂迷久久地在她肉体里回荡，在她血管里流淌，如同一剂吗啡。她狠狠地捶打他的手臂，在空中挥舞着拳头，朝他脸上吐口水。

笔者之所以引录了这么长一段，完全出自一种感悟。在这一次做爱过程中，我们看到了人的灵魂和肉体是如何密切地注视着对方，互相承受着羞辱和压力；我们又能看到，人性是多么软弱，人是多么不能抵挡欲望，居然能够在清楚地意识到自我状态下接受沦落，也就是说，在感到羞辱的情况下接受羞辱甚至以羞辱为快。无疑，这正是作者所想要揭示的人之存在的轻薄状态。所以特丽莎事后感到一种极大的悲伤和孤独征服了她，她感到自己已经丧失了自己，最后她所意识到的自己就是：她想死。

然而，特丽莎，同托马斯、萨宾娜、弗兰茨等有着共同命运的人物一样，并没有去自杀。她们继续活着，直到死亡自动地来找寻他们。最深刻的生命悲剧正是在这里发生的。假如她（他们）不堪忍受自己的生命受到侮辱，不愿意让自己的生命处于无意义状态中，自己不能宽恕自己，如果在苟活和死亡之间选择了后者，那么，就生命存在的本来意义来说，作者不会感到过于深切的悲哀，因为死亡只是把她（他们）从人生的困境中解救出来，并不能否定她（他们）生存的意义。然而，她（他们）仍然活着，这意味着她（他们）自己否定了自己的理想和追求，在丧失了自我的废墟上接受了媚俗。也许正是这个原因，作者在作品中一再渲染死亡的气氛，让这些继续活着的人一直幻想着死亡，用以解脱自己的困境，直到他们最后死去。

由此可见，死亡作为一种解脱，根源于人生命意识内在的自我冲突和搏斗；根源于人不能轻易地放弃自己和原谅自己。如果从这个角度来讨论灵魂的拯救，死亡必然与一种人生理想相连，所表达的是一种对人生命完整性的尊重，用一种生命的毁灭换取了生命的自我肯定。因为有了这死亡，人们会蔑视一切苟活，会极力地寻找有意义的生命存在，会不断反省和检讨自己的世界。

三、人性的警示

　　我要叫这班伶人在我的叔父面前，表演一本跟我的父亲的惨死情节相仿的戏剧，我就在一旁窥察他的神色；我要探视到他的灵魂的深处，要是他稍露惊骇不安之态，我就知道我应该怎么办。我所看见的幽灵也许是魔鬼的化身，借着一个美好的形状出现，魔鬼是有这一种本领的，对于柔弱忧郁的灵魂，他最容易发挥他的力量；也许他看准了我的柔弱和忧郁，才来向我作祟，要

把我引诱到沉沦的路上。我要先得到一些比这更切实的证据；凭
着这一本戏，我可以发掘国王内心的隐秘。

　　　　　　　　　　　　　　　　——莎士比亚《哈姆雷特》

　　死亡是艺术家和哲学家共同关注的问题，但是，只要比较一下就不难
看出，艺术家和哲学家经常处于争吵之中。其中重要一点就在于，哲学家
能够心平气和地谈论死，面不改色心不跳，然而艺术家往往激动不已，把
情感投入到死亡之中，所以，艺术家能够让自己的人物在死亡中得以解
脱，但是自己并不一定能够非常超脱，因而巴尔扎克笔下的高老头死了，
摆脱了困境，但作者却久久沉浸在痛苦之中；福楼拜让自己笔下的包法利
夫人死了，但是自己却难以接受。诸如此类的例子，可以说举不胜举。

　　这不奇怪。因为哲学家经常讨论的是抽象的死，因而能够用纯粹理性
的态度接近它；而艺术家则面对各种各样具体的死，他必须亲眼"看到"
甚至亲自体验一个个活生生的生命面临死亡和走向死亡的过程，对此不可
能无动于衷。茨威格在作品中就曾写道："您，一个局外人，坐在甲板躺
椅上，作为世界上一个轻松的旅游者，您可知道，人要死了是什么意思？
您什么时候经历过这种场面，您见过身体怎样痉挛，发青的指甲怎样在空
中抓挠，喉咙在怎样呼噜呼噜地喘气，每个肢体怎样挣扎，每个指头怎样
同那个可怕的东西搏斗，瞪得圆圆的眼睛里怎样流露出一种无法用言语形
容的恐惧吗？"

　　所以，从某种程度上说，哲学家就是这种"局外人"，尽管他们并不
像旅游者那么轻松。因此，当一个艺术家用哲学家眼光来讨论死亡的时
候，往往容易陷入生硬干瘪。例如萨特（1905—1980）在其名著《存在与
虚无》中，就把"等死"简单地划入荒谬和无意义的范畴，他费尽心思地
把"特殊的死"和"死本身"，把"死选择我"和"我选择死"分开，结
果还是陷入一种理性怪圈之中。除非一个纯粹理性的人能够完全接受萨特
的逻辑，否则，感情上稍一软弱就会陷入混乱之中。我相信，面对死亡任
何人所感到的恐惧都是自我的，用逻辑理性如此细密地界定死亡只是徒劳

无益的一种做法。

就此来说，把萨特的文学创作和他的哲学思考完全混为一谈十分危险。这二者之间有互相印证的方面，更有互相矛盾的地方。萨特笔下的人物并不会那么轻易死去，但是他们总是在感觉到死，并且从这种感觉中意识到自己的存在——尽管存在是一件令人作呕的事情。例如在其《一个厂主的早年生活》中，主人公吕西安自我意识的觉醒，就在于自己一次又一次地意识到自己"不存在"或者虚无。起初，他根本无法确定自己的性别、姓名、感觉的实在性，因而觉得一切都很荒谬，充满自我怀疑甚至自我厌恶，然后逐渐感到别人也不存在，世界也不存在。最后自我终于克服了一切。显然，在作品中，死亡和存在具有同等重要的意义，但是它们并不是存活在概念的限定之内，而是存活于人的生命意识之中。死不过成为一种存在的反证，不断给生命打上印戳。

实际上，生命的无常和人生的价值，是萨特思想中最重要的两项内容。在哲学上，他常常想把它们分开，但是在创作中它们却紧紧贴合在一起。萨特想完整地呈现出一个人的生命状态时，就不可能对死亡无动于衷。他笔下的人物尽可以对死亡表现出冷漠和麻木，但是他的本意却是呈现出悲悯和痛楚。

就此来说，死亡的另一重意义呈现出来了，这就是对于后人，对于继续活着的人的一种警示，唤起人们对于自我生存状态的注视，用更充实的生活来证明自己的存在。

死亡所具有的撼动人心的艺术力量往往表现在这里。对艺术家来说，死亡不仅仅具有个体生命的意义，而且拥有群体生命的意义；个体生命能够从死亡中得到解脱，但是群体生命能够从个体死亡中获得警示，更深刻地认识和理解自己的生命，尽量避免再次堕入深渊。

显然，在艺术创作中，死是多种多样的，有因贫困而死，有因愚昧而死，有因嫉妒而死，有因贪婪而死，有因误解而死，有因野心而死，有因善良而死，有因爱欲而死……不一而足，它们从人生各个方面向人们发出了警示。人们从这些死亡中一次次进行反省，进行体验，不断意识到自己人性中的弱点和人生状态中不完善的地方，使自己的灵魂通过一次次的悲剧洗礼而得到拯救……

死亡，一再在艺术中出现，人生的警钟长鸣。

也许这也就是人们非常害怕和厌恶死亡，但是又一次次从艺术中接近死亡并获得快感的原因之一。

死亡的这种警示意义主要呈现为艺术创作的社会意义，这是确定无疑的。因为艺术家毕竟不是为死者创作，而是为了自己和社会，他的目的是为现在和将来的世界提供一些东西，因此艺术家不能不思索死亡意味着什么，它把什么带给了人们。如果仅仅是为了引起人们恐惧的话，把死尸搬到艺术舞台上就完事大吉了。

从内在的观点来说，这也表现了艺术家对于生命的一种责任感，也就是说，对于自己所表现的整个完整的艺术生命，艺术家不仅要对他的生存负有责任，而且对他的死也有承担，他必须说明它，解释它的意义——当然这种意义尽可以是正面的或反面的，直接的或者间接的，属于个体的或者属于社会的。

所以，一个真正的艺术家绝不会让自己笔下人物的死亡毫无意义，即便人物本身是多么渺小、卑贱和微不足道。这在艺术创作中很容易得到证明。例如鲁迅笔下的阿Q之死，就具有强烈的警示意义。一个尚不懂得什么是"革命"的农民因"革命"被推上断头台，足以说明辛亥革命是多么不彻底，而国民心理又处于如何愚昧和麻木的状态，它不仅提醒人们注意社会的黑暗现实，而且唤起了人们对自己畸形病态心理的反省。这个例子说明，死在艺术中的警示意义，固然与人物生存面貌有关，但最重要的取决于艺术家对于人物命运的独到发现和整体性把握。

这种独到发现和整体性把握往往取决于艺术家对于整个社会的深刻观察和认识。在这种情况下，任何一个人物的死亡都不再是一个个体事件，而是一个社会事件，牵动着社会的历史和文化，牵动着一个民族的精神状态。正是在这种个体与群体、现实与历史千丝万缕的联系中，死亡的意义才能得以深刻呈现。由此，一个伟大人物的死固然能够引起人们心灵的震撼，一个渺小人物的丧生也会引动千千万万的人伤心落泪——这一切都来自艺术神奇的魅力。

在很多优秀的艺术作品中，死亡都显示出强烈的警示意义，被后人长久地传诵。例如莎士比亚的《奥赛罗》，就是以苔丝狄蒙娜和奥赛罗之死换取了一个有关嫉妒的警示，它告诫人们，一个人如果在恋爱上心胸狭窄，容易发生嫉妒，就会"把一颗比他整个部落所有的财产更贵重的珍珠随手抛弃"，最后酿成伤心惨目的悲剧。从这一悲剧中，人们会意识到，每个人都应当小心翼翼地注意自己内心，防止其阴暗的因素一步步地扩散，最后蒙蔽自己整个的心灵。

从一些优秀的文学作品中可以看到，死亡，作为一种人生的警示，其深刻性还来源于艺术家理解人性的深度。有时候，死亡并不一定来自一种外部力量，而是出于一种深刻的内在冲突，能够引起人们内心更深沉的反响。

例如，死亡在毛姆小说《雨》中的出现，就不能不使人们重新思考人性的扭曲问题。教士戴维森虔信上帝，克己自持，用一种近似疯狂的热情在土人中传教。而这种热情和他长期的自我压抑生活密切相关。这一点，我们从作者对他的外表描写中就看得很清楚："……他带着一种死气沉沉的气派，可是只要注意到他那丰满而性感的双唇，不免会使你吃惊。他留着很长的头发，他那双乌黑的眼珠，深藏在眼窝里，又大又悲愁；手指又大又长，长得很好看，给他一种毅然有力的外相。但是他最最突出的一点是给你一种有一团火在身里被压抑的感觉：这团火含而不露却又蠢蠢欲动。"所以，他把这种自我压抑的痛苦转变为对一切生命快乐的漠视和敌意，在土人中制定了各种禁欲主义的清规戒规，他不但把通奸、说谎、偷盗、赤裸身体、不进教堂定为罪恶，而且把跳舞、女孩子露出胸部和男子不穿长裤也定为罪恶。

正是基于这种心理，这位教士对于充满性感和生活放荡的汤姆森小姐的出现感到极大的恐惧，千方百计想让她离开。无疑，这种恐惧不仅来自汤姆森放荡的生活，而且来自他自己内心已经受到了诱惑，他害怕自己无法控制自己的欲望，情不自禁地走向堕落。但是，戴维森毕竟是一个血肉之体，不可能完全根绝欲望，当他最后用剃刀割断自己喉管的时候，意味着他已不能忍受这种长期沉重的压抑，也无法和自己已接受诱惑的欲望产生认同。

戴维森的自杀，是自我内部世界的崩溃。因为他的信仰建立在一种虚伪和自欺基础上，用道貌岸然的外衣来极力遮盖内心焦急的欲望，自我冲突的极致必然导致自我厌恶的产生。自我内在的消耗就是自我毁灭的前奏。这表明，人不可违背自己的天性而生存；人性的枷锁往往就在我们心灵深处，它会使我们的生命失去鲜活的光彩，最后在封闭中自窒而死。

由此来说，死亡与虚无有时形影相随。人们在死亡面前能够重新回顾人生，改变自己对生活一些根深蒂固的看法，因为在很多情况下，人们只有在见到了死才回心转意，所谓"不到黄河心不死，不见棺材不落泪"的俗语并不是无中生有，它反映了人们一种普遍的心理状态。所以在小仲马的《茶花女》中，最催人泪下的是玛格丽特因爱情而死的场面。在作品中，玛格丽特最后的时刻是这样的：

> 玛格丽特半夜两点钟光景进入弥留状态。从来也没有一个殉难者受过这样的折磨，这可以从她的呻吟声里得到证实。有两三次她从床上笔直地坐起，仿佛想抓住她正在上升到天堂里去的生命。
>
> 也有这么两三次，她叫着你的名字，随后一切都寂静无声，她精疲力竭地又摔倒在床上，从她的眼里流出了无声的眼泪，她死了。

显然，这种死亡本身就是一种"语言"，向人们展示一个微不足道的妓女内心的高贵和纯洁。就玛格丽特来说，她在最后时刻还不愿放弃爱情，但是对亚历山大·小仲马来说，则希望用死来消除人们对人物固有的偏见和误解，对无意识中所犯下的罪恶有所觉悟。玛格丽特在病中给阿尔芒写过一封信，其中写道："除非我死了，由于死亡的权威而使这封信神圣化。"实际上，死，不仅使玛格丽特证明了自己，而且给世人敲响了警钟：偏见就是罪恶，它正在制造生活和生命的悲剧。

用"死"来唤起人心，向社会黑暗提出责难和抗议，是很多艺术家有意识的所为。伟大的艺术家往往就是敲响警钟的人，他们感受到了人性所面临的危机，站在战争、毁灭、罪恶地狱的边缘上，用已被毁灭或者正在被毁灭的生命作为证据，苦口婆心地告诉人们应该这样或者那样，否则后果将不堪设想。例如毕加索用自己的绘画提醒人们遏止战争这只怪兽；巴尔扎克则用死再三告诉人们，在金钱社会中，人的可悲之处在于自我拍卖，在于用灵魂去换取欲望的满足，在于在生命过程中失掉自我，包括死——这一生命最后的时刻。

死，作为一种人生的警示，目的是使人们不断意识到自我的危机状态，不断改变我们的生存环境，例如，巴金写《家》就出于一种替死者复仇，为后人负责的动机。他自己说："我读着线装书，坐在礼教的监牢里，眼看着许多人在那里挣扎、受苦、没有青春，永远做不必要的牺牲品，最后终于得着灭亡的命运。……那十几年里面我已经用眼泪埋葬了不少的尸首，那些都是不必要的牺牲者，完全是被陈腐的封建道德、传统观念和两三个人的一时的任性杀死的。"巴金之所以要把所看到和所体验过的一切都写出来，是因为社会生活中在继续演出着这种死亡的悲剧，很多人正在走向死亡。

巴金笔下的"家"无疑是整个社会的一个缩影。这是一座地狱，一个墓穴，其中演出的剧目就是死亡，鸣凤的死，梅芬的死，瑞珏的死，等等，都如同一块块沉重的大石，一次次把人们拖入水中，领受那种毁灭的滋味；人间就好像一个演悲剧的舞台，那么多的眼泪，那么多的痛苦，所有人活着就是为造就自己的死亡，或者造就他人的死亡——所有这一切都在告诉人们，如若不改变这罪恶的社会，谁也不能逃离这痛苦的毁灭。

在此，可以把很多优秀艺术作品看作是人生悲惨的启示录，它们通过死亡揭示出人类社会许多触目惊心的邪恶，揭示出人类自身难以克服的弱点和恶行，使人类自己感到不寒而栗。死亡，作为一种悲剧的事实，无非是在警告人类，如若人类对这一切都无动于衷、麻木不仁，死亡就会反归于人类本身，导致人类的自我毁灭。

这正是死亡所拥有的穿透人心的力量。在很多艺术作品中，我们所体验到的正是自己的毁灭，我们会感悟到，人在毁灭他人、毁灭社会的同时也在毁灭自己。人类是一个整体，谁也无法逃避。

这里，我很想举出苏联作家艾特玛托夫的《死刑台》作为一个例子。在这部作品中，人们在毁灭他人，损害大自然，其实也在毁灭自己，这作为一种无可逃脱的命运，作为一种自然的报复和惩罚，会深深刻印在读者的心灵中。这一思想在作品的结尾得到了完全的展示：心存贪欲的人打死了名叫塔什柴纳尔的公狼，毁灭了它的狼崽，最后他们还要消灭仅剩的母狼阿克巴拉，但是，正是在这时，灾难降临到了波士顿头上，他亲眼看到了阿克巴拉拖走了自己心爱的儿子，在向远处奔跑，绝望中的他举起了枪……也许一切都是报应：

　　……波士顿再装子弹，把最后一发推进枪膛，重新瞄准。他甚至没有听到自己的枪声，只见母狼向上一跳，就侧着身子倒下了。

　　波士顿扛着枪，梦游似的向跌倒的阿克巴拉跑去。他觉得他跑得那么慢，跑了那么久，宛如在某个空间浮游一样。

　　终于，他全身冰冷地——似乎是在寒冷的冬天——跑到母狼跟前。他深深地弯下腰，无声地呼唤着，全身摇晃抽搐。阿克巴拉还活着，它旁边躺着胸膛被射穿的孩子，他已经停止了呼吸。

　　整个世界寂静无声。世界消失了，不存在了。只剩下一片熊熊燃烧的黑暗。波士顿不相信自己的眼睛。他弯下腰，从地上抱起儿子流满鲜血的身体，紧紧贴在胸前……

　　……

　　……他明白什么事情发生了。他抬眼望着天空，可怕地大声喊道：

"为什么，你为什么这样惩罚我呀？"

在死亡面前，波士顿终于醒悟：这是大自然的报复。在自杀之前他发现了这个可怕的报应，并且最后用死亡之声把它留在了世界上：

到现在为止，整个世界就是他自身，他的，也就是这个世界的末日来临了。他就是天空，是大地，是山峰，是母狼阿克巴拉，世上万物的伟大母亲，是永恒地留在阿拉蒙久山口坚冰之中的埃尔纳扎尔，是他用手枪杀的他的最后一个自我——婴孩肯杰什，是被抛弃，被杀死于自我之中的巴扎尔拜；他在一生中所看到、所体验到所有的这一切——这就是他的宇宙，它们存在于他身上，它们为他而存在；而现在，虽然这一切一如既往，还将永远存在下去，但已不再有他——……这就是他的世界的末日。

这时，世界也许突然停止了转动，死亡，死亡，死亡……
人要珍惜啊，人生的警钟长鸣，回响在每个人的心灵深处。

四、神秘的探索

如果我心里这份惊骇根本无从平息，但即使我万念俱灰，还是满怀好奇，急于要看透这种可怕地区的秘密，而且情愿看看这万分可怕的死亡之象。

——爱伦·坡《瓶中手稿》

在《罗丹艺术论》一书中有这么一段话：雕塑家在谈到艺术神秘性时，很自然地想起了文学家维克多·雨果的诗句：

我们从来只见事物的一面，

另一面是沉浸在可怕的神秘的黑夜里，

人类受到的是果而不知道什么是因，

所见的一切是短促、徒劳与疾逝。

一位天才的雕塑家与一位伟大文学家的心灵，在"可怕的神秘的黑夜里"产生共鸣，也许毫不奇怪。因为对艺术家来说，死亡并不意味着"无"，而是蕴藏着万千事物和情感的一种神秘；这是一个没有边际的王国，里面隐匿着千万条人类智慧与真诚的证据，还有人类残酷和丑恶的根由，以及无尽的人们尚未知晓和"永不可知"的秘密。

这没有夸张的色彩。人的生命像流星一般划过夜空，确实是短促的，甚至是徒劳和疾逝的；人有非常多的事情要做，大多数情况下没有时间和机会来解释自己，认清自己；太多的有关世界和自己的疑问只能携带到坟墓中去——而这一切，只有死亡的夜空能够显示它，也能够吞没它，把生命的哑谜溶解在无垠的时空之中：生命从何处来？到何处去？为何而来，又为何而去？

死亡缄默无言，但是唯有它保留着这些秘密。所以，人在极端困惑的时候，只有向上天发问："天啊！这是为什么？"

诗人屈原创作《天问》已经是古代的事了，然而，探索生与死的秘密，仍然是现今很多艺术家梦寐以求的。画家高更（1848—1903）曾作过一幅画《我们从何处来？我们是什么？我们将往何处去？》。这个题目现在已成为现代艺术家们的一句口头禅，它令很多艺术家一生着迷。

高更是在企图自杀前画这幅画的，完成后他独自一个人上山服毒自杀，结果未能致死——那是1898年2月11日，高更当年50岁。对于这幅画与高更自杀的关系，我想有两种解释：一种是高更绘制这幅画后，感到自己的心愿已经完成，即使死去也毫无遗憾；另一种则是高更画成仍觉得不满足，他想亲自体验一下"将往何处去"的意味，或者用这种体验弥补自己的遗憾。

我倾向于后一种解释。作为一个艺术家，高更一生生活坎坷，厄运一直追随着他，病痛和穷困一次次把他带到濒死的边缘。也许正是这个原因，高更在自己创作中一直对于死亡的探索非常感兴趣，自己一次次投入到那种神秘之中，领略死亡的秘密。1892 年高更完成的名画《死亡之神在凝视》，就是这方面的杰作，也是作者自己最为欣赏的作品。

这是一幅充满神秘感的画。整个画面使我们感到一种难以捉摸和把握的氛围，充满着潜在性：画面是一个躺卧在床上的土著少女，脸上表现出惊恐的神色，一个鬼魂般的女人在床边凝视着她。周围黑暗中闪烁着点点火光，大概是鬼魂出现的灵光。这幅画表现出了土著人对死亡的神秘感受：在黑暗中，人与亡灵同在。

这种神秘感受实际上贯串于高更所有的创作之中，高更极力想把这种感受表现出来，他对画面进行了特殊安排，他曾如此解释自己的作画过程："我为了要用传统的文学手腕来表达这种神韵，所以做了以下的安排：整个画面充满了昏暗、忧郁、可怕的气氛，就如丧钟响起，画面是深紫、深蓝、橘黄。我将床单染成黄绿色是因为他们的床单用树皮制成，它能制造人工的光线，我不愿有灯光那种鲜明的效果。这床单的黄，与房中的橘黄和深蓝，连成一种跟音乐般柔和的协调。背景中有花，为了要求它看起来不像真实的花朵，我将它们画成闪闪火光。土人们觉得夜间出现的万鬼均是人死后的灵魂，他们相信这种传说而且敬畏异常。在一个单纯的女孩想来，这种死人灵魂变成的万鬼，必也有与人相同的模样。所以，最后我仅将万鬼用一个很普通的女人来代表。"

无疑，高更通过探索神秘的死完成了一种美的创造。

死是一种神秘，也是一种美，是艺术创作中令人着迷的一个现象。这两者之间也许有一种不可分离的关系，美本身就意味着一种神秘，包含一种无法用理性完全解释的内容；而神秘之中就包含着美，引诱着艺术家去探索、发现和表现。这两者之间的纽带都紧紧地被死亡系结起来了。

无疑，死亡的这种神秘性给艺术家提供了一个幻想的广阔天地。作为一个无法知晓的未知世界，死亡也是一个巨大的精神容器，能够容下人们无尽的幻想，而幻想本身就是一种美的创造。

没有理由指责和阻止艺术家对死亡进行探索，因为归根结底，这是对人自身的一种探索，最终是为了满足人类某种自我理解的欲望。既然人们已经知道死不可避免，那么就不会甘心地沉落到一片黑暗之中，对自己最后的归宿一无所知。在这方面，艺术家往往表现得格外偏执，宁肯站在死亡的边缘，也不愿放弃。

例如，美国作家爱伦·坡（1809—1849）在创作中就醉心于探索死亡之谜。这种探索几乎表现在他的每一篇作品中，把他的精神引导到了崩溃的边缘。死亡对于爱伦·坡，就像他的小说《大旋涡底余生记》中的那个壮丽而又恐怖的马尔斯特罗姆大旋涡，它是个无底洞，每时每刻都准备吞噬生命。但是，这非但没有消除作者的好奇心，反而大大激发了它。作品中主人公有一段话也许正好表现了作者对探索死亡世界的心醉神迷："……我对旋涡油然生了强烈的好奇心。当真巴不得探查旋涡的深度，哪怕就要去送死也无所谓；最伤心的就是我永远也不能把回头就要看见的秘密告诉岸上的伙伴啦。"

在这种探索中，死亡的真实意义始终是无从知晓的，这一点爱伦·坡非常清楚，然而死亡的存在及其对人所产生的精神影响，始终吸引着爱伦·坡，使他至死不愿善罢甘休。死亡的幻象一再出现在他的作品中，有时候令他着迷，有时候又令他陷入冥想。有时候，爱伦·坡似乎真正捕捉到了死亡，亲眼看到了它，但是霎时间又会无影无踪，转眼化为乌有；或者在一刹那间所捕捉到的东西只是一件假面，如同作者在《红死魔的面具》中所写的：

那帮子玩乐的人见状才铤而走险，一哄而上，涌进黑色一间屋子里，那个瘦长的身躯正一动不动，直挺挺站在乌檀木时钟的暗处。他们便一下子抓住他。不防使猛劲一把抓住的竟只是一袭寿衣和一个僵尸面具，其中人影全无。

死亡正是这样一个神秘的幽灵，它无处不在，随时都可能出现，但是人们永远都不能捕捉到它的实体。这是令人遗憾的，也是令人着迷的。

然而，这并不意味着艺术家在此一无所获，或者他们的作品毫无意义可言。相反，当艺术家甘愿冒着扎进地狱的风险，在死亡的境界中再一次体验生命的欲望和恐惧，全部身心都贯注到所描写的对象之时，死亡之境就会迸发出生命的光华，使人们的灵魂飞升到美的天堂。

对于这一点，爱伦·坡的创作也表现得十分明显。《陷坑与钟摆》是作者很著名的一篇小说，整篇小说所写的都是死亡的感觉和幻觉。一个被判死刑的人，或者说是一个已经被行刑死去的人在体验和回忆死亡的过程。他感觉到自己在一座牢房或者墓穴之中，阴暗，潮湿，四壁画满了一身枯骨的厉鬼图，正中间是一个死亡的陷坑；后来，他感觉到自己被捆在一个木架上，天花板上悬挂着"时间老人"摆动着的钟摆，其下端是片闪闪的偃月钢刀，刀口像剃刀一样锋利，此时正一下一下地向自己的身体逼近，逼近……无疑，在这篇小说中，作者在完成一种神秘的体验。陷坑和钟摆都显示一种死亡的存在。前者，作为地狱的象征，是人类登峰造极的一种刑罚，是一种严酷和偶然的死；后者虽比较温和，但是体现了一种死亡的必然，就像任何人无法阻止时间流逝一样，任何人都无法最后逃避死亡。在空间上一个人能够逃过落入陷坑的危险，但是在时间上没有办法躲过钟摆的利刃。

在这里，体验死亡实际上就是体验生命。人的一生都在躲避着各种各样的"陷坑"，提防着各种各样由外界强加的偶然的死亡，同时，人实际上每时每刻都在"死去"，忍受着时间对我们的判决和执行过程。在这个过程中，爱伦·坡对于生命的体验不仅深入到了人的深层意识之中，而且渗透着他对生命的某种特殊领悟。我相信，爱伦·坡对于死亡的特殊体验将永远使人们记忆犹新，例如：

下来了——照旧不停地下来——照旧无法挽回地下来！钟摆
一扫，嘴里就喘息，手脚就挣扎。钟摆一摆，浑身就痉挛，缩做
一团。虽是毫无名堂地死了心，但还是急不可耐。钟摆向上，向
外摆动，一见钟摆下坠，眼睛就刷地闭上，虽然死是解脱，啊，
真是说不出的解脱！可一想刑具只消微微下坠，闪闪利斧就会落
在胸口，我还是浑身打颤。原来是心里存着希望，才浑身打
颤——才缩做一团。原来是希望——在酷刑下死里逃生的希
望——即使在宗教法庭的地牢中，希望还在死囚耳边打气。

——《陷坑与钟摆》

由此可见，死亡令人着迷之处，在于包含着一种自然的秘密。死亡神
秘但并不空洞。它不仅意味着坟墓、黑暗、骷髅、阴魂、鬼火，而且联结
着广袤的时空、星河、宇宙，存在于世界永恒的运动之中。因此，每当艺
术家想到死的时候，往往向那永恒，向那渺渺无际的星河中张望，把自己
微小的生存投入永不止息的生命洪流，如同中国古代的庄子面对生命的短
促，把它投入无限的时空之中，诗人屈原向上苍发问，在天地人间追寻自
我生命的真谛一样。海涅曾这样描写诗人之死：

……一片涌来的暗影
便把一个死寂而冰冷的形体
当作泥土和空气一样吞没了去。
现在，那形体没有知觉、运动、神性，
好似一片云气被夕阳的霞彩
所充溢过，……

——《阿拉斯特》

所以，为了探索死亡的奥秘，艺术家进入了更广阔的世界，尽可能地
捕捉和发现死亡与人生、社会和伦理的联系，在这个过程中，艺术家往往

89

再一次陷入超越现实的神秘。在艺术家的冥思苦想之中，死亡的奥秘成为一种超现实的存在，隐藏在人们感官之外的某个世界，也就是在人所说的"超感官"世界之中。这个世界是我们的理性所永远不能靠近的，但是它确实存在，人只有在特殊的状态下，才能"看到"它的呈现。

很多艺术家醉心于这个"超感官世界"的存在，尽量地去捕捉死亡与万事万物之间的神秘联系，通过一种微妙和离奇的方式去接近死亡。例如在霍桑（1804—1864）的创作中，就充满超验主义和神秘主义气息。死亡往往是通过一些神秘的意象和暗示表现出来的。例如《胎记》就充满着超验色彩。埃尔梅认定自己妻子脸上那块胎记就是罪孽、悲哀、腐朽、死亡的象征，毫无任何客观依据，然而这个想法却使他坐立不安，非得想方法除去这块胎记。尽管埃尔梅和乔琪安娜都意识到了"那只不幸的手紧紧地攥住了生命的神秘"，但是最终还是由死亡来证明了这一点。

霍桑的小说经常给人一种怪异的、不可思议的感觉，与死亡紧紧联系在一起。他不仅对超验感兴趣，而且经常沉浸在梦幻之中，他相信一些超验的东西经常会在梦幻中出现，他也正是在这种梦幻中体验死亡的。霍桑在《神游》中写下了这样一段话：

> 人人的内心深处都有一座坟墓和一个地牢，尽管身外的华灯、音乐和狂欢会使我们忘却它们的存在，忘却它们所隐藏的死者和囚徒。但有时，最经常的是在午夜时分，这些黑暗的所在忽地大门敞开。在这样的一个小时里，当心灵只有消极的感受而没有积极活动的力量——当想象力成了一面镜子，能给种种念头以传神逼真的印象，却无力加以选择或控制——于是，你祈求让你的那些伤心事儿沉睡不醒，你祈求别让悔恨之情打开他们的锁链。但是太晚了！一列送殡的行列悄然经过你的床边，在这行列中"情欲"和"感情"呈现了肉身，心里想到的种种事情成了肉眼可以见到的种种幽灵。

值得注意的是，很多艺术家都相信人有一种超常心理能力，能够和一些超自然的现象发生沟通和联系。实际上，哲学的发达并没有消除人对一些神秘幻觉和感觉的迷信，反而使人们越来越注重这方面的探索，例如近几十年兴起的超心理学研究和对人潜力的研究，就是最明显的例子。而艺术家对于死亡的探索也经常与之发生联系。

这种联系在大多数情况下并非有意识的。因为艺术家是用一种内在的方式来探索死亡的，所注重的是人心理深处的感觉、意象和梦幻，而不是客观事物之间的逻辑联系，所以他们完全可能突破现有的科学逻辑的界定，进入一个不可理喻的世界。例如马尔克斯在《百年孤独》中就描绘了人物对于死亡超常的感应能力。这种能力如果用超心理学中的体感超觉来解释，可以被看作是一种新的艺术感悟方式。

由此可以看出，探索死亡的神秘性，会使艺术家很自然地深入到人的潜意识之中。实际上，人对于死亡的恐惧感本身就是来自人心灵深处，艺术家所获得的死亡感觉和幻觉都不过是对这种死亡本能的回忆和体验，这就必须向心理的深处走，在无意识和潜意识中进行发掘。尤其对于一些现代艺术家来说，对死亡的探索和对人的深层意识的探索是合二为一的，在他们作品中所表现的某种意识的分裂状态、梦游状态和无意识、潜意识状态，正是一种死亡的象征和体验，他们笔下的人物与其说在体验生命，不如说是体验死亡。例如在加缪（1913—1960）的《局外人》中就是如此。作品中的主人公莫尔索就生活在一个无所谓生，也无所谓死的世界里，死亡悄悄地向他逼近，戏弄他，吞噬他，但是他心安理得，毫无抗拒之意。死亡对于他，就像一场梦魇，他不能过于认真，过于认真就会成为一场笑话。

如果把死和一个超感官世界，和人的深层意识联结起来，其神秘性的含义无疑大大扩大了。而在艺术创作中，这三者本身就混淆不清，艺术家从来不会在它们之间划分出一个界限，这里我们最好引用叶芝的两句诗作为总结：

随乐曲晃动的躯体，明亮的眼神，

怎叫人把舞者和舞蹈分清？

———《在学童们中间》

第四章

死亡作为一种生命体验

很多人把艺术创作过程看作是一种生命体验。我想,在这种体验中必定包括死亡。

应该说,死亡体验和生命体验一样悠长又短暂,充满矛盾冲突和闲情逸致,因为我们每个人在经历生的同时也在经历死。

然而,死亡在艺术创作中却别有一种意义,它能够给生命以意义,能够把生命的全部力量集中在某一时刻,把喜马拉雅山脉举起来;也能够让生命的大厦突然倒塌,变成一堆陈砖残瓦。这就是死亡的无情和多情。

于是,英雄的死,懦夫的死,冒险者的死,卑怯者的死,见义勇为者的死,变节者的死,告密者的死,伟人的死,小人物的死……形形色色,各种各样,构成了艺术的天堂和地狱,也组成了浩浩荡荡生命的历史。人类理想的船只往往就在死亡的水面上航行而永不沉落。

一、高峰体验

风萧萧兮易水寒,壮士一去兮不复还。

——《战国策》

　　人总是要死的，而且死永远不受人欢迎，然而这并不意味着死亡千篇一律，在艺术中尤其如此。如果把艺术理解为一种生命体验的话，那么死亡作为一种人生的总结和观照，占据着一个十分醒目的位置。死亡，意味着人生体验中的天堂，它能够创造一种激动人心的美，使人获得一种生命中的高峰体验；同时，也可能意味着人生体验中的地狱，伴随着轻薄和平庸，给人留下一种生命的幻灭感。

　　死亡作为一种高峰体验，首先来自对生命本身的珍惜。人是高贵的，生命是宝贵的，正因为如此，付出生命的代价本身就成为一件了不起的事情；假如需要用生命的毁灭才能达到境界，那必定是一种生命的极致，所以，人在克服了对死亡的极度恐惧之后，死亡就会成为一种大欢喜，大解脱；生命通过自我毁灭来消除自己欲望中的饥渴，获得最后的满足。

　　人用自己的高贵感战胜了死亡，死亡就不再意味着一种被毁灭的悲哀，而会成为人生所追求的一种辉煌的境界，一种无与伦比的高峰体验——这在古典艺术中能够得到完美的呈现。例如在史诗中，古代英雄人物所表现的最鲜明的特征，就在于能够面对死亡的降临毫不畏缩，甚至把死亡看作是一种荣耀和光荣。在荷马史诗中，英雄赴死是一种壮丽辉煌的举动，艺术家愿意把一切美好的颂词都敬献给他们。对这些古代英雄来说，死不是未知的，天神已经把预兆显示给了他们，但是他们决不因此逃避死亡，在责任、荣誉与死亡的选择中，他们总是毫不犹豫地选择前者。

　　于是，这种情景就出现了，荷马史诗中的希腊英雄阿喀琉斯明知将战死疆场，仍然奔向了特洛伊；而赫克托耳对死早已有预感，但坚决不愿逃避与阿喀琉斯的决战，因为对他来说，不去参加战斗才是最大的耻辱。

　　很明显，几乎在所有远古史诗中，都表现了这样一种境界：判断人的高贵价值并不一定以成败而论英雄，而是注重他对于死亡的态度、是否能够勇敢地面对死亡毫不逃避。所以，在阿喀琉斯和赫克托耳的对阵中，战胜者阿喀琉斯是英雄，战败者赫克托耳同样也是英雄。死亡对赫克托耳来说，并没有使他的美名蒙上灰尘，而是一种对英雄本色的证明。

　　无疑，古典史诗所创造的一个重要美学范畴就是英雄主义。在史诗中，在所有动人心弦的事情中，最引人注目的是英雄赴死。很多学者都指出，英雄主义首先而且永远是对死亡恐惧的一种反应。正因为死是最可怕的，因此人们最为赞赏面对死亡的勇气，并且给这样的勇敢以最高、最永恒的尊敬。人们从英雄的举动中体验到了战胜死亡的勇气，从而在内心深处产生了共鸣。所以，从人类艺术诞生之日起，英雄主义就成为人类艺术和赞美的中心，这并不难让人理解。

事实上，如果把英雄主义看作是对死亡的一种反抗，那么英雄主义本身开创了一个崇尚死亡的艺术时代。在属于这个时代的艺术作品中，死亡成为一种绝美的风景、绝壮的音乐、一个人生命的高峰。人类最勇敢、最高尚、最灿烂纯洁的品质都需要用死亡来证明，而死亡能够超越一切，把生命最后一次举起来，投向那永恒的峰巅。

这也形成了希腊悲剧舞台上的核心内容，没有持续的死亡恐惧就没有希腊悲剧，没有对这种恐惧的战胜也就没有希腊悲剧的永恒魅力。希腊悲剧中的人物都是面对死亡而显示自己的，例如《安提戈涅》中的安提戈涅，敢于违抗死亡的禁令；《被缚的普罗米修斯》中的普罗米修斯不怕被兀鹰啄食而死等等都是如此。在索福克勒斯的《特剌喀斯少女》中，英雄赫剌克勒斯醒悟到自己必死的命运，知道自己死期已到，就命令自己的儿子架火焚烧自己，所表现的就是自己的英雄本色。他对自己的儿子说：

> 你得亲手，也可以随你愿意让朋友帮忙，把我运到那里，砍许多橡树的枝条，齐着根砍许多坚硬的野橄榄树，把我放在那上面，再举起松枝火炬把它点燃。不许流泪哀悼！如果你真是我的儿子，就要照办，不要哀悼，不要流泪，你要是不执行，我的诅咒就会等待你，我虽然住在下界，这诅咒却永远是严厉的。

从这里可以看出，古代英雄对于自己的死是非常重视的，希望在悲壮的气氛中死去，不愿意让人看到任何懦弱的神情。

悲剧撼动人心的力量中包含着一种对死亡的崇拜。悲剧人物一步步走向死亡，也一步步走向自己生命的峰巅。这也是悲剧美最完满地展示自己的时刻。完全可以由此重新界定悲剧的概念，即把死亡作为生命中的高峰体验的一种艺术再现。

莎士比亚悲剧最突出的命题之一，就是把颂扬人生命的高贵性和人生命的毁灭过程合为一体。由于人是高贵的，是宇宙的精华、万物的精灵，所以才不能忍受龌龊污浊的现实，所以他最后必然毁灭，而唯其毁灭才能证明自己的高贵。《哈姆雷特》就是一个例子。哈姆雷特走向毁灭是必然的，因为从他明白父亲惨死真相时候起，就再也不能忍受自己被供养在一个罪恶的环境中。他的疯癫只是为保护自己那颗高尚纯洁的心灵，不再与这种罪恶人生直接发生任何接触。

所以，从内在意义上来说，哈姆雷特的死是一种自杀行为——不同的只是一种自杀方式的选择。他从疯癫走向死亡，是沿着自己内心的道路，一步步地与这个世界决绝，也是一步步接近自己理想世界的过程。在最后的时候，死亡成为他甘心情愿接受的结局。

从这里也可以看出，在悲剧艺术中，死亡作为一种高峰体验，是由于人物在死亡之中完成了自己生命的自我表现。伟大的悲剧必然是两方面的高度统一，一方面是艺术家已感到自己已完成了使命，已完整地表现出了人物的全部生命，另一方面艺术家所创造的人物也完成了自己的性格，已没有什么遗留或隐藏的东西。这二者在死亡之时会合，构成了悲剧的高峰。

很多学者把艺术中的英雄主义表现归结于人类的"自恋"倾向。弗洛伊德就认为，我们每个人身上都会重现希腊神话中那耳喀索斯的悲剧，在水中看到自身倒影后，沉溺于自身，相思而死，如果这种"自恋"发展到极致，就会和周围的世界产生对立，用自我毁灭的方式保持自己生命的高贵。

就此来说，死亡崇拜和人的自尊密切相关。英雄坦然地走向死亡，是为了坚持自己的崇高理想，显示自己生命的尊严，而不是为了其他，中国古人信奉的"士可杀而不可辱"就是这个意思。一个人把自己的尊严看得非常珍贵，宁愿为此抛弃自己的生命，而不愿损害自己尊严而屈辱地活着，这时候，死亡会给人带来极大的英雄主义的兴奋，使他在死亡面前仍然感到自己拥有不可战胜的力量。

所以，人的尊严、人的骄傲如果发挥到极致，就是对死亡的藐视和超越。陀思妥耶夫斯基在其名著《卡拉马佐夫兄弟》中写道："每个人都知道他总难免一死，不再复活，于是对于死抱着骄傲和平静的态度，像神一样。他由于骄傲，就会意识到他不必抱怨短暂，而会去爱他的弟兄，而不指望任何的报酬。爱只能满足短暂的生命，但正因为意识到它的短暂，就更能使它的火焰显得旺盛，而以前它却总是无声无息地消耗在对于身后的永恒的爱的向往之中。"在这种情况下，死亡，这一对生命最根本的否定力量，就会转变成为对人的生命本质的肯定。人们在对死亡的体验中肯定了自己之所以为人的尊严、意志和理想。

实际上，人和既定的命运，和平庸，和卑俗，和罪恶的最后一次较量，就是在死亡面前进行的。因此，英雄在最后的关头，从容、勇敢地面对死亡，用自己的鲜血来祭奠自己的理想，也是艺术家最容易动情的时候。例如，在意大利作家拉·乔万尼奥里的笔下，奴隶起义英雄斯巴达克思之死，就充满着悲壮的激情。艺术家不能不把斯巴达克思战死的场面写成一曲英雄的颂歌：

……他用左腿跪在地上，把盾牌转向敌人，继续挥舞着短剑，用非凡的英雄精神击退他们的攻打。他好像一头怒吼的雄狮。他那威武的气概，魁梧的躯体，在罗马兵士中间，就像是受到肯塔乌洛斯人包围的赫克里斯一般。最后，从离开他只有十步远的地方掷来的七八支投枪，一齐刺中了他的背部。他一下扑倒在地上，发出了他最后的一声呼唤："范……莱……丽雅！……"接着就断了气。亲眼看见他作战的罗马人都惊呆了。他们只会默默地围绕着他。他自始至终是一位英雄，战斗的时候是英雄，牺牲的时候也是英雄。

这位非凡的人物就这么结束了他的生命。他具备着种种崇高的品质：卓越的才能，无比的英勇，非常的刚毅和精深的智慧。所有这些品质使他成为历史上最有名的军事统帅之一，他的事迹将会一代又一代地永远流传下去。

显然，死亡作为生命中的高峰体验，其核心是英雄主义理想，它对于人生的根本意义在于消除了困惑，找到了英雄的归宿；这个归宿就是"为谁（什么）而死"。所以，古典艺术中的所有英雄骑士都活得比现代人充实和勇敢。"为谁（什么）而死"这一问题的解决，使他们对自己的生活充满信心，对于一切即将来临的艰苦考验（包括死亡）无所恐惧且感到异常兴奋。正是在这种情况下，死亡对于英雄来说，成了一种欲望的满足，它不仅刺激和强化了人物感情的力量、能量和深度，而且把英雄生命的本质推向了极致。

从这里可以看到，艺术中的英雄主义体现了一种用英雄行为超越死亡的理想。英雄生涯的关键并不是为谁（什么）而生，而是为谁（什么）而死，因为他随时都准备赴死，用自己的生命去完成自己的理想，所以英雄很少有犹豫不决的表现，尤其在生死关头。

然而，谁都能发现，随着近代工业化社会的到来，艺术中的英雄主义理想开始日趋破灭。在艺术创作中，死亡作为生命中的高峰体验，已经越来越少见了。很多人由此得出结论，英雄主义时代已经结束，由此也说明英雄式的死也成为一种反语形式，如果不是一种谎言，那也就是一种唐·吉诃德式的可笑梦幻。

是的，艺术上辉煌的英雄时代早已结束，最后一位勇敢的骑士是唐·吉诃德，然而如果说人类心中的英雄欲望已完全泯灭，已经情愿接受轻薄的、莫名其妙的、毫无意义的死，那恐怕还为时过早。

实际上，虽然人们在社会生活中已越来越感到英雄主义在急流勇退，但是还有很多艺术家一直在寻找英雄，寻找英雄式的死。不过，从十九世纪开始，艺术家已开始对现实，对资本主义商业化冲击下的都市生活感到失望，开始在古代，在未开化的穷乡僻壤寻找它们。英雄及英雄式的死亡开始出现在历史题材或者表现野蛮人、下层人生活题材的作品中，其作为对人类失去的理想的一种追寻依然令人神往。

例如，我们在法国作家梅里美（1803—1870）的作品中仍能听到英雄主义的回响。这位作家在都市生活中厌倦了"兔子的懦怯"，把笔转向尚未开化的山地，去寻找"狮子的勇猛"。他所创作的一些作品，例如《高龙巴》《嘉尔曼》，都取材于山地异域，塑造了一些酷爱自由，轻生重义的人物形象。在梅里美所描写的死亡中，我们仍能感到一种高峰体验。比如，在小说《马第奥·法尔贡内》的结尾处，主人公法尔贡内亲自处决自己唯一儿子的场面，充分表现了作者对生与死的态度。对法尔贡内来说，多福是他全家的希望，姓氏的继承人，但由于他是家族中第一个背信弃义的人，所以是不能被原谅的。无疑，主人公枪决了儿子，也等于枪决了最后一个自我，唯一保全的是家族的英雄主义品质。

这种对英雄主义的赞美，在托尔斯泰的作品中同时存在。在小说《哈吉穆拉特》中，托尔斯泰热情赞颂了一位边地少数民族英雄哈吉穆拉特的英雄品质，他勇敢、聪明，至死也不放弃自己的信念。在托尔斯泰的笔下，哈吉穆拉特的死充分显示了英勇、顽强、强大的生命力。他被致命的一枪打中后的情景是这样的：

> 这时，他强有力的身体仍继续做那已经开始的事情。他集中了最后的力量从障碍物后面站了起来，用手枪射击一个跑向前来的敌人，打中了他。那个人倒了。然后他完全爬出壕沟，手持短剑，沉重地拐着脚，冲着敌人一直走去。响了几声射击，他晃了晃，就倒下了。几个民团尖声欢呼着向倒下去的身体扑过去，但是，那个他们认为死了的身体突然动弹起来。开始是那血淋淋的，没戴皮帽的，剃光的头抬起来。然后是上身抬起来，最后他抓住一棵树，整个人都站了起来。他是那么可怕，向前跑来的人都停住了脚。但他突然战栗一下，一踉跄离开了那棵树，整个身

子像一棵被砍倒的牛蒡花，脸冲地倒了下去，不再动了。

在死亡过程中，我们无疑能够感受到一种生命中超凡的力量。在这里如果再次回味哈吉穆拉特母亲所编的一首歌，就更能体会一种英雄血液依然在艺术中流淌：

> 你的钢刀刺破我雪白的胸脯，可是我把我的孩子，我的小太阳，紧紧抱在怀里，用自己滚烫的鲜血洗净他，伤口不用药石和草根就长好，我不怕死，我的小骑手长大也不怕死。

在作品中，这首歌是唱给哈吉穆拉特父亲听的，当时其父亲要母亲丢下自己刚生下的儿子去给可汗当奶妈，否则就刺死她，但他的母亲坚决拒绝了，并自己把哈吉穆拉特养大成人。——由此我想，就像哈吉穆拉特母亲把小英雄"紧紧抱在怀里"一样，很多艺术家始终不懈地怀抱着英雄主义。

英雄主义是不可能消失的，因为它作为一种传统的血液，已经溶解在了艺术之中，即便到了二十世纪，它仍然在艺术创作中闪闪发光。正如我们所意识到的一样，只要我们无法摆脱死，就不能在艺术中拒绝死的体验，而心甘情愿地去接受像苍蝇，像蚊子，像小老鼠一样的生与死。著名的法国作家西蒙娜·德·波伏瓦的代表作《人都是要死的》就再一次表达了这一渴望：一个人生活得充实而有意义，不在于他的生，而在于他要死，并且能够为自己的事业壮丽地去死。所以，作品中那个长生不死的福斯卡对于英雄赴死非常羡慕，并且真正感觉到自己的悲哀：

> 他们相互谈着；就因为他们彼此望着，相互谈着，他们知道自己既不是小飞虫，也不是蚂蚁，而是人，重要的是活着，是做征服者；为了实现自己的信念，他们冒着生命的危险，献出生命的代价；他们对此深信不疑，因为除此以外，没有其他真理。

我朝门口走去；我没法冒生命的危险，没法向他们微笑，我眼里永远流不出眼泪，心中永远点不燃烈火。……

不能从死亡中体验到生命，体验到生命的极致，这也许不仅是现代艺术的悲哀，也是现代人的悲哀。

二、爱的体验

> 我梦见我的爱人来看见我死了——奇怪的梦，一个死人也会思想！——她吻着我，把生命吐进了我的嘴唇里，于是我复活了，并且成为一个君王。
>
> ——莎士比亚《罗密欧与朱丽叶》

鲁迅说过，创作总根于爱；但是如果由此引申出"创作总根于死"的命题，会引起很多人的不解或惊讶。然而，只要检视一下人们对于爱的体验的话，就会很自然地感到爱与死常常很难分离。尤其在艺术创作中，爱与死的体验。人们从爱中感觉、认识和体验到了死，而从死亡中才真正领略到了爱的价值和意义。

在西方艺术观念中，历来把爱和死看成是一个整体。在希腊神话中，爱神厄洛斯和死神桑纳托斯（Thanatos）是不可分离的，所以，在那场决定金苹果归属的评判中，帕里斯把金苹果判给爱神阿佛洛狄忒不是偶然的，因为阿佛洛狄忒允诺他娶世间最美丽的女子海伦。由此，一场导致特洛伊，同时也是帕里斯自己毁灭的战争，就由一个美女之争爆发了。很多英雄都死于这场战争中。同时，《圣经》中对乐园末日的说明也包含着这层意义，亚当和夏娃对于爱欲的发现同时也给世界带来了死亡。由此可见，死与爱是天生的孪生兄弟，作为一种根深蒂固的生命观念，已深深渗透到了艺术创作之中。

中国的文化系统尽管不同，但是在艺术创作中，爱与死也经常紧紧联结在一起。尤其是在民间流传的文学中，最动人的爱情之歌总是以死亡为陪衬、为归宿的，例如我国很早就有这样的情歌：

> 上邪！我欲与君相知，长命无绝衰！
> 山无陵，江水为竭，
> 冬雷震震，夏雨雪，
> 天地合，乃敢与君绝！
>
> ——《汉乐府·上邪》

在一个充满禁忌的文化状态中，这样的诗歌不仅表现了爱情冲破一切障碍实现自己的力量，而且已经暗示了死亡的意义。在这首诗中，明显地表现出生命中两种相互对立的力量：一种是对爱情的追求，这是一种欲望的力量，本能的力量；另一种则是压抑和障碍的存在，它和前者形成了对立。前一种力量在没有达到自己目的之前不可能被遏制，然而后一种力量的消除则需要主人公付出一切，体验到生命的毁灭。这种力量汇合的顶点就是死亡。

这种情景在汉乐府的《孔雀东南飞》中表现为一种生死相依的爱情观念，这本来是一场爱情悲剧。诗中的男女主人公夫妻恩爱，但终因父母之命而被拆散，最后双双自尽。但是死亡却不是他们爱情的完结，而是爱情理想的实现，他们变成了一对鸳鸯，"仰头相向鸣，夜夜达五更"。

很多人对于这首诗幻想式的结局颇有微词，认为这减弱了作品的悲剧力量。然而，如果我们从一种爱与死的观念去看，就不会这样下结论。在这首长诗中，爱情的理想境界就是"结发同枕席，黄泉共为友"，其中已经包含着死亡的阴影。在这种理想的观照下，爱情不再仅仅是一种现实的欲望，而成为一种意志，其最后的自我完成必然贯串于生前死后。所以，死亡才是爱情的完成，也是爱情纯洁的证明。

因此，死亡在中国人的爱情观念中，表现为一种献身精神，一种感伤的喜剧。很多古诗都包含着这层意味，比如"春蚕到死丝方尽，蜡炬成灰泪始干"（李商隐），"知君用心如日月，事夫誓拟同生死"（张籍），"宁作野中之双凫，不愿云间之别鹤"（鲍照），"十五始展眉，愿同尘与灰，常存抱柱信，岂上望夫台"（李白），"愿同梁上燕，岁岁长相见"（冯延巳），等等。在这里，恋人只有把自己全部贡献出来才能获得幸福感，以自我为中心的世界实际上已不复存在，这也就隐藏着另外一层意思：一个人在为爱情而存在时，必须舍弃自己。

显然，这种对于爱情中献身精神的赞颂和强调，有一部分已经被伦理化或被意识形态化了，或者说在某种情况下强化了"从一而终"的贞操观念，由此造成了中国艺术中爱的美学和道德伦理背离的现象。这时，"献身"渐渐脱离了人本身的需求，而成为一种爱情的禁忌。这一可悲的现象一方面扭曲了人性，另一方面造成了中国艺术中另一种向死亡突破的爱情意识。

这就是"看破红尘"。"看破红尘"表现了对爱情双重的悲剧意识，第一层是对爱情禁忌的否定，不甘忍受现实生活中的种种限定，第二层则是对献身的爱情的否定，不甘心于接受在爱情中自我的丧失。"看破红尘"就是看破了自我在爱情中的困境。在这种情况下，人们对爱情的体验成为一种对虚无和死亡的体验；肉体的和现实的悲剧存在被一种形而上的"非存在"所否定，形成了一种新的境界。《红楼梦》就深刻地表现出这种意蕴。在这部作品中，爱情与死亡同时并存，形成了两种相对的意向。一种是爱情的悲剧，表现人在追求爱情理想过程中的种种努力和挣扎，对于压抑和扼杀爱情的各种势力进行大胆的攻击和否定，这就是"满纸辛酸泪"的内容。另一种则是对这一悲剧否定的意向，作者把现实中的这场悲剧看成是一场"梦"，也就是一种"非现实""非存在"东西，由此超越了爱情的悲剧，爱情的死亡也在这里遭到了否定。

其实，"梦"在中国古典艺术中具有一种特殊意味，就是把爱情体验和死亡体验糅合在一起。"临川四梦"的作者汤显祖（1550—1616）就对此深得其味，他的创作最突出之处就是"因情成梦，因梦成戏"。他曾在

《牡丹亭记》中说："天下女子有情宁有如杜丽娘者乎。梦其人即病，病即弥连，至手画形容传于世而后死。死三年矣，复能溟莫中求得其所梦者而生。如丽娘者，乃可谓之有情人耳。情不知所起，一往而深，生者可以死，死可以生。生而不可与死，死而不可复生者，皆非情之至也。梦中之情，何必非真。天下岂少梦中之人耶。"——这无非是说，爱情的极致乃不避死亡，能够超越生死的对立界限。

这一观念实际上穿透了东西方的文学。在莎士比亚的《罗密欧与朱丽叶》中，梦境同样呈现出爱情与死亡两种意象，而且正像罗密欧所说的，爱情能够使死人复活。而这两部戏剧名著的不同之处在于：在《牡丹亭》中，爱情是在死亡的梦幻中完成的；而在《罗密欧与朱丽叶》中，死亡是在爱情的高潮中到来的。就过程而言，爱情与死亡都形影不离，死亡强化了对爱的体验，突出了爱的价值，而爱情则加深了对死的感受，增强了死亡的力度。

由此可见，死亡作为一种爱的体验，是一个古老的艺术命题。爱与死的这种关系往往能够深刻地打动人心。很多艺术家都在这方面显示过自己的身手，使这一命题的内容越来越丰富。在艺术创作中，死亡与爱情构成一个广阔的拉力场，它们彼此互相征服又互相沟通，互相对立又互相结合，互相衬托又互相超越，展现出丰富的人性内容和美学关系。

值得注意的是，随着艺术的发展，这一古老的艺术命题引起了越来越多的理论家和艺术家的注意。

弗洛伊德曾从生命本能出发去探讨爱与死的关系。在他看来，爱欲本能和死亡本能是人生命中的原动力，二者的互相依存和冲突是最基本的生命原则。他说：

> 在低等动物中，交媾的行为往往跟死亡联结在一起。这说明全面的性满足往往导致死亡。这些生物在交媾后立即死亡是因为，在爱欲经由满足而被消灭之后，死的本能遂得以自由完成其使命。

这段很多学者多次引用过的话，强调了爱欲的满足与死亡的不可分离。爱欲是一种生命的快乐，但是这种快乐正是由生命的耗竭换取的。所以，爱欲满足的体验是和死亡体验交织在一起的。

这种体验在艺术创作中极其常见。例如，在浪漫主义艺术中，爱神和死神总喜欢在一起舞蹈，它们往往代表着生命中的两极——幸福与毁灭，快乐与焦虑，狂喜与恐惧……死神总是在人最快乐的时候出现，把爱神的舞蹈推向生命的高潮。这里我们只要举出霍桑的小说《婚礼上的丧钟》就已足够了。丧钟在人物最快乐的时候敲响，其实是把爱情推到了永恒的境界。因为对于一对已经丧失了青春的新婚夫妻来说，时间已经给了他们足够的悲哀，唯一能够使他们用爱情征服时间的就是死亡。所以男主人公最后发表了这样的演说词：

> ……不错，咱俩如今已是黄昏，而咱俩早年的美梦，谁也没有实现。让咱俩在圣坛前携起手来，就像是被逆境阻隔了一辈子的情人，而在生命前却又重逢了，两人发现庸俗的男欢女爱都已化为某种如同宗教般的圣洁感情。对于永恒的婚姻来说，时间又算得了什么呢？

在这里，死亡作为爱情的对立面，无疑已转化为爱情的高峰体验，死亡不仅使他们一劳永逸地战胜了时间的磨难，而且也解除了他们对往日岁月的亏欠。

在艺术创作中，爱与死的不可分离，在两种不同情景中都难以解脱。一种是爱情满足和快乐的时刻，死神总是更显明地凸现出来。如果说爱是一种快乐的话，那么这种快乐总是提醒人们时间的流逝和死亡的不可避免。人们不可能战胜时间，但是总希望快乐时光永驻，这就必然陷入了不可解脱的困境之中。强烈的爱欲总是使人们强烈地意识到死亡，人们一旦踏上了爱之路，也就意味着踏上了死亡的征途。因此，在极度亢奋的爱情体验中，总是包含着一种死亡的暗示，这在古今中外的艺术作品中已屡见不鲜。

> ……当他们都握住呼吸的瞬间，泥已经感受不到萌的存在，泥只能感觉出自己正朝死亡疾速飞翔，脑海中一片空白。泥感到生命从他身体里迸射而出，世界在这时候失去所有意义。泥无法抵抗这种死亡境界的诱惑，泥紧紧握住萌乳房欢欣地回了一声。

这是当代中国作家洪峰笔下人物欢爱高潮时的体验。这种体验是一种彻底地放弃自我，跃入一种非存在深渊的过程。作者之所以把这一时刻写到"死亡境界"，因为只是在这一刹那间，人才脱离了时间，进入了自我的天国。

另一种是爱情得不到满足，生命的欲望被压抑、被阻碍的时候，死亡就成为爱情体验的最高形式。在这种情况下，"无爱"的生命本身就是一种死亡，而人能够用于突破爱情的障碍实现欲望的最强烈的表现，就是付出生命；死亡在不可能实现的爱情面前出现，成为对爱情的一种肯定。所以，"为爱而死"成为很多表现爱情的艺术作品的共同主题，例如《罗密欧与朱丽叶》《少年维特之烦恼》《叶甫盖尼·奥涅金》《茶花女》等，都是如此。

其实，从艺术意义上来说，不平凡的爱情总是具有导致死亡的倾向，爱情一旦成为一种纯洁、高贵、不平凡的追求，是不愿接受世俗和清规戒律束缚的。因此，它总是要和社会的传统规范发生冲突，面临被毁灭、被扼杀的危险。永恒的爱情悲歌几乎都表现了这种爱情与社会对抗的内容。由于社会现实的限制，爱情受到了压抑，于是就寻求在死中获得自由和解脱。

这时，死亡往往不仅是自我困境解脱的途径，也是爱情完成的体验。爱情通过死亡不仅战胜了压抑，而且超越了时间。例如现代作家许地山（1893—1941）在《鸟》中就表现了这种归宿。一对青年男女——敏明和加陵——的爱情受到了家庭和世俗的阻碍，他们不愿分离，就双双投河自尽。作品中写道："他们走入水中，好像新婚的男女携手入洞房那般自在，毫无一点畏缩。"这种情景正好印证了一句俗语："地上的葬礼正是天上的婚诞。"

死亡，成为一种爱情的陶醉。我们不妨再举出沈从文的小说《月下小景》。一对恋人在月光下幽会，尽情享受着爱情的甜蜜。然而，照本族人的习俗，女的可以和第一个男子恋爱，却只允许和第二个男子结婚，违反者将被沉入深潭。为了摆脱这种习俗，更是为了永远保持这一爱情的美好时刻，这一对恋人想到了另外一个世界。于是，女孩子躺到小寨主的怀里，闭了眼睛，等候男子决定性的死的接吻。寨主的独生子，把身上所佩的小刀取出，在镶了宝石的空心刀把上，从那小穴里取出如梧桐子大小的毒药，含放在口里去，让药融化了，就度送了一半到女孩子嘴里去。两人快乐地咽下了那点致命的药，他们双双微笑着，睡在业已枯萎了的野花铺就的石床上，等候药力的发作。

无疑，这是一种微笑和满足的死。死亡，是他们人生中最后，也是最浓烈的一杯美酒，干杯后他们的灵魂飞升。

我们不能不接受这样一个普遍的美学事实：在艺术创作中，人世间最令人迷恋的美景往往和最残酷的悲剧形影相随，不朽的爱情总像是献给死神的花环，爱神总是在通往死亡的道路上才纵情歌唱。所以，维特自杀前才能吐出如此充满激情的语言：

时候到了，绿蒂，我捏住这冰冷的、可怕的枪柄，心中毫无畏惧，恰似端起一个酒杯，从这杯中，我将把死亡的香醪痛饮！是你把它递给了我，我还有什么可犹豫。一切一切，我生活中的一切希望和梦想都由此得到了满足！此刻，我就可以冷静地，无动于衷地，去敲死亡的铁门了。绿蒂啊，只要能为你死，高高兴兴地去死，只要我的死能给你的生活重新带来宁静，带来快乐。

显然，如果说爱是必死与不朽的交汇点，那么死则是爱永远充满活力的动力源泉。如果没有死亡，人能够永远活着，爱就会变得毫无意义，变得毫无任何新奇之感，这才是爱情的真正悲剧。

西蒙娜·德·波伏瓦在《人都是要死的》中就再一次深刻揭示了爱与死这一命题。作品中的福斯卡永远不死，所以他对生活，对爱情也不再有任何新奇感。实际上，他成为世界上一具行尸走肉，他只知道"白天过后是黑夜，黑夜过后是白天"，对什么都不抱热烈的希望。正如这位长生不老的人说的，"不死是一种天罚"，因为这注定了他感觉不到什么是痛苦，什么是欢乐，没有生命的大悲痛，也没有生命的大欢喜；他做出的一切都不过是谎言和骗局，所以他注定永远不能感受到真正的爱情。

对于人生而言，我非常欣赏《人都是要死的》中一位人物所说的话："宁可被一个会死的但是只爱你一个人的人爱。"

因为两个会死的人相爱，他们才能把自己的肉体和灵魂都倾注在爱情之中，爱情才是他们生命的本质。

三、荒原体验

这是原野，无终止的永远一样的，枯萎的原野。

——维尔哈伦《原野》

荒原，作为一种死亡的象征，在托马斯·哈代的《还乡》中就给读者留下过深刻的印象。作品一开始就描写爱敦荒野那苍凉、昏暗的景象，把死亡的阴影投向读者的心里：

现在，这块地方，和人的性情十二分地融洽——既不可怕，又不可恨，也不可厌；既不凡庸，又不呆滞，也不平板；只和人一样，受了轻蔑而努力容忍；并且它那一味郁苍的面貌，更叫它显得特别神秘，特别伟大。它和有些长久独处的人一样，脸上露出寂寥的神情来。它有一副郁郁寡欢的面容，含有悲剧的种种可能。

　　这一大片幽隐偏僻，老朽荒废的原野在"末日裁判书"上都占着一席之地。

　　在《还乡》中，荒原体现着乡村窒息人生命的愚昧、无情和阴暗景象，最后吞噬了韦狄和游笞丝的爱情梦幻。

　　然而，我们这里所说的"荒原"是在第一次世界大战后的现代艺术中出现的。"荒原"意味着一个失去了信仰，失去了英雄的时代；一个传统的价值观已被粉碎，新的还未建立起来的时代，生活在这个时代的人，没有信仰的归宿，没有美感，找不到生的意义，也找不到死的意义，他们体验的只能是荒芜、虚无、枯竭和死无葬身之地。这是人性的荒原、理想的荒原。1922 年，著名的现代诗人 T. S. 艾略特（1888—1965）发表了长诗《荒原》就深刻地展示出这一点。

　　显然，在艾略特笔下，"荒原"本身就暗示和隐藏着死亡，从这个意义上来说，"荒原"也是一首死亡之歌。诗的第一章就是"死人的殡葬"。诗人在最残酷的月份里，向人们展示出一个毫无生命气息的荒原景象：

> 什么根须抓缠着，什么树枝
> 从这荒废的乱石中长出？人子啊
> 你说不出，也猜不到，因为你只知道
> 一堆破碎的像，暴晒在烈日之下，
> 而枯死的树展不出凉荫，蟋蟀常不来慰安，
> 干石下没有水声，只在
> 这红色的岩石下有影子，
> （走进这红色岩石的影子里吧）
> 我要向你指出某些东西，不同于
> 晨早时你后面昂然大步的影子

或黄昏时前面升起与你相接的影子：

我要向你显示恐惧，在一掬尘土中。

Frisch weht der Wind

Der Heimat zu

Mein Irisch Kind

Wo weilest du?

（啊这阵风多么清畅

向着家乡吹去

我的爱尔兰的儿郎，

你向哪里停住?）

"一年前你第一个给我风信子；

他们就唤我做风信子姑娘。"

——然而当我们从风信子园回来，晚了，

你抱了满臂，头发湿润，我不能

说话，我的眼睛看不见，我既非活着

亦非死去，我一无所知，

望入光之深心，那静默。

Od' und Leer das Meer.

（空虚而荒凉，那海洋。）

　　这是一片死气沉沉的荒原，到处都能看到死亡的意象，闻到死亡的气息。然而，也许正因为如此，死亡已毫无特色、毫无意义而言，就像枯萎的残枝，就像脱掉的牙，就像在泰晤士河水上面飘浮的没有负载的空瓶子、三明治、纸巾、丝手帕、硬纸盒、香烟头，微不足道而且毫无声息。

　　显然，死亡作为一种荒原体验，并不来自艾略特的"荒原"，而是来自一个没有英雄的时代。这个时代实际上从莫泊桑、爱伦·坡、契诃夫等作家的笔下就已经露出了端倪。大量的"小人物"登上了艺术舞台，他们默默地生，同样也默默地死，人们从死亡中已感觉不到任何英雄主义色彩。例如契诃夫在《套中人》中描写别利科夫之死时就只用了淡淡一笔："过了一个月，别利科夫死了。"

与此相联系的一种艺术现象是：文学创作中出现了大量的"多余的人"的形象，例如俄国文学中出现的奥涅金（普希金《叶甫盖尼·奥涅金》）、毕巧林（莱蒙托夫《当代英雄》）、罗亭（屠格涅夫《罗亭》）等，他们都是一些精力充沛甚至充满英雄壮志的人物，然而历史决定了这些想当英雄的人已当不成英雄；他们已无处施展自己的英雄才能。莱蒙托夫在1831年写了《希望》一诗，其中有这样的诗句：

> 勇敢的无畏的战士们底最后的孤子，
>
> 在他乡的广漠的雪原上就快要瘦死；
>
> 我生在这里，但我的心不是这里的呀……
>
> 啊！为什么我不是一只草原上的乌鸦？

诗人的情绪是敏感的。随着资本主义商业化社会的到来，最后的英雄已面临末路，正像莱蒙托夫在诗中所写到的，"祖传的盾牌"已挂到了"古老的墙上"，创造英雄业绩的长剑也已"锈痕斑驳"。在这种情况下，即使不甘于平庸地活着，但是要寻找一种壮烈的死并不容易。普希金和莱蒙托夫最后都死于决斗。也许对当时的他们来说，这是走向死亡的唯一可供选择的英雄壮举。

无疑，在这英雄主义逐渐失势的时代，人们忘不了尼采（1844—1900）。当这位半疯癫的哲人到处呼喊"上帝已经死了"的时候，人类的精神已濒临于"荒原"的边缘。世界正在"礼崩乐坏"，旧时代的"英雄主义"成了一种被误解的对象。尼采奔走在森林和群山之间，寻找那些精神上的同路人，那些太绝望的人，那些踏着死亡荒芜的路的人。而他找到的只是失去了主人的老神父，最丑陋的人，乞丐，卑贱者，无用的谄媚者……最后，他经过死的世界找到了自己——他要做超人。

尼采表达了一种分裂的精神。他是第一个彻底粉碎过去"英雄梦幻"的人，然而他又是最后一个想当英雄的人；他抛弃了上帝，自己要当上帝。他在内心深处并没有放弃那个英雄时代，他还幻想着一种英雄的死亡。

然而，这种人注定只能是时代的孤儿，因为信仰的主人已经死了。他的使命只是找寻新的精神支柱，就像是一个流浪人，在某年某月某地的一天，他会死在路旁，毫无意义地死在任何一个没有特色的地方。

这正是现代人的悲哀。现代人并非一定比古代人怕死，也并非不期望自己死得光荣。然而，可悲的是，他们已找不到什么值得去死的目标和信仰。在这种情况下，死成为一种精神负担，人们投入了大量时间和精力去分析它，解剖它，然而又不可能阻止这一类现象的发生：死亡正以一种日常生活的庸俗气氛包围着人们，使人们一次比一次更深刻地感受到人类精神信仰的危机。

在这种情况下，很多艺术家已经率先踏进了"荒原"。比如波德莱尔（1821—1867）就是其中一位。波德莱尔经常沉醉于描写死亡，他经常在诗里把自己写成一个死人或者正在死去的人，如"一块连月亮也厌恶的墓地"，或者一个"躺在尸体堆下面拼命挣扎但不能动弹的伤兵"，或者一只"灵魂已破裂"的破钟，或者一个快乐的死者等。如果说死亡体验是波德莱尔诗中最基本、最精彩的内容，那么这种体验则以悲哀为基调，浸透着诗人低沉、忧郁、痛苦的情绪，使人感受到自己正处在一个死亡世界的包围之中。

例如，诗人如此描叙死亡殡葬的情景：

> ——一长列的柩车，没有鼓乐伴送，
> 在我的灵魂里缓缓前进；"希望"
> 失败而哭泣，残酷暴虐的"苦痛"
> 把黑旗插在我低垂的脑壳上。
>
> ——《忧郁》

波德莱尔历来被许多人看作是一个颓废诗人、恶魔诗人、坟墓诗人、尸体诗人，看来并不奇怪。读波德莱尔的诗，首先得有一种"死亡"的准备。诗人就像一个鬼魂，引导着读者走向世界的边缘，走进生命的荒原。在这里，如果你想看到古典艺术中那种庄严的景象，那种充满生命活力的森林和草地，以及欢快的铜管乐和戴着红头巾跳舞的青春少女，那么一定会大失所望，这里所呈现的景象是死亡的空虚、阴暗和裸露。

波德莱尔的诗告诉人们，所谓英雄主义的死已销声匿迹，我们所感受到的只是自己平庸、不值一提的死亡。这种死亡就表现在我们的日常生活之中，渗透到了我们每个人的每一个举动、每一分钟的生活之中，并且被我们若无其事地接受。因此，我们再不用到坟场，到尸体旁边去体验死亡；死亡就在舞厅少女的红唇上，就在人们急匆匆的脚步之中，就在赌徒声嘶力竭的欢呼声中，就在阳光明媚的春季和硕果累累的秋季。如果真正进入了波德莱尔的诗的世界，我们每个人都仿佛是加入了一个长长的送葬行列，我们每个人都是送殡者，又是被葬者。

在这长长的行列中，生命的失落实际上表现为一种死亡的失落感，诗人已失落了自己的归宿，昔日精神园地的一切都已凋零、腐朽，或者变得杂草丛生，在心灵上成了"无家可归的游魂野鬼"，所以只能在旷野中穿行，没有滋养，没有理想，也没有希望，一切都呈现出无意义的状态，去做一个"空虚、阴暗和裸露"的探求者。

这样的诗句美丽但又残忍：

> 时间一刻不停地老吞噬着我，
> 仿佛大雪覆没一个冻僵的尸首；
> 我从上空观看这圆滚滚的地球，
> 我不再去寻找一个藏身的住所！
>
> ——《虚无的滋味》

还有：

> 在充满蜗牛的黏滑的土地里，

> 我想前去挖一个深深的墓坑，
>
> 让我能把我的老骨悠然横陈，
>
> 像水中的鲨鱼，在遗忘中安息。
>
> ——《快活的死者》

就此可以说，波德莱尔之所以赞美死亡，是由于难以忍受一种无意义的生活以及由此而来的心灵上的空虚、无聊和绝望，相比较而言，后者才是他真正的灵魂的地狱。他曾在《恶之花》第一首诗《致读者》中就写到过，比起死亡、匕首、毒药、豺狼和各种各样的罪恶来说，还有一只"更丑、更凶、更脏的野兽"——"这就是无聊"。"无聊"（ennui）实际上就是一种"世纪病"，人在失去了信仰和理想情况下就会感觉到厌倦、厌恶、萎靡不振、失意、忧郁和痛苦不堪。

由此我们再回到艾略特的《荒原》，就会领悟到更深刻的意味。如果说"荒原"是没有生命源泉的王国，那么这里的居民是早已"死过"的人，他们已找寻不到死亡的意义和可能性。换句话说，如果说死亡意味着一种拯救和解脱的话，这里的居民已无法得到拯救和解脱。死亡的意义已无处可求，那剩下的就是忍受，就是没有意义的死亡体验。所以《荒原》一开始就是"死人的殡葬"，然而接下来仍然是在追寻死；第二部分"一局棋戏"写的是"精神之死"，人根本不知道自己"活着还是没有活着，脑中是否什么都没有"；第三部分"火诫"写的是"爱情之死"，人在百无聊赖之中为满足情欲而打发生命；第四部分是"水淹之死"；第五部分"雷声的预言"是总结：最后写的是"死亡之死"。虽然"曾活着的他已经死去，曾活着的我们已经奄奄一息"，但是诗人笔下的追索者仍然没有追寻到"死亡"，他最后的结局是疯癫。

一个时时处处都看见死亡，并且自己也在死亡的人却找寻不到死亡，这是何等的悲哀。但是这正是艾略特诗歌中最为关注的问题。荒原是一种死亡的象征，同时也是现代人生存状态的写照。诗人由于穿越了"荒原"，才真正感受到了人的生命之轻。他在《焚毁的诺墩》中有这样的诗句：

人和纸片急旋，为那阵冷风

吹在时间之前和时间之后，

在不健康的肺脏里呼入和呼出

在时间之前和时间之后

虚弱的灵魂从口中嗳出

透入那不新鲜的大气……

　　这是生存，同时也是死亡，但是它们的中心都是人的失落。死亡作为一种荒原体验，来自现代人的心灵。在艾略特的笔下，他们是一些"空洞的人"：

我们是空洞的人

我们是稻草的人

互相靠着

脑袋塞满稻草。天哪！

当我们一起耳语

干嗄的声音

寂静而无意义

一如干草中的风

或是我们干地窖里

碎玻璃上老鼠的奔跑

形而无式，影而无色，

瘫痪的力量，没有动力的姿态；

那些目不斜视

跨进死亡之另一王国的人

请不要忘记我们——请记得

我们不是失落的狂暴灵魂，

而只是空洞的人。

——《空洞的人》

我认为，这首诗比《荒原》更直接道出了现代人在死亡面前的困境。整首诗都写的是现代人在死亡的梦幻王国里的体验，他们披戴着鼠衣、鸦皮的伪装，不敢和以前死去的人相遇，只是在黑暗中摸索……此诗最后的结尾是：

就这样世界终结
就这样世界终结
就这样世界终结
没有巨响仅有呜咽。

进入这样一个"没有巨响"的世界，无疑是现代人的悲哀。这也许正是许多艺术家一再在死亡世界里标新立异的原因。他们感受到了人的心灵已开始趋于麻木和枯萎，以至于除了死亡再没有任何东西能够引起他们的反省，所以一再把死亡的困境展示在人们面前，同时也给这个"没有巨响"的世界带来一些响动。

然而，至今为止，我们听到的大多仍然是一些"呜咽"——生命在死亡荒原中的哭泣、颤抖和叹息。人们似乎仍然在期待，艺术家的灵魂经过荒原的体验，是否能够显示出更强烈的生命活力。不过在这方面，现代艺术家也许注定先要面对荒原，正像鲁迅笔下所描写过的"过客"一样，明知前面是坟墓也要前行，把眼光投向更远的地方。

四、孤独体验

> 一道帷幕——一堵不可逾越的
> 墙，横在我和世界之间，横在我和
> 我自己之间，物质充塞各个角落，
> 占据一切空间，它的势力扼杀一切
> 自由；地平线包抄过来，人间变成
> 一个令人窒息的地牢。
>
> ——尤奈斯库《起点》

"我感到独孤"——这是现代派戏剧家贝克特（Samuel Beckett, 1906—1989）在《等待戈多》中的一句台词，它沟通了无数现代人的心灵。实际上，艺术跨入二十世纪以来，孤独已成为一种普遍的美学意识，渗透于艺术创作的各个环节和意象之中，以至于我们可以把二十世纪归结为一个孤独的时代：孤独的艺术家，孤独的人物，孤独的生存，孤独的死亡——这就是这个时代最引人注目的艺术现象。

死亡，作为一种孤独体验，是无可避免的。当我们穿越了荒原，就已经体验到了孤独。艾略特已经把这一点写进了自己的诗：

> 降低一些，只降到
> 那永恒孤独的世界，
> 世界不是世界，唯有它不是世界，
> 内部的黑暗，已被剥夺
> 和缺乏所有的素质，
> 知觉世界的干涸，
> 幻想世界的撤空，

精神世界的垂危

这是唯一的路，而其他

亦是一样，不在乎动，

但在乎禁止动，当世界移动

在欲望中……

——《焚毁的诺墩》

我相信，真正的孤独不是别的，就是面对死亡和身处死亡之中的一种失落感。对此，有一件事我至今记忆犹新。

有一次在中国西北旅行，我搭乘一辆顺路汽车到某地去。汽车大部分时间都行驶在戈壁荒漠之上。司机拼命赶路，而搭车的人，按照常规，得一面不断给他点烟，一面不断唱歌，目的是把不断袭来的睡意驱赶走。但是，最倒霉的事情竟让我碰上了：中午时分汽车出了毛病，被迫孤零零地停在戈壁荒漠的公路上。

周围是一片荒漠和戈壁，只有地面裸露着一些青石龇牙咧嘴地望着你，好像为你在这里接受太阳暴晒而幸灾乐祸。而我，也许是为了解除紧张感，需要解手。于是，我开始走进荒漠，然而，就是在这时，我惊喜地发现了一簇簇生命的绿色——骆驼刺。

至今我还搞不明白，当时我为什么突然有了一种新的想法——也许是因为太阳的暴晒，使我感到水的重要，也许是当年样板戏中"一滴水能够救活一根秧苗"的话已深嵌到我的潜意识之中——我突然感到我这小便很珍贵，应该给最需要雨露的一簇。我一步一步朝沙漠远处走去，越走，骆驼刺越少，终于，我发现自己已经站在绿色生命存在的边缘上。前面是一片荒沙，似乎不再可能有生命存在，只有一簇骆驼刺几乎是孤零零地生长在这里，面对死亡……我急不可待地做完了那件事。

但是，我错了，这并非深入沙漠最远的一簇，当我向沙漠远处走去的时候，发现离这里约三十米远的地方还有一簇！这才真是孤零零的一簇，它远远地离开了自己的伙伴，独个儿静悄悄地待在那里，面对着一望无际的死亡的沙漠。当我一步步蹚到它跟前的时候，鞋子里已灌满了热乎乎的流沙。

我不知道它怎么长在这里，孤身深入到了这沙海之中，如此荒凉，如此的孤独，这星点的绿色大约每时每刻都面临死亡，面临着被沙漠吞没的危险，而且它不能言说。就在这时刻，我突然感觉到自己是站在一条生命与死亡交界的分界线上，这簇微不足道的绿色，就是身后这生命王国的前卫，它用自己弱小的身影最先面对死亡，也最先显示了生命，因为它顽强地站在这里，生命与死亡的界限应该重新界定。我想，如果一个人，孤零零地生存在这生命的边缘上，将是什么感觉呢？

这就是孤独。因此我懂得了，生命在时空中伸展到生命的边缘，深入死亡地带就是孤独。

孤独就是无从无处言说，因为它和其他生命之间存在着隔离，这也许是死亡作为孤独体验的第一层含义。很多现代艺术家对此心领神会。他们从日益发展的大机器生产、日益程序化的生活中，发现了一个可悲的事实，这就是人越来越深陷于社会给自己安排的那个枯井之中，与他人的交流和沟通的机会越来越少，由此人与人之间的关系变得越来越淡漠，自己所面对的世界也越来越陌生。

在这种情况下，正如我们在沙漠中看到的骆驼刺一样，艺术创作中出现了大量的"边缘人"。他们是孤独的个体，生活在一个陌生的、敌对的世界里，因为无法在周围的世界里获得认同感而陷入恐惧和迷惑。例如战后存在主义文学就深刻揭示了人的这种孤独体验。加缪的小说《局外人》中的莫尔索，就是生活在"存在"与"不存在"之间。他和周围的环境完全脱节，仿佛是另一个世界的人，对什么都感到无所谓，实际上已被世界所抛弃。正因为他和这个世界格格不入，所以维系他生存的各种社会关系也不复存在，莫尔索才会毫不留恋这个世界，觉得监狱和外面并没有多大区别，而一个人的死与生也是如此。所以，莫尔索被判死刑后有这样的想法：

于是，我总是从最坏的设想开始：我的上诉被驳回。当然，这意味着我要死。显然，比别人死得早。"但是，"我提醒自己，"其实大家都知道，生命并没有什么值得活的。"眼光放宽一点，我可以看得出，三十而死和七十而死并没有多大的不同——因为不管你什么年纪死，别的男人和女人还是照样活下去，世界还是照样转下去。再说，不论我是现在死还是四十年以后死，"死"这件事还是一定得去通过的，无法避免。不过，这个想法给人的安慰却没有意料中那么大；想到还可能有一大把岁月可以抓在手上，确实恼人。然而，我可以说服自己，因为，等到我的期限已完，而死亡把我逼到墙角，那时我的感觉又怎样呢？一旦你站起来跟它对抗了，则你究竟怎么个死法，便显然没有什么重要。因此——要不失导向这个"因此"的思辨线索，实在不易——我要准备好上诉被驳回的命运。

我一直把这段话看作是一个著名话题，因为这里表现出一种唯有孤独者才认同的死亡逻辑和生存线索。在这里，孤独和死亡产生了一种深刻的认同，孤独者在与世界失去联系的状态中，只能与死亡为伍，按照死亡的逻辑来体验自己的生存。

实际上，孤独的深刻含义之一就是与死亡对话。死亡是一个无形的但确实存在的对话者。由此，我们完全可以把《局外人》看作是这样一场"对话"。莫尔索一开始是面对着他人的死亡，这场"对话"也就从他母亲的死自然而然地展开了，接着是面对自己的死亡，而在作品的结尾处，这两种死亡合并了，这场"对话"达到了最完满的境界：孤独和死亡融为一体。请看：

许多个月以来，我几乎是第一次想到我的母亲。而现在，我似乎了解了为什么她到生命即将燃尽的时刻还交了一个"未婚夫"；为什么她还想从头开始，在养老院那风烛残年的生活中，黄昏也像一种悲凄的慰藉一般来临。离死亡那么接近；母亲必然感到濒于自由的边缘，准备好了把生命完全重新开始。没有一个人，世界上没有一个人有权为她哭泣。我也同样感到准备好把生命完全重新开始。犹似那巨大的愤怒之流业已洗净了我，淘空了我的希望，而仰视闪烁着天象与星辰的黑暗天空，第一次，有生以来第一次，我的心开向宇宙和蔼的漠然。它是那么像我，确实，那么与我友善，这种感觉使我认识到我一向是快乐的，现在也仍旧是快乐的，为了让一切完满，为了减少寂寞感，唯一剩下的希望便是我被处决那天，会有一大群观众围观，他们会用咒骂和咆哮来迎接我。

在萨特的作品中，这种孤独与死亡的"对话"成为不可避免，难免只能产生"荒诞"（absurd）的效果。《墙》就是这种体验的印证。既然有一堵高墙把我们和世界隔开，那么我们想寻求沟通是不可能的。作品中的巴勃洛在死亡面前万念俱灰，对一切都置若罔闻，对于死亡已没有什么恐惧感，因为人生的一切都已失去意义，因此他坚持不愿出卖自己的战友，对于自己朋友拉蒙的躲藏地点守口如瓶。然而，在死亡的最后时刻，巴勃洛想嘲弄一下自己的敌人，信口胡诌拉蒙躲在公墓里，结果弄假成真，导致了拉蒙的被捕。巴勃洛想用自己的意志消除死亡的恐惧，结果成了一场毫无意义的荒诞闹剧。无疑，《墙》表现了孤独者的自我与世界隔绝的一种精神困境：当孤独者乞求这个世界的回应时，世界却不予合作并报以讪笑。

在《恶心》中，萨特进一步深化了这种孤独体验。"恶心"所表达的就是个人存在对于世界的恐惧、痛恨和蔑视。我们在个人和世界之间再也看不到一点沟通的可能性，个人处于一种绝对的孤独之中，向别人求救是不可能的，唯一的希望就是正视"存在"的虚无性，在死亡中体验自己的存在。

这里我们会想起另一位孤独的艺术家弗朗茨·卡夫卡（1883—1924）

的《城堡》。自我所面对的世界，就如同那个像迷宫一样强大而又神秘的"城堡"，永远是莫可名状、难以把握的一种存在，人只能在它的外围徘徊，永远不可能进入它的中心。在这种情况下，人失去了与自己归宿的那个世界的联系，就意味着他不可能确定自我的姓名、身份以及存在的可能性。所以，《城堡》中的那个土地测量员只能用一个字母"K"来代替，他并不表现为一个实在的人，而只是一个符号。在这里，我们再一次体验了"孤独如同死亡"（卡夫卡语）的含义。

其实，死亡作为一种孤独体验，正是卡夫卡艺术创作中的精髓。这位艺术家几乎一生都处于极度孤独状态中，他曾经两度订婚，但随后又解除了婚约，其中重要原因就是他感到自己在所面临的世界中缺乏安全感和信任的基础。在早期小说《同祈祷者谈话》（1904—1905）中，卡夫卡就曾经写道："从来没有一个时候我使自己深信我活着……"可以说他的深刻的死亡意识往往是从一种孤独感油然而生。例如，卡夫卡在婚姻问题上的矛盾心理就很能说明这一点。他再度订婚的时候，曾在给朋友的信中表达了这样的感受：

> 我的确就像一只待在洞口的老鼠。由于不能变得更糟，所以现在说算好转了。捆绑我的绳索至少松开了，我这才觉得舒服了一些，她，双手不断伸向完全空空荡荡的里面，以示帮忙，反复地帮忙，我与她形成了一种对我来说迄今还是陌生的人与人的关系……我根本不认识她，……当她在一个大房间朝我走过来，接受订婚之吻的时候，我不禁毛骨悚然。

这就是卡夫卡的心态。由此也可以看出，作为一个艺术家，卡夫卡自身就深陷入某种深刻的孤独之中。这种孤独注定也就是一种死亡的判决。

这种判决在卡夫卡的小说《判决》《诉讼》《城堡》等作品中已得到明确的表达。例如在《诉讼》中，主人公约瑟夫·K 所接受的就是一种孤独的审判，因为他从来没有看到过法官在哪里，也从来没有获得过理解、帮助和同情，一直到被处决，他还是一个孤独者，还没有确定他与这个判决他死刑的世界的联系。

孤独的判决实际上也是一种自我判决。当一个人完全无法和世界认同，在世界上已找不到自我的位置的时候，自我存在的意义也必然会遭怀疑和否定。深刻的孤独就会导致自我否定，自己和自己也无法产生认同。《诉讼》中的主人公本身就是一个非人格化的人物，他所表现出来的陌生感、无能为力、没有能力、没有准则等，都使他的存在呈现出一种无意义状态。

由此可以说，由厌恶世界到厌恶自我，由社会隔绝到自我隔绝，由反抗社会到自我否定，是一条从孤独到死亡的必然过程。在这个过程中，现代艺术创作了形形色色的作品。当现代艺术向人的心理世界掘进的时候，孤独就已经开始向死亡的境界缓缓前行。因为这标志着人们对于外在世界不信任的情绪在增长，人们宁愿信赖自己内心而不愿接受客观的恩惠。随之而来的就是艺术逐渐变成了一种"自我对话"。这种情景我们在意识流文学中能够清楚地看到。英国女作家伍尔芙（1882—1941）宁肯在变化无常的主观印象中找到自我，也不愿再去相信客观生活中固定化、永恒化的真实。美国作家福克纳也认为，占据作家创作室的只应是人心灵深处的亘古至今的真情实感。

这种揭示人内心的艺术作品之所以风行于世，是因为人们需要了解内心，需要自我了解和自我认同。而恰恰在这一点上，现代人陷入了困境。他们在现实生活中已找不到自己内心的标记，并且感到已经失去了自己存在的历史线索。这时，他们就只能回归于自身，向自我发问，在心灵深处寻找在现实中失落的自我。法国作家马塞尔·普鲁斯特（1871—1922）"天书"式的巨著《追忆流水年华》之所以成为二十世纪一部伟大的著作，是因为它开掘了人的内心，在那些埋藏在心灵深处，并且已成为"历史"的岁月中，找到了生命存在的线索。

沿着这种心灵的通道向深处探望，我们不可避免地看到了死亡，因为艺术家已经把我们带入了一种无意识和潜意识的黑暗，并且告诉我们：

"请进吧，我们最深刻的孤独就藏在这些黑暗的密室之中，和它们认同，把它们解救出来吧！"——显然，当我们胆战心惊、踌躇不前的时候，很多艺术家冒险率先进入了这一黑暗、无理性的世界，比如伍尔芙、普鲁斯特、詹姆斯·乔伊斯、卡夫卡、福克纳等，他们在最孤独的状态中体验了死亡，在死亡的氛围中体验了孤独。

在此，我想再一次地提起卡夫卡，他在《变形记》中曾设想自己的主人公一清早起来变成了一个大甲虫——这正是孤独到极致的一种体验，寻求和世界、和他人交谈和沟通的任何可能性都已经消失，剩下的只有自个孤独地承受死亡。在这种情况下，死亡也就成了一种完全孤独的归宿，与这个世界不再发生任何关系。如果说孤独最初来自个人脱离了熟悉的世界之后的痛苦和恐惧，那么在这里，孤独已成为个人脱离人本身的一种象征。

显然，人一旦不成为人，失去了人与人的联系。那么就失去了存在的意义，就是死亡。人可以变成大甲虫，大甲虫还可以活着，但作为大甲虫的人已经死了。在现代艺术中，很多孤独的人物虽然没有变成大甲虫，但是他们如同大甲虫般地活着，所以也如同死亡。例如荒诞派戏剧《等待戈多》中的两个肮脏无望的老人，《快乐的日子》中那个整天忙忙碌碌走向死亡的温妮，尤奈斯库《秃头歌女》中的史密斯夫妇等，都是如此。加缪在《西西弗斯神话》中正是用孤独的体验来解释"荒诞感"的："一个能用理性方法加以解释的世界，不论有多少毛病，总归是个熟悉的世界。可是一旦宇宙中间的幻觉和照明都消失了，人便自己觉得是个陌生人。他成了一个无法召回的流放者，因为他被剥夺了关于失去的家乡的记忆，而同时也缺乏对未来世界的希望，这种人与他自己的生活分离、演员与舞台分离的状况真正构成荒诞感。"

由此，我再一次想到沙漠中的骆驼刺，并且想起卡夫卡在日记中的一段话："我很少越过孤独和集体之间的这条分界线。我与其说在自身的孤独中生活，不如说是在这条界线中定居。"

第五章

艺术家的自杀

在艺术家与死的关系中，最惊心动魄的莫过于艺术家的自杀。在艺术创作中各种各样死亡的表现和体验，反归到本源，就是艺术家的存在，而这种表现和体验的最高峰，便是艺术家的自杀——如果千百万人都愿意向这高峰望去，那么千百万人都把目光集中在一个焦点上——死亡。

这也就形成了二十世纪艺术中最敏感的一个话题。显然，正如人们所看到的，所感到震惊的，二十世纪确实有很多艺术家自杀，例如王国维、朱湘、维吉尼亚·伍尔芙、叶赛宁、茨威格、老舍、海明威、芥川龙之介、梵高、杰克·伦教、川端康成等，他们自行了断的行为一次又一次冲击着世界，冲击着人们的心灵，对艺术，乃至对世界的发展都产生了巨大影响。

然而，尽管如此，还有更多的艺术家没有自杀。如果我们把自杀的艺术家和没有自杀的艺术家进行一下比较，就会发现一个奇妙的事实。即，虽然还是没有自杀的艺术家为数众多，却无法消除笼罩在人们心头的死亡意识——似乎艺术已进入一个自杀时代。仅仅把这一现象归结为人类精神上的故弄玄虚和虚张声势并不能说明问题，因为人的意识毕竟是如此存在着的，唯一的出路只能从我们的生存和意识状态中去寻找原因。

我想，与其过分强调艺术家现有的自杀行为，不如深入探讨这一行为所体现的文化意识。这种自杀意识，才是我们时代所真正面对和承受的东西。无数人对于艺术家自杀事件给予了刻骨铭心的关注，只是因为其唤起了他们内心中的一种相同或相类似的情绪。自杀存在于这个时代无数人的头脑中。所不同的仅仅是，有的艺术家自杀了，我们却依然活着，我们从艺术家的自杀中解救了自己。正是从这种意识出发，我们将开始对艺术家自杀意识和行为的探讨。

一、关于艺术家"自杀"的界定

> 与其不工作而多活几年，倒不如赶快工作少活几年的好，因为结果还是一样，多几年也是白白的。
>
> ——鲁迅

假如从艺术家角度出发来讨论自杀，自杀的概念本身就应该重新加以界定，尽管这是十分困难的一件事。显然，"在特定的时间内自己自愿地用某种方式来结束自己的生命"——这一通常的自杀概念，只适用于解释一小部分艺术家的自杀行为，而不能说明自杀作为一种自我意识的存在。换句话说，自杀的艺术家只是构成了"自杀"存在的核心，而并不是全部。

实际上，如果把自杀看作是一种内在行为，一种精神的自觉意识，那么自杀就不再仅仅属于那些自杀的艺术家的事情；很多艺术家都在"自杀"或者已经"自杀"过；"自杀"也就成为我们这个艺术时代的某种日常现象。

这种推论并不过分。有很多艺术家，尽管并非自杀身死，但是长期徘徊在生与死的搏斗之中，生活已毫无快乐而言，也是一种"自杀"。只不过这种"自杀"进行得比较缓慢而已。例如列夫·托尔斯泰就是如此。这位艺术家几乎一生都卷入一种"赎罪"的生活之中，一次又一次地萌生过自杀的愿望。他之所以没有自杀，在很大程度上应该归结于他的宗教信仰和艺术创作。

托尔斯泰最后是死在一个火车站上。他的死也可以看作是一种自杀。1910年10月28日，82岁高龄的托尔斯泰无法忍受家人、妻子对财富的占有，也不想在自己生活过的那种奢侈环境中生活下去，毅然离家出走，十天后死于重病。他临死前还留下了一句意味深长的话："很明显，我得在我的罪恶中死去了！"

正如一些研究者所指出的，并不是托尔斯泰的妻子索菲娅的精神状态、她的喜怒无常和歇斯底里发作，才迫使托尔斯泰在一个阴暗的秋夜去迎接新的命运的，其主要原因来自托尔斯泰本身的思想危机。从托尔斯泰最后几年的日记和书信可以看出，晚年的托尔斯泰一直处于极度痛苦之中，其原因是他一方面觉得自己过着享有特权的生活，而另一方面看到周围都是被饥饿、劳动、贫穷弄得身体虚弱、头脑愚钝的农民，由此产生了一种痛苦的羞耻感。一次他曾在日记中写道："我没吃午饭。一想到自己卑鄙地生活在那些饥寒交迫的人们中间就感到痛苦和烦恼，他们为了使自己和家人避免一死而劳动着。昨天十五个人大嗜其油煎薄饼，已有了家室的仆人忙前忙后，才勉强来得及做好这顿吃喝并端到各人面前。真可耻，可耻极了。昨天骑马从一群砸石头的人身旁走过，就好像我在通过队列受到鞭笞一样。是啊，贫穷和妒忌是令人感到沉重和痛苦的，还有对富人的憎恶，可是我不知道，也许我对自己生活感到更痛苦。"

这种对于自己生活厌弃的感觉使托尔斯泰一直处于自杀的边缘，或者可以说，生存对托尔斯泰成了一个负担，是一个漫长的自杀过程。其实他在1885年写给他人的一封信中就曾说："我心乱如麻，但愿一死，也想到各种出走的计划，或者甚至利用自己的地位去彻底改变整个生活。难道我不得不就这样死去，不能离开这个我现在每时每刻都被迫忍受煎熬的疯狂的不道德的家，哪怕生活一年吗？难道不能哪怕再过一年人的理智的生活吗？就是说，生活在农村，而不是在贵族老爷的庭院里，在茅舍，在劳动人民中间……"在这种痛苦的心情中，已经包含着不可辩解和解脱的矛盾，使得托尔斯泰不能不背负着自己的十字架一步步走向深渊。

由此可见，对一个艺术家来说，"自杀"是一种深刻的精神悲剧。当他发现，自己的生存已完全处于自己精神的对立面时，就不可能不进入一种精神自戕的状态。

我们还可以举出卡夫卡的身世为例。他42岁死于疾病。然而，无论是在他的作品中，还是在他的日记中，我们都会发现一种自杀意识。他甚至把自己设想为一堆切碎的烤肉，生命就是把它们慢慢用手推到角落里喂狗。很多研究者都认为，卡夫卡之所以没有自杀，主要是因为他性格上的胆怯。在这种情况下，写作似乎成了一种代替自杀的方法。

这一点在卡夫卡的作品中不难找到解释。在他的作品中，自我始终充当着一种被贬低、被虐待、被粉碎、被侮辱和损害的角色，我们仿佛看到一个极端的自轻自贱自虐的狂人，在极度痛苦中拿自己取笑，在揉踏着自己的心灵和肉体，例如他可以把自己看作是一个大甲虫，或者其他什么令人厌恶的动物，然后再让它肮脏地死掉……从这里我们可以感受到，创作对卡夫卡来说始终是一种精神自戕行为，具有一种精神上自我虐杀的意味。虽然，和托尔斯泰不同，卡夫卡的"自杀"成为一个漫长的自虐过程，他一次一次地创作，如同一次又一次用利刃插入自己的精神灵魂。

无疑，像卡夫卡式的这种"自杀"行为，在很多现代主义艺术家身上都有所表现。在一个失去了自我，失去了精神信仰的艺术时代，他们唯有通过精神自戕，通过自我毁灭来显示自己的存在意义。正如美国荒诞派戏剧家阿尔比（Edward Albee，1928—2016）在《动物园的故事》中所表达的一样，一个人要想最后证实自己的存在，就得最后用胸膛扑向刀刃，在死亡中得到存在感的满足。

其实，很多艺术家都是自愿"扑向利刃"的。这种不愿回避死亡，明白看到死亡的前景但仍然勇敢前行的行为，其实也是一种"自杀"。例如，普希金、莱蒙托夫不能忍受自己人格受到侮辱，挺身而出进行决斗，就是如此。在生和死可供选择的范围内，他们放弃了生，选择了死，不过是借用了他人之手来完成了自己的选择。当然，决斗并非没有生还的希望，但是如果追求生存，也就完全没有必要去参加决斗。

很多艺术家没有实施自杀，并不是由于他们继续留恋自己的生命，而是由于某种责任需要承担。假如这种责任一旦消失，或者一旦被解除了意义，生命就同断线的风筝。这正如茨威格小说中的一个热带癫狂症患者所说的："如果说我当时没有开枪自杀……我对您发誓，那并不是胆怯……对我来说，把扳开了的冰冷的枪机往下一按，那倒是一种解脱……但是，怎么跟您解释呢……我觉得自己还有责任……该死的责任"——在这篇小说中，正因为一位他所爱的女人还需要他的帮助，他才继续留在这个世界，而当这位女人一旦命赴天国，再也不需要帮助了，他也就毫不怜惜地结束了自己的生命。

例如中国古代文学家司马迁（公元前145—公元前87?）被处以宫刑，身心受到很大凌辱，然而仍然忍辱负重，艰难地活下去，正是出于一种时代历史的责任感——这就是他在《史记·太史公自序》中所说的"先人有言"，"小子何敢让焉"。司马迁在这种责任感的推动下，完成了被鲁迅称为"史家之绝唱，无韵之《离骚》"的作品《史记》。

显然，死并不容易。很多人渴望死，然而死不可得，这是一种更深刻的痛苦。一些艺术家就常常承受着这种痛苦。他们已经绝望，已经看透了人生，已经对于人生毫无留恋，然而却不能立刻自己去结束自己的生命，这时，活着就可能成为一种比死更沉重的痛苦。在这种情况中生存，就会产生一种"抉心自食""创痛酷烈"的感觉。

鲁迅就经常处于这种自觉的"自杀"状态中。从《狂人日记》中就可以看出，鲁迅是怀着很深的负罪感活在世界上的。他憎恨"吃人的人"，然而又清楚地意识到自己也是一个"吃人的人"，不应该留在这个世界上。这种浓厚的自杀意识在《野草》中表现得更为明显，他始终把自己看作是应该被烧毁、被打碎、被推翻的世界的一分子，既不愿，又不能进入将来光明的世界。正因为如此，他所做的一切都不仅是在毁灭一个旧世界，而且在毁灭自己。所以，他把自己看作是一个"抉心自食"的死尸，微笑只有在化成尘土时才能出现。

在这种意识的支配下，鲁迅的生活和创作中都带着一种强烈的"自虐"倾向。比如，他在一段时期内强烈地压抑自己的性欲，在生活上过于严格地要求自己，挣扎地负起养育母亲及前妻朱安的重任等。鲁迅之所以没有自杀，在于他把自己继续活着的理由归结于"憎"，因为这个世界有很多人希望他死去，所以他偏不死，就是要使这些人不愉快。这一点鲁迅在自己谈话中多次流露过。显然，这样，生存就成为很痛苦的一件事，由此鲁迅甚至对自己的身体也毫不怜惜，在身患重病的情况下，仍然不愿意去外国治疗。对此林志浩所写的《鲁迅传》中曾有这样的记叙：

> 这一年春天，苏联方面通过中国共产党的关系邀请鲁迅赴苏疗养。……过去也有过几次邀请，鲁迅都没有答应。……他对来人说："我五十多岁了，人总是要死的，死了也不算短命，病也没那么危险。敌人对我没有别的办法，只有把我抓去杀掉，但我看还不会。"他详细地分析敌情，认为自己老了，又有不治之症，敌人即使下了毒手，对自己也没有什么损失，他们却损失不小，要负很大的责任。末了又激动地说：
>
> "敌人一天不杀我，我可以拿笔杆子斗一天。我不怕敌人，敌人怕我。我离开上海去莫斯科，只会使敌人高兴。"

放弃医疗，本身就如同自杀。不过对鲁迅来说，这种"自杀"比自我结束自己的生命更有意义罢了。

由此，我们还必须看到，艺术家的"自杀"并不是一种单纯的个人行为，而且也是一种文化行为。在不同的国度和文化意识氛围中，艺术家有可能赋予"自杀"不同的精神内涵。

例如，很多人曾经指出，中国文人的自杀大大少于西方艺术家，由此认为中国文人性格上具有懦怯、怕死等弱点。然而，只要深入到中国深层的文化意识中，就会发现也许结论并非那么简单。中国艺术家自古就有自杀的先例，例如屈原投江，但不能说中国文人比西方艺术家更看重生命。

很多艺术家对于生命抱着一种十分淡然的态度，并不愿费尽心思去保护它。在老庄思想中，就有一种"无所谓"的生命态度。生与死本来就没有过于分明的界限，何苦去斤斤计较？这种思想在中国特定社会条件下延展，就形成了艺术家"无为"和"出世"的意识传统。看破尘世，看破生命的运转，使中国艺术家不再为生命的价值去奔波，也不再为死亡的临近而悲伤。对于这一点，李庆西在《死亡和中国士大夫的生命意识》一文中说得非常好，既然尘世中一切都失去了意义，自杀本身也就失去了意义，文人也就不必去追求自杀。

然而，很明显，虽然继屈原之后，中国古代艺术家很少有人自杀，但是这并不能说中国艺术家没有自杀意识，只不过是它的表现方式不同。从某种程度上甚至可以说，中国艺术家往往具有更浓烈的自杀意识。他们在一种恶劣的文化境况和生活条件下生存，心灵受到很大的压抑，因此经常处于一种自轻、自贱、自虐的精神状态中。如果按照西方观念来说，这种状态本身就是在自杀。实际上，如果我们可以把俄国作家果戈理晚年焚毁自己作品的行为看作是一种"自杀"的话，中国很多艺术家无时无地不生活在一种"自杀"状态中。在封建专制统治的高压下，他们或者隐居山林，装疯卖傻，或者随时中断自己的艺术追求，矢口否认自己曾有过的信仰；或者内方外圆，回归于世俗等，无疑都是一种"自杀"。

从这种角度来讨论自杀，我们会获得新的认识。记得鲁迅曾对史沫特莱说过一句话：外国人对于生命比中国人看得重。这种"看得重"在某种情况下，与"喜欢自杀"并不矛盾。看得重才会去自杀。相反，如果对生命怀抱着一种超然的态度，把个人的生命看得非常渺小，或者自轻自贱到了极端，也就不会去自杀，更不会看重自杀的意义。

由此可见，艺术家的自杀是一种复杂的精神现象，这正是人们越来越注重它的原因。因为在这个世界上，"自杀"已经成为人们的一种普遍意识，我之所以这样说，是由于"自杀"本身表现出了更深刻的内容，也就是说，我们每个人都可能在"自杀"，不过所不同的是，有的自杀是用外在形式进行，有的则是用内心的方式在进行，他人无从知晓；有的是我们能够看到的、意识到的，有的则是我们还毫无知觉，我们正在兴高采烈地欢呼，并且极力推进的"自杀"。

正是在这种意识背景下，艺术家的自杀被推到了一个引人注目的位置，它的文化意识内容也越来越复杂。我们不仅能够从许多自杀的艺术家身上看到自杀，而且也能够从许多没有自杀，现在仍然活着的艺术家身上看到自杀意识，在一个信仰危机、精神贬值的时代，也许每一个人都必须承担自杀的责任。

二、疯癫：站在死亡的边缘上

除了两个不同的世界分裂之外，还能有什么呢？

——卡夫卡《日记》（1922 年 1 月 16 日）

在讨论艺术家自杀问题时，很多人会谈到疯癫。因为一般人都认为，疯癫是自杀的边缘。

这种看法十分容易理解。生命是宝贵的，而且只有一次，但是竟然有人会去结束自己的生命，这种心理状态如果不是疯癫，也会是接近疯癫，因为疯癫会使人丧失理智，不计后果。

其实，在现代艺术中，之所以有越来越多的人谈论和研究艺术家的疯癫现象——如同自杀现象一样——根源于对人们自身精神危机状态的感受。这也许表现在很多方面。一方面是时代的迅速发展，机械化、电气化、商业化和信息化的程度越来越高，人们的精神负荷过重，并且被迫接受某种新的现实，承受与自己的传统习惯分离的痛苦，精神经常处于某种分裂状态；有些人不堪重负，对自己所面对的庞大、千奇百怪的世界，对自己的生存状态不能接受，于是产生一种精神上的背离倾向，经常会有一种疯狂的感觉：要不就是世界进入了疯狂，要不就是自己疯了，或者，如同一位艺术家所说的，全世界正在变成一个疯人院。

在这种情况下，艺术家首先承担了这种人类感受，他们最早承担，或者接近于这种疯癫状态。很多艺术家一开始创作就不同程度地进入了这种疯癫状态，爱伦·坡疯狂嗜酒，尼采疯了，福楼拜疯了，陀思妥耶夫斯基患了癫痫症，伍尔芙和普鲁斯特在精神病中挣扎，塞尚和梵高疯了，卡夫卡、品特、尤奈斯库在疯与不疯之间，如此等等。这些艺术家生活在现实社会中，也生活在自己的疯癫世界里，时常在生与死之间挣扎。

这似乎并不奇怪。艺术家历来就是一群思想和感觉最敏感的人。他们往往最先感受到生活发生的变动，并且会情不自禁地作出反应。他们的精神状态就如同人类精神状态的一种感应器和风向标，能够敏感地表现出一个时代人类的情绪。而人类在自身发展过程中，并不总是能够保持理智的，总会不断地出现某种疯狂状态，造成战争、动乱、大破坏等灾难性后果。这时，艺术家的疯癫也许有两种情景：一种是在世界还没有进入疯癫之前，艺术家首先疯了；另一种是正因为艺术家首先疯了，才使整个世界获得了拯救。

就此来说，仅仅把艺术家的疯癫放在现代社会范围内进行考察是不足够的。艺术家与疯癫患者的密切关系由来已久，往往被认为是一种历史转换的信号。很多人都试图解开这个谜。叔本华就曾列举了西方文化中的很多事例，来说明疯癫与天才之间的关系。中国古代文人对于疯子也没有什么恶感，倒是非常尊重他们的言行。很多疯子被看作是最聪明的人甚至预言家。例如孔子周游列国，就有狂人出来唱歌，劝他不要不识时务。在《红楼梦》中，最聪明的人是那个疯疯癫癫的和尚。他能看透人生，预知未来，直至到了现代，鲁迅《狂人日记》中的狂人，更是有一副如烛的眼光，能够穿透一切黑暗的现实。

从中国文人笔下的疯人形象也可以看出，疯人并不等于失去理智，他最大的特点是与自己所处的社会和时代格格不入，因此甘愿做个疯子脱离当时的时代生活。所以，这样的疯子总是在社会发生大变动之前或者之中出现。就其与世界的关系来说，他或者作为疯人活着，或者自杀，别无其他选择。

　　由此我们不得不注意另外一个事实：对艺术家来说，疯癫应该是一个历史的范畴。用任何简单的理论来界定都难免出错。几百或几千年前被认为是"疯子"的人，也许对现代人来说是最聪明、最正常的人；相反，假如有可能把最正常的现代人放到古代，他很可能会被认为是疯子。所以，艺术家常常被认为是"疯子"或者"怪人"，并不需要感到过于悲哀。尤其在一个病态的社会里，正常恰恰就是病态，而被认为是疯癫的人可能才是正常。如果从这种历史角度来说，艺术家的疯癫恰恰是为了消灭疯癫，因为这一存在正好是在打破着社会既定的疯癫与正常的界限，一步步地把疯癫转化为正常。

　　在这方面，现代心理学的发展为人们提供了新的认识。当人们用一种新的眼光来看待自我的时候，就会发现疯癫离我们每个人都不遥远。现代人注重自我，而恰恰只有在与社会冲突和疏离状态下才能意识到自我。所以，现代人对于疯癫的感受和理解，时常与自己的生存和精神状态发生共鸣，容易产生一种"同病相怜"的情感。

　　现代艺术家所表现的疯癫正是突出了这一特征。他们已经把疯癫日常生活化了，普遍化了。从他们的作品中，人们与其说是看到了疯癫，不如说是在体验一种癫疯；生活充满着非理性、非逻辑、无意义、荒诞、荒唐、颓废的色彩，人物就像无头的苍蝇到处乱撞，自己找不到自己的家，也找不到自己……这种情景被荒诞派戏剧作家彼得·魏斯（Peter Weiss，1916—?）在《马拉/萨德》（1964年）中表现得淋漓尽致。一位疯子在疯人院里，写了一部由疯人演出的戏剧，一些精神病患者一面演戏，一面大发其疯。

　　显然，按照传统的眼光来看，创作这样戏剧的艺术家本身可能就是疯子。如果这个看法可以被接受的话，《秃头歌女》的作者尤奈斯库，《等待戈多》的作者贝克特，《送菜升降机》的作者品特，《动物园的故事》的作者阿尔比等，肯定也是疯子无疑。

　　然而，我们已经不能如此决断。时代变化了，按照老眼光来判断疯癫或许已经不太适宜。不过，就从他们所体验到的生命状态来说，这些艺术家确实表现出一个自我分裂的世界。在这个世界里，自我已不能承受生命，已经无法与自己产生认同，生命存在本身已成为一种被羞辱，被践踏，被否定的象征。由此，我们虽然不能把他们完全排除在生活之外，他们并没有完全疯癫，只是已经在走向疯癫。

于是，疯癫成了一些艺术家的特质，不过这种疯癫有可能把我们引导到一个完全疯狂的世界，也有可能帮助我们更深刻地理解和把握自己所面临的世界，更深刻地理解和把握艺术家与死的关系。

无疑，在一个分裂、充满疯癫意味的艺术世界里，我们最容易感受到死亡临近的气氛。而具有疯癫症状的艺术家往往给我们提供的就是这种意象。比如塞尚的绘画，往往呈现出一个由空间、石块、树木和面孔组成的病态的分裂性的画面。在这种画面中，精神分裂展现出来的就是世界的分裂和人的形象的破碎。而对于艺术欣赏者来说，唯有通过这种分裂和破碎的艺术形象，看到人（包括艺术家）精神的分裂和破碎，才能真正理解现代主义艺术的精髓。在这里，其实接受疯癫，或者不接受疯癫，都是一回事，因为——我们都站在自杀的边缘上——这一死亡的警示已经鸣响。

这种鸣响非常悠长，足以使我们回顾过去和展望未来。然而，就艺术家人格来说，我们在这里不得不强调其独特性。因为无论从历史或者现实的角度来看，如果我们要理解艺术就必须理解和接受艺术家的疯癫。而照常人的观念来看，艺术家多半是一些神经质的人，他们生性敏感、乖张、孤僻，或者漫无节制、喜怒无常、多愁善感，他们生来就不会理财，不会做人，不善解人意，在思想和行为上脱离常规和不顾后果。所以他们经常处于走投无路，穷途潦倒的境遇。然而，也正是这种情景，又变本加厉地加重了他们的心理负荷，使他们经常处于趋向疯癫或者陷入疯癫状态。也许艺术家本来就比常人更容易发疯。

假如说，艺术家思维的独特性在很大程度上根源于其独特的精神气质，那么，疯癫必然扮演一个很重要的角色。它能够把艺术家引导到一个特殊的世界，用一种脱离常规，异于常人的方式来接触、感受和理解世界，体验到一般人所不能、所无法体验到的生命过程。所以，面对同一世界，艺术家由于受到疯癫或某种神经症的影响，所产生的幻觉和联想能够穿透一般常人所把握和理解的现实关系，构成一个只有他独自享有的世界。

这个世界常常非常奇特。因为艺术家借助疯癫不仅能够轻易地跨越主观和客观的界限，突破人们对生活常规的感受和理解，而且能够深入更深的意识层面，获得无意识和潜意识的内容。

例如，进入梵高的艺术世界，我们就不能不为这位神经质画家所感受到的一切所惊叹。这是一幅幅由特殊的感应力所构成的图面，一个艺术的特殊世界。在这个世界中，生活的一切，本质和外形，形状和色彩，光和阴影，都不再是常人所能看到的那种自然状态，它们仿佛被燃烧过，在发狂，在跳跃，在狂暴中被扭曲，迸发出炫目的闪耀……这一切，都表现出一个艺术家特有的精神气质。无疑，梵高对大自然的感应是特殊的。作为一个带有明显疯癫症状的感觉过敏者，他是以变态的（也可以说是超越常规的），或许是一种狂热的方式来发现和领悟自然的。他所捕捉到的线条和色彩，其难以察觉到的性质和隐秘的特性，以及光与色中的各种细微的差别，可能是一般拥有正常思维和精神状态的人，永远不可能捕捉到的。

当然，很多人并不同意把梵高的才华和创造力归因于他是一个癫痫病患者，但是事实却使我们无法斩断它们之间的联系。应该说，在一种全身心投入的艺术追求中，梵高的生活、精神病和作品，是一个不可分割的整体。梵高的绘画表明，他首先并不是以精心安排的几何形式来取得成功的，而是由他本身对自然特殊的感受和体验所决定的。而在这里，反常的心理体验——包括他捕捉印象异常的感情状态和精神的极度紧张——成为梵高从芸芸众生中脱颖而出的重要原因。

在这里，我们也可以把艺术家的疯癫看作是一种"临终的眼"，即以一种临近死亡的精神状态体验着生活与自我。因为疯癫往往只有在极度的精神痛苦和内在压力之下才能发生，其本身往往就体现为一个非现实的精神存在。可以说，对一个艺术家来说，疯癫构成了他与现实世界联系的桥梁，同时又是一道阻碍的高墙，一切取决于艺术家拥有的把握自己的心力，一旦艺术家已经无力通过这座桥梁，高墙就会把他与世界永远隔开。这时，他最好的结局就是在桥的这一端自杀。

三、最后一次自己决定自己

在受过轻视、追猎与强迫后，我终于可以显示我的价值了，享受我之为我了，还我本来面目了。

——加缪《堕落》

在生命再也无法自我忍受的情况下，艺术家自杀了。对于一个完整的生命，自杀是最后一次自己决定自己的行动。但是，对很多艺术家来说，这也许并不是"第一次"，因为他可能已经在自己的作品中"自杀"过，所以，自杀作为一种意识已经在他的头脑中多次闪现过。

所以，探讨艺术家自杀的意义，最好先从他们作品中人物的自杀谈起。因为在这里我们可以看到一些艺术家对于自杀的思考和理解。显然，在艺术作品中，人物的自杀现象是很多的。在莎士比亚、莱辛、歌德、福楼拜、托尔斯泰、鲁迅、芥川龙之介等艺术家的笔下，都有自杀的人物出现。

对大多数作家笔下的正面人物来说，自杀并非一种自然行为。因为这需要勇气。这种勇气不仅指一个人敢于面对现实，更重要的是指面对自己，此中包括一个人是否能够真正理解自己和把握自己，按照自己的心愿去生活，在这个过程中，对死亡的选择是人的一种自然权利，也是一种深刻的心理欲望。

因此，死，是一个人最后一次自己决定自己的时刻；如果这件事不能借助于他人来完成的话，那么自杀就是唯一的选择。在这种情况下，自杀并不是一种轻举妄动，而是一种深思熟虑的结果。歌德笔下维特（《少年维特的烦恼》）的自杀就是这样。维特不是在疯狂和病态情况下自杀的，他很清醒，对自己所面对的现实，自己所能承担的心理重负，都进行过细致的自我分析。维特爱夏绿蒂，并且为这种爱情努力争取过，但是当他知道夏绿蒂也非常爱自己丈夫时，知道自己陷入了尴尬的境地。在情感与理智的冲突中，他不止一次地分析过自己的情感及可能导致的结果，他意识到，如果一任自己感情、思想以及无休止的渴慕的驱使，一个劲儿和那位温柔可爱的女子周旋，毫无目的、毫无希望地耗费自己的精力，既破坏了人家的安宁，也不可能实现自己的愿望。因此他既然无法最后斩断与夏绿蒂的感情，那么唯一的选择就是去死。他在给夏绿蒂的信中写道："……一个冷酷的事实猛地摆在我面前：我生活在你身边是既无希望，也无欢乐啊……我要去死！——这绝非绝望；这是信念，我确信自己苦已受够，是该为你而牺牲自己的时候了。是的，夏绿蒂，我为什么应该保持缄默呢？我们三人中的确有一个人必须离开，而我，就自愿做这一个人！"

一个健全理智的人自杀不是一件易事，他首先得说服自己接受这一意念，和自杀这一事实产生认同。维特之所以最后选择自杀，是因为他不止一次地思考过这个问题，并且认为这并非一种不明智的行为。其实，他对于庸俗的生活早有厌倦情绪，并不过分留恋自己的生命，也许正因为如此，他才对于和夏绿蒂的爱情看得那么珍贵。他曾经和阿尔伯特认真讨论过自杀的意义，他认为自杀并不在于一个人刚强或者软弱，而在于人忍受的痛苦总有一个限度；超过这个限度，自杀就会成为必然，他说："你也该承认，当一种疾病严重损害我们的健康，使我们的精力一部分消耗掉了，一部分失去了作用，没有任何奇迹再使我们恢复健康，重新进入日常生活的轨道，这样的疾病我们便称为'死症'。喏，亲爱的，让我们把这种推理用到精神方面，来瞧一瞧人的局限吧。一个人受到各种外界影响，便会产生固定的想法，到最后有增无减的狂热夺去了他冷静的思考力，以至于毁了他。"

可见，维特自杀并非丧失理智的表现，而是有意识的一种选择。无论从现实或情感状态来说，维特身患的正是一种"死症"，这时，他所必须忍受的痛苦已经超过了限度，这就决定了维特最后的选择。

维特自杀了，他在最后的时刻还在为自己心爱的人祝福。他的死不仅令人千古传颂，而且表明一个有关人的尊严的观念：人，并不是一切都能忍受，最后，他可以选择死。

按照叔本华的观点，人由于有理性而超过动物的地方，就是他能对整个生活有全面的观察。他说："因此，一个人，按自己的考虑，按作出的决断，或是看清楚了必然性，就可以冷静地忍受或执行他生命上最重要的，有时是最可怕的事项，如自杀，死刑，决斗，有生命危险的各种冒险举动以及人的全部动物性的本能要抗拒畏避的一切事项。从这里可以看到人的理性如何是动物性本能的主宰，并可大声地对坚强的人说：'诚然，你有一颗钢铁般的心！'"（《特劳埃战争》）

很多艺术家的自杀都体现为一种理性选择，在自己结束自己生命的时候，他们并不盲目。著名画家梵高就自杀于他非常清醒的时候，而不是他癫痫病发作的时期。在自杀前，他对自己的生命进行了认真的思考，他曾经扪心自问："这几年，我之所以在痛苦中坚持活下去，那是因为我必须去画，因为我必须把在我内心燃烧的东西表达出来。但是现在已经没有什么东西在我心里燃烧了。我只是一个空壳。难道我得像圣保罗那些可怜人一样呆板单调地生活下去，等待着一件偶然发生的事情把我从这个世界上除掉吗？"他最后不能不承认，他的生命最好的部分已经死去了。

与此同时，梵高对于癫痫病最终给他可能造成的后果极度恐惧，他明白，当他精神健全而有理智之时，他可以按照自己的愿望处置自己的生命，但是，如果他的头脑由于再次发病的极度紧张而毁损垮掉了，他变成了一个不可救药的流着口水的白痴，那么对于他，对于他所爱的亲人都是更大的不幸。所以他最后反复对自己说："我现在是健康的，而且精神健全，我是生命的主人。然而等到下次发作控制了我……如果它毁损了我的头脑……我可能连自杀都做不到了……那我可就完了。"

于是，梵高向他所生活的世界作了最后的告别，用一支左轮手枪压在自己的腹部。他留下的绝笔画是《麦田上的乌鸦》，在一片黄色的田野的上空，一大片黑色的乌鸦正拍打着翅膀向着麦田扑来——这也许是死神来临的幻觉。

一个伟大的画家自杀了，像一种疾速还原的泥土重新返回了大地的怀抱。害怕死，逃避死，是人的本能，但是谁能够谴责梵高这一最后的选择呢？梵高这最后的时刻，不正是构成了一幅热爱生命的图画吗？

显然，自杀本身也是一种独特的生命意识。在一定的条件下，自杀并不意味着对生命的一种轻视，一种厌倦，而是一种尊重。这种尊重是和艺术家对于生命意义的理解和理想一致的。对于一个艺术家来说，拥有生命并不是为了迁就它，顺其自然，而是为了能够完整地把握它，自己支配自己的选择。他们所追求的是生命的独特性和生命的独创性，最不能容忍的就是听任自己的生活如行尸走肉，自己的生命与动物般的人生沉瀣一气。

这就形成了一种对自我生命的恐惧。这种恐惧不是来自死亡，而是来自对生命过高的期望和要求，对于自我过度的尊重和爱惜。他们害怕终于有一天，当自己无法把握自己的时候，自己会堕入庸俗麻木的生活，害怕自己的生命会从此进入一个黯淡无光的时期，而在这时候，活着就意味自己目睹自己的沦落而又处于无力自我拯救的地步。这无疑就等于对生命的一种自我侮辱和嘲讽。

所以，当艺术家最后一次自己决定自己的时候，在很大程度上并不取决于对生活环境的抗拒，而是对于自我生命力量的估价。一旦他意识到自己的生命力已经衰竭，自己已无法达到自己所期望的生命高度；或者已经没有力量改变自己的处境，创造新的未来，或者自己的理性已无法控制自我，生命已经向无意义的深渊滑去的时候，自杀就会转化成为艺术家自我理想实现的最后手段。

著名奥地利作家斯蒂芬·茨威格 1942 年 2 月 22 日在巴西旅居地的寓所和妻子一道自杀，他在绝命书中写道：

> 在我自愿和神志清醒地同这个世界诀别之前，一项最后的义
> 务逼使我要去把它完成：向这个美丽的国家巴西表示我衷心的感
> 激。它对我是那样善良，给予我的劳动那样殷勤的关怀，我日益

深沉地爱上了这个国家。在我自己的语言所通行的世界对我说来业已沦亡和我精神上的故乡欧洲业已自我毁灭之后，我再也没有地方可以从头开始重新我的生活了。

年过花甲，要想再一次开始全新的生活，这需要一种非凡的力量，而我的力量在无家可归的漫长流浪岁月中业已消耗殆尽。这样，我认为最好是及时地和以正当的态度来结束这个生命，结束这个认为精神劳动一向是最纯真的快乐、个人的自由是世上最宝贵的财富的生命。

我向我所有的朋友致意！愿他们在漫长的黑暗之后还能见到朝霞！而我，一个格外焦急不耐的人先他们去了。

当然，茨威格的自杀并不是没有外界原因。当时法西斯践踏着欧洲的土地，给人民带来了灾难和痛苦，迫使作家长期过着无家可归的流浪生活。茨威格的自杀不能不说是对法西斯主义，对战争罪犯的一种抗议。但是，这并不能说茨威格已经对欧洲以至人类的前途完全绝望，相信罪恶的时代再无尽头，因此实行自我毁灭，相反，茨威格并没有对此失掉信心。他的自杀在很大程度是来自对自己生命力的估价。当他确切地感到自己的生命力已经衰竭，再也无力开辟一种新的生活的时候，死就不再会是一件十分痛苦的事情。

因为一个人的生命经历过光辉灿烂的时期，就很难忍受一种平庸的、无所作为的生活。这对很多艺术家来说都是这样。他们曾经在生命创造的巅峰之上注视过这个世界；当他们创造力旺盛的时候，他们接二连三地为人们拿出激动人心的艺术作品，全世界都在向他们欢呼，回报以掌声、鲜花和各种赞叹、崇拜的目光。然而，很少有这样的艺术家，他们可能一生都处于这种辉煌状态。总有那么一天，他们中间的大多数生命力开始衰退，创造的激情一天天减弱，一步步从人生的峰巅滑向低谷。

在这种过程中，大多数艺术家还得忍受生活对他的冷落；在一定的时期里，鲜花和欢呼再也没有了，人们因为出现了新的艺术偶像而已经把他们置之脑后，其中有些人甚至已开始对他的存在表示厌烦，说他重复、平庸、守旧等，好像在这个世界上，他似乎从来没有存在过，或者原本不应该存在（存在本身就是一种错误）似的……

这是一幅多么凄惨的境况啊！一部分心灵敏感而又生性软弱的艺术家是难以接受和难以忍受这一切的，他们会愤怒，会争辩，会痛苦，甚至会因此自己结束自己的生命。

很多艺术家并不会甘心情愿地接受这个事实，他们会以各种方式向命运和死亡抗争，竭尽一切努力充实和发展自己的艺术生命，直到精疲力尽为止。他们不会轻易向生活认输，但是一旦意识到自己已无力改变自己的时候，就会对自己的生命和生活感到难以忍受。

美国作家杰克·伦敦的一生以及他的自杀，能够告诉我们许多东西。可以说，杰克·伦敦的一生就是一部生命创造力的传奇。读过他的小说《热爱生命》之后，谁都会感受到这位作家对于生命极度的迷恋和追求。他是一个拼命地消耗，也拼命地享受生命的作家。他在文学上表现出来的旺盛的创造力，曾使世界上数千万人为之倾倒，他曾是美国文坛上最受欢迎的小说家之一。他一度被评论界誉为美国最伟大的艺术家，有无数朋友和崇拜者，自己也由此成为当时最富有的作家，足够他为自己建造一座美国当时最美丽、最新式的"狼舍"。可以说，杰克·伦敦是一个永远不愿向命运屈服的人，直到晚年，直到他病魔缠身，生活上遭受一次次重大打击之时，还在死命拼搏，并且尽情地享受着生活。

但是，他最后终于感到疲惫和力不从心了。这首先表现在他创作力的衰退上面。在他生命的最后几年，他开始大量喝酒来减轻自己心灵上的压力和痛苦，也不再能以畅快、年轻、新鲜、快乐、精力充沛的状态工作了，他开始厌倦自己的写作，同时他害怕自己的精神会在重压下崩溃。在这种情况下，他意识到自己已经是一个"过来人"，到了给向上奋斗的年轻人让路的时候了。于是，终于有这么一天，1916年11月22日，杰克·伦敦吃下了过量的吗啡和颠茄精，告别了这个世界。

欧文·斯通在杰克·伦敦的传记中写道："他过去总是说，他愿有短暂而快乐的一生。他要像一道白色的火焰烧过他一生的天空，把他的思想的影子烙进每一个人的头脑。他要烧得有力而光明，把自己烧得净光，但怕的是在还有一元钱未用尽或一种思想尚未传授时，死神出其不意地捉住他。他和乔治·斯特灵一致同意，他们绝对不愿做行尸走肉，当他们的工作完结时，他们的生命耗尽时，他们就要把自己结束。"

杰克·伦敦最后选择了自杀，因为他感到自己生命中的一切都已用尽了。他实现了自己的诺言。

由此可见，艺术家的自杀总是和他对自我生命的估价连在一起的。自杀是一种内在行为，根源于他们对自我存在及其价值的思考。在这个过程中，最可怕的是身心的极端分裂以及由此产生的自我厌恶、自我怀疑的情绪。这时候，一方面是理想的高照，自己所确认的那种人生的优美境界在意识中并未消失；另一方面则是发现自己处于某种低俗、卑鄙、庸俗的人生中不能自拔；或者是另外一种情景，艺术家曾经所梦寐追求的，曾经把自己全部身心交付出去的事业一日之间突然被发现不过一堆破布，毫无任何价值而言，于是生命存在本身已经不再被自我所认同，所接受，所忍受，理智就会在另一个世界寻求解脱，这正如波德莱尔在诗中所说的，"我就是复仇女神自己"（《自惩者》），自杀这时所意味的就是一种自我判决和自我惩处。

然而，尽管如此，自杀仍然是艺术家最后一次人生意义的选择，无论这种自杀源于何处，意味着什么。因为在此之前，死亡不过是一种生物本能，一种平凡的，人人皆有的自然结局，没有人能回避它，也没有人能把握它。在人的生命过程中，它只是一种必然，无所谓崇高也无所谓渺小，其本身没有特殊意义；它不包含目的，也不显示心灵。但是，死亡一旦成为人的一种自觉选择的时候，就不再是一种自然现象。死亡开始拥有了目的，并且显示着心灵。这就意味着人已经打破了自然的程序，把自己生命从最后的无意识状态中解救出来，重新赋予了意义。

这就是自杀。作为艺术家的自我选择，这是一种对自我生命完整性的追求，也是对自我意识最终的一次肯定。它起码说明这个时代并不完美。

需要人们去改变它，完善它。而当一个完美的时代真正到来的时候，艺术家自杀的意义也就会自然消失。这时，艺术家也不会自杀。

一个没有艺术家自杀的时代，也许是一个平庸的时代；然而，一个不再需要艺术家自杀的时代则是理想的时代。

理想属于未来，我们和艺术家一道永远面向未来。

文学的孤独 （夜思录）

缘　起

若干年来，我一直对文学怀抱着一种坚定的信念，认为文学能够陶冶和沟通人的心灵，美化和温馨人们的生活，把人类从对奢侈过度的追求以及意识迷乱中解救出来；同时也相信很多人和我一样抱有这种想法。但是近来却对这种想法产生了怀疑。尽管我对文学的迷恋并没有减低，但是开始面对越来越多陌生、缺乏理解的目光。很多人把文学并不当一回事，更不抱有和我一样的想法。此时我的心，连同心爱的文学，就像被抛在荒漠上的弃儿，只能凭借冷寂的山风传送几声悲戚的啼哭。我真正感到了文学的孤独，从事文学工作的孤独。

紧接着我迎来了一个又一个不眠之夜，面对一盏深夜里的孤灯，思索纠缠不清的文学问题。我没有认真研究过失眠与文学的关系问题，但是我确实知道，在现代都市生活中，失眠已成为一种非常普遍的现象，如果不吞服安眠药的话，很多人不得不眼睁睁地度过一个个孤寂的长夜。我不知道他们在想些什么，也不知道他们心灵需要什么，是否还需要文学，然而我却无法逃避文学的诱惑，最后只有听从卡夫卡的忠告："你无须离开你的房间。只要径坐在你的桌边聆听着。不只是聆听，还要等待。不只是等待，还要保持静默与孤独。世界将会拆下它的假面，坦然无蔽地向你贡献，它毫无选择，它将在你的脚下出神且猛喜地旋行。"（见《卡夫卡的寓言与格言》，张伯权译，黑龙江人民出版社，1987 年）

　　下面所写的就是我在静默和孤独中对一些文学问题的思考和感想，我把它们称为"一个失眠者的孤灯夜思"。

孤灯夜思之一

　　我并没有别的想法，我只想知道我自己是什么，为什么在人多的地方什么都不想说，甚至感到厌烦，而到了静然孤独的时候又无法入眠呢？而且，无论在什么情况下，我都感到自己是孤零零的一个人，而最可怕的又是一个人。

　　显然，长期以来，孤独已成为现代人最重要的心灵问题之一。很多哲学家、心理学家、人类学家和艺术家，都在不厌其烦地去探讨它，企图拨开人类心灵上的阴云，揭开灵魂深处的秘密。在这个过程中，有些人甚至认为，孤独不仅是现代人感到痛苦和迷惘的一个问题，而且也是现代人灵魂的一个标志。瑞士心理学家荣格就曾指出："一个道道地地被我们称为现代人者是孤独的。"因为在他看来，现代人首先是感知最敏锐的人，他是一位伫立在高岗上，或站在世界最边缘的人，他眼前是茫茫一片未来的深渊，头顶上是苍穹，脚底下是被历史覆盖的全体人类——这种人因而并非人人皆是，而是寥寥无几，千载难逢。

　　我相信，荣格所说的现代人的孤独，乃是一种先知先觉者的孤独，他们的智慧和思想都有过人之处。不过，这种孤独大概是最引人注目的但是并不多见。如今，如果我们愿意漫步于任何一个大城市的大街小巷，悄悄地进入各种各样的平凡人的家庭，进入他们的心灵，就会觉得荣格这位大师的眼界太高了。我相信在现代社会中，孤独并不那么稀少，那么神秘，那么千载难逢，而是像一个无处不在、无时不有的幽灵，飘荡在现代生活的灯光杯影之间，居住在每个人的心灵深处。无论是德高望重的官吏，功成名就的学者，饮誉全球的明星，还是地位卑下的公务员、穷学生，下等酒吧的歌妓舞女，身无分文、流落街头的浪人乞丐，都可能在灵魂中筑起一个小小的宫殿，里面供养着一个魔鬼，也是一个精灵——孤独。当这位魔鬼，这个精灵时常从宫殿里出来的时候，就会给生活中带来一片秽语或者一篇诗章，一阵疯狂或者一阵亢奋，一种绝望的宣泄或者一种希望的拼搏。总之，现代生活中一切激烈的破坏与建设，追求与报复，喧嚣与静寂，痛苦与欢乐，都多少与这种心态有些牵连。

也许这个时代就是一个孤独的时代。尽管在这个时代里，我们可以看到各种各样人们共同欢呼雀跃的场面，各种各样人们的生活形式：在体育场上，成千上万人为同一场竞赛大喊加油；在交易所，人们为同一种股票的贬值而焦虑；在交际场合，人们在用同一种礼貌的语言姿态待人接物；在市场上，人们在受着同一种广告的迷惑，争相购买同一种名牌产品等。人们变得比任何时候都健谈、喜欢在人头攒动的地方发表演说，自动在大街上进行演唱；喜欢到城市最有名的咖啡馆去，到舞场上去，到赌场上去，但是，也许正因为如此，孤独才愈发频繁地出现在生活中，与人们同行。

由此想来，我内心有些释然了。我感到孤独，但是并不会由此感到过分悲哀。如果世界上有成千上万的人和我一样孤独，都像我在夜深人静的时候去思考自我，思索人生，那么我实际上拥有很多心灵上的朋友，我并不孤独；如果我能够在孤独的心弦上弹出一首歌来，那么定能够打动很多人，获得很多知心朋友。文学的精灵或许就是这样悄悄地降临的，过于纷繁的生活形式和热闹场面，才造就了人心的孤独；而人内心的孤独才会让人去创作各种各样的艺术作品，去满足心灵的需要。

如果说人们在创造热闹、解脱、宣泄的同时，也就创造了孤独，那么人在寻找孤独、创造孤独的同时也在摆脱孤独和战胜孤独。

失眠有感之一

话说回来，我一点也不为自己失眠感到惭愧或者不好意思。有人说这是神经衰弱也罢，过度焦虑也罢，压抑过久也罢，反正我的脑海里一直静不下来，要思考的问题实在太多了。在我近似漂泊的人生中，我曾经真实地生活过，经过了动乱的生活和相对宁静的日子，从边缘的少数民族聚居地闯到了繁华的南京路，继而又到南国之城广州，得到更多的是人生流寓感和幻灭感。有时候我会为眼前处境痛苦，但是更多的时候是为人类今天的走向感到困惑。科技的时代我在寻找感情，卫星上天我在珍惜田园，尽情享乐之时我在感叹精神生活的贫弱，就是当我强迫自己数到"一二三四"的时候，我又想到自己在干什么，想到谁会来真正地理解自己，想到孤独……于是一切似乎又重新开始。

……

孤灯夜思之二

有时，孤独也是一种感觉，在你一个人的时候会来拜访你。当你刚刚参加完一个盛大化装舞会，独自回到家中；当朋友们的聚宴已经结束，桌子上只有杯盘狼藉，残羹剩汤；当你刚刚欣赏完一部上好的电影，从梦幻般的境界中走出来，影院门口的人群已散……一个阴影会悄悄走进你心里，把刚刚用歌舞、谈笑、情感填满的胸怀，很快地掏空，掏空，最后留下一种空荡荡的感觉，所有的事情都会过去。没有不落山的太阳，没有不散的宴席，没有不结束的迪斯科，没有不消失的青春。人在孤独的时候，总是期待用加倍的疯狂来追求新奇和刺激，但到头来又会感到加倍的孤独。

茅盾的小说《追求》中就描写了一位现代女性章秋柳，让人难以忘怀。她有自己精神亢奋的时候，曾对自己的同伴说："我是时时刻刻在追求着热烈的痛快的，到跳舞场，到影戏院，到旅馆，到酒楼，甚至于想到地狱里，到血泊中！只有这样，我才感到一点生活的意义。但是，曼青，像吸烟成了瘾一般，我的要求新奇刺激的瘾是一天一天地大起来了。"但是，当这位现代女性回到自己寓所的时候，却完全是另外一种情态。她感到坐立不安，似乎全世界、全宇宙都是她的敌人，屋子里的一切物品都像是在嘲笑她。她就像一只正待攫噬的怪兽，心里充满了破坏的念头，凄凉，烦躁，迷惘，颓丧一起在压迫着她，她只好自己对自己说："章秋柳，你是孤独的。"

在现代社会中，很多人的生活和心态有相似的地方。他们的生活和心态总是处于激烈动荡之中，很难得到一个稳固的支点。有时候，他们心情很好，理想和欲望会自动膨胀，他们会感到自己的力量无限大，干什么都不在话下，是自我王国中的国王，现实生活中的一切都是奴仆。但是当心情很坏的时候，面对巨大的自行运转的宇宙和社会，又会感到非常渺小和卑下，一切都是虚无和荒诞，一切都没有意思，只是需要刺激，需要宣泄，需要自我逃避。于是，孤独成为一种内驱力，把人们驱赶到舞场上去，赌场上去，球场上去，跑马场上去，滑雪场上去，造成了数千万人头攒动、群情激昂的壮观场面，他们拼命地扭动身姿，声嘶力竭地欢呼跳跃，向胜利者扔鲜花，向厌恶的人扔鸡蛋，文明与不文明地喝彩和打架，砸破公共场所的玻璃窗和摔碎自己的电视机等，也许他们根本不知道在干什么，为什么这么干，但是他们没办法或者无法控制自己不这样去干。其实，在现代生活中，孤独不仅仅属于那些无家可归、形影相吊的人，或者仅仅存在于黑暗的灯光下，凄清的小河边，孤寂的山村野店，还存在于熙熙攘攘的人群中，他们纠缠在欲望和现实、自我与社会的冲突之中，都在拼命地寻找自我，寻找知音，获取心灵上的一些慰藉。这时，你对电视机里演唱这样的歌曲一定会产生一种亲切的感觉：

我是一个流浪儿，
毕业于幻想的学校，
现实对我多么残酷；
为了掩饰内心的孤独，
忍受了多少痛苦……

这是一位美国流浪歌手唱的歌，台下有几万名激动的听众。

失眠有感之二

听一些美国乡村音乐歌曲，能够帮助人消除失眠带来的苦恼。我得意极了。微闭着眼睛，明快动情的歌声好像从很远的地方传来，穿透了人的记忆，飘落在床铺的周围。这时候我最害怕歌曲将要终止，一旦终止，唤回的是一个异乡人的孤寂。

我不知道怎么阻止这种感觉的出现，只是有一点是清楚的，我无法消除在心灵上的飘零感，在情感上已失去了故旧。我知道，这时候加缪最容易走进我的心灵，他擅长表现人生的荒谬感，而这种荒谬感总是和一种无家可归的孤寂联系在一起。他有一本小说集题目叫作《流放与王国》（*Exile and Kingdom*），突出表达了人与世隔绝、无家可归的感觉，人居住在这个世界上，原本就不是主人，而始终是客人，流浪者是或者被抛弃或者被隔绝的角色。加缪确认的荒谬感多半取决于在精神上的无所依傍——我们都是被流放在一个冷漠无情的世界里的逃犯，所以他最后被一个严酷的问题所困扰：人为什么不自杀？

我可以拒绝回答这一问题，但是无法拒绝加缪笔下"异乡人"的造访。他已守候在了门前。就像加缪在《异乡人》（*The Stranger*）中描写的一样，除了对目前的肉欲刺激之外，他对什么都显得毫无兴趣，麻木不仁，他只会混淆不清地讲述有关自己的故事：

今天母亲死了。也许是昨天，我不大清楚。我只是接到养老院的一个电报："母逝。明日丧礼。敬上。"毫无半点意思，可能是昨天。

这种无所谓的情绪一直保持到他临刑前，他在监牢里所体验到的一切无非是空虚，他和外界生活已脱离了联系。他只能孤独地、被动地接受命运。对他来说，生命已失去了特定的时空依据，只是一种毫无意义的形式而已。所以就是死对他也不意味着什么，什么问题都没有解决。

这是现代社会中真正的"异乡人"的含义。在精神上已不再有归属感，只能被动地托浮在一连串的偶然事件之中，一切外在世界发生的事件跟他不可能产生认同感。在任何地方他都会有种感觉，自己什么都不是。

我知道，我愿意和这样的"异乡人"攀谈下去。从精神来说，他不是属于那种身处异乡的孤独者，而是根本就没有家乡的异乡人。如果是前者，几位身居他乡的人聚在一起还有亲近的感觉，孤独中还有一种有期盼的思乡之情。但是，后者已没有期盼。生活已经最大限度地支离了他的精神历史，已无法在其意识中稳定一个"家乡"意象和观念。这时，人只能不断选择现实和眼前的事情，对于自己的历史和未来却无从思考和把握。

于是，我眼前首先出现了一连串离乡背井的异乡人，他们的孤独并非因为他们回不了家乡，而是在精神上已无法与故乡认同。他们只能在回忆中重温旧梦，但是一回到故乡反而会感到更深刻的隔阂，急急忙忙从故乡逃开去。他们在感情上和故乡已经疏远了，成为心灵上的游子和浪子。接着，他们又逃到远离故乡的什么地方去，成天思念着故乡，但是又怨恨着故乡，久而久之，情感上趋于麻木，对什么也就无所牵挂。大多数人都在不知不觉之中经历了这个过程，也就在不知不觉之中接受了孤独。

然而，在另一方面，只有在孤独的时候，当故乡出现在记忆之中的时候，故乡才显得更为亲切和动人，很多文学作品描叙了这一情感历程。鲁迅的《故乡》就充满诗意地描述了记忆中的故乡美景，天上的明月，晶亮的银圈，碧绿的西瓜地，优美的童年密友……然而当他真正回到了故乡，展现在眼前的却是这样一番情景：

　　我冒了严寒，回到相隔二千余里别了二十余年的故乡去。

　　时候既然是深冬，渐近故乡时，天气又阴晦了，吹进船舱中，呜呜的响，从篷隙向外一望，苍黄的天底下，远近横着几个萧索的荒村，没有一点活气，我的心禁不住悲凉起来了。

　　啊！这不是我二十年来时时记得的故乡？

孤灯夜思之三

很多人都在寻找人孤独的原因，包括现代社会一大批文化精英、哲学家、艺术家、心理学家、政治学家、人类学家、教育家等，提出了林林总总的理论和概念，帮助人们来认识自我和社会的关系。但是，在日常生活中，人们并不一定有时间考虑这些问题，甚至习惯于掩饰自己内心的孤独，自觉不自觉地把心灵和社会生活隔离开了，使孤独的心灵更加孤独，只能在暗中去抚摸自己内心深处的伤痕和痛苦。

这一切当然不能完全责怪当事人自己。在现代社会中，人不得不掩饰自己内心的痛苦，生活需要强者，每个人也希望成为强者，哪怕是表面上的。这双重的欲求迫使每一个人去强打精神，去拼搏和抗争。因此，感到孤独同时又掩饰自己的孤独，成为现代人人性的弱点之一。人们总是对自我内心的一些东西保持着高度敏感，非常不乐意别人私自"侵入"这块领地。同时，现代人也非常不愿意去回答和追问"我是什么"之类的问题，因为这会给人带来莫名的烦恼。不能解决的问题，与其纠缠不清，不如干脆回避。现代人于是创造出花样繁多的让人"回避"的场所，大量的趣味性的、刺激性的商品文化市场，提供着多种多样的服务，供人们尽情投入，进行选购，使他们忘情忘我于混混沌沌的商品文化生活之中。只有少数人，一些无法回避自我的艺术家、科学家和社会学家，用自己心灵的探索和科学研究，在和社会大潮抗争。他们想真正地理解人们，并期望在这种理解中得到理解。

但是，这条路是艰难而又漫长的，在现代社会中，飞快的节奏、紧张的工作、求新的市场，使人们变得越来越"实惠"和"现实"，大多数人宁愿忍受内心孤独和痛苦，紧紧抓住眼前的利益，也不愿对自己去进行一番冥思苦想，走一条人迹罕至的心灵之路。

实际上，现代人最害怕的正是自我。

实际上，现代人又无法回避自我。

现代人害怕自省，尤其害怕寻根追底地审问自己，为什么活着？为什么去爱？为什么去海湾打仗？为什么要结婚，生小孩……现代人最注重自我，但自我却不得不随风飘移，无可奈何地接受整个社会潮流的支配和选择。人们不由自主地按照五光十色的广告选择商品，按照时尚和潮流来设计和装扮自己，到超级市场去买已完全包装好了的食品（如果是鸡，根本无法确切地知道是用什么饲养的），乘上自动电梯走进恒温的住所，现代社会似乎已经为人们做到了一切，而这一切反过来又控制了人的一切，包括他的行为和感觉，他们无法确切地知道自己到底是什么，到底怎么啦，人到底是什么。

有个作家曾这样描写过现代人生活的一个场景：

> 独身者坐在角隅里拿黑咖啡刺激着自家儿的神经。酒味，香水味，英腿蛋的气味，烟味……暗角上站着白衣侍者。椅子是凌乱的，可是整齐的圆桌子的队伍。翡翠坠子拖到肩上，伸着的胳膊。女子的笑脸和男子的衬衫的白领。男子的脸和蓬松的头发。精致的鞋跟，鞋跟，鞋跟，鞋跟，鞋跟，鞋跟。飘荡的袍角，飘荡的裙子，当中是一片光滑的地板。呜呜地冲着人家嚷，那只Saxophone 伸长了脖子，张着大嘴。蔚蓝的黄昏笼罩着全场。

这显然是舞场，如果走到街上，又是另外一种情景：

电车当当地驶进布满了大减价的广告旗和招牌的危险地带去。脚踏车挤在电车的旁边瞧着也可怜。坐在黄包车上的水兵挤箍着醉眼，瞧准了拉车的屁股踹了一脚便哈哈地笑了。红的交通灯，绿的交通灯，交通灯的柱子和印度巡捕一同地垂直在地上。交通灯一闪，便涌着人的潮，车的潮。这许多人，全像没了脑袋的苍蝇似的！一个 fashion model 穿了她铺子里的衣服来冒充贵妇人。电梯用十五秒钟一次的速度，抛到屋顶花园去。女秘书站在绸缎铺的橱窗外面瞧着全丝面的法国 Crepe，想起了经理的刮得刀痕苍然的嘴上的笑劲儿。主义者和党人挟了一大包传单踱过去，心里想，如果给抓住了便在这里演说一番。蓝眼珠的姑娘穿了窄裙，黑眼珠的姑娘穿了长旗袍儿，腿股间有相同的媚态。

——穆时英《上海的狐步舞》

这里写的是旧上海的生活情景，随着历史的进步，现代城市的生活已消除了很多不文明的现象，但是同时也增加了很多新的问题，而最根本的，其热闹、繁华的情景有增无减。在这种情况下，人们如同活动的人形，表面的幻影，匆匆忙忙，前不知去者后不知来者，何以有显露自己内在情感的余地？在这里，真正的内在的自我在哪里？真正的人在哪里？

现代人置身于一个在表面上熟悉，而在内在方面陌生的世界之中，置身于自由选择而又无法把握的世界之中，他不能不感到孤独。

从某种程度上可以说，现代人是最疯狂的，也是最愚蠢的；最聪明的，也是最浅薄的；他们拼命地创造，拼命地求新，拼命地享受，他们创造了新的房屋，也创造了新的武器；开拓了宇宙新的领地，也制造了人生存在的新的囚牢，他们使人类一直笼罩在核战争、能源枯竭、环境污染、生态失调的阴影之中，但是仍没有忘记把全世界都变成一个大舞场，欢度一个又一个奢侈、繁华、狂欢、尽情享受生命的节日。

令人困惑，令人迷惘，令人无所适从和忧心忡忡的，正是现代人本身。

失眠有感之三

现代人自己创造了孤独的环境。当人们醉心于大工业的商品生产的时候，年轻的马克思就指出过，人有可能被自己所创造的物质商品所异化，所隔绝，成为物的奴仆。

物质占据了人的空间，人们在欢呼自己开发和创造物质生产胜利的同时，感到人与人的感情关系越来越淡薄和冷漠了，人之间互相理解和沟通的机会越来越少，也越来越困难了。大工业生产的流水线，日益细密的分工，在充分发挥人的能力的同时，也把人与人分离开来，形成了一个个自我的小圈子。人与机器、仪表、电信、大众传播工具的交往大大增多了，占据了人们生存的大部分空间，代替了人与人之间直接的交往和交流。人在大多数情况下只能通过间接的方式去了解人事、理解人意和判断人心，而不可能促膝深谈，用身心的全部去感受人和理解人。

现代人失去了人与人深交的可能性，尤其是失去了用原始的、内在的"第六感官"的方式互相感应的交往机会，他们不得不过多地依赖人们外在的、表面的、间接的东西，根据各种各样的材料和"符号"来了解人。在大多数情况下，每个人都通过各种各样的表格、图表、档案材料、头衔、报章杂志上的报道介绍，广播电视里的宣传来了解人，并且被他人所了解。很多人就是这样找到了自己的崇拜对象，或者被人所崇拜。他们的心灵在互不相识、互相隔绝的情况下彼此发生单方面的认同，彼此并不真正理解对方的心灵。名人在给成千上万崇拜者签名的时候，并不知道自己在干什么，内心的孤独仍旧，崇拜者保存名人的签名，并非保存着名人的心灵，而是他的声名。

因此，在现代社会中，生活看起来熙熙攘攘、热热闹闹，但是人的心灵深处却像是一个个"孤岛"，处在风雨飘摇之中，被海风声浪所包围、所隔离，荒凉、凄清和孤寂，往往自己的心灵走不出去，别人的心灵也无法走进来。

这里，我们也许会想到钱锺书写的《围城》，人生的处境常常如同"围城"一般，外面的人想进来，里面的人想出去，结果想进的进不来，想出的出不去……其实，现代人的内心往往是这样一座孤城，一方面感到各种社会力量的压力，拼命地维护自己独立的世界，保护自己的心灵，用各种各样的方式拼命建筑自己心灵的围墙，想获得那么一个小小天地，获得那么一种可怜的安全感；另一方面，内心又极需要他人的理解和沟通，希望得到别人真正的爱、真正的认同，和他人进行内在的真诚的对话，于是拼命向社会呼吁和企求，把爱、理解、认同的要求挂在嘴上，写在书上，印在自己的背心上……

但是，这仅仅表现了一种渴求，而远非一种真正的沟通。渴求沟通而无法实现，更增加了人心的焦虑、惶惑和压抑感。

孤灯夜思之四

    细细想来，在现代社会中，理解人的心灵已成为一个举世无双的难题。你所面对的，就像卡夫卡笔下的那座"城堡"，近在眼前，远在天边，隐隐约约，朦朦胧胧，可望而不可即，可见而不可触，永远只能在其外围徘徊。而对绝大多数人来说，别人的心灵是一座"城堡"，自己的心灵也是一座"城堡"，自己进不了别人的"城堡"，别人也别想进入自己的"城堡"。绝大多数人并没有卡夫卡笔下的 K 的那般恒心，一心一意想进入城堡，他们只愿意在城堡外面转一转，并不想真正去了解人的内心世界。

    这就形成了人心的困境，但是作为个人，往往无力摆脱这种困境。

    事实上，当你留心一下周围热热闹闹的人生社会，就会发现，当今社会的人际关系越来越表面化了。一个人的精力和时间有限，但是要打交道的人越来越多，节奏越来越快，变化越来越大，只能维持一种表面化的关系。越是社会关系广泛的人，就愈是如此，一个人认识各种各样的人，见面握手甚至拍肩膀，亲热无比，好像老朋友一样，实际上有可能连对方名字都记不住。有的人收了一大堆名片，最后名片与人都对不起来。这样，即使是同一机关、科室的人，抬头不见低头见，也只能处于一种"礼貌"交往之中。频繁的人际接触，使人与人之间很难达到真正的相互了解和信任。在这种情况下，人与人之间很难达到"深交"，很难摸到对方的底细。实际上，在西方一些现代化国家里，人与人的交往之间，早已形成了很多新的"忌讳",比如对方的具体收入、财产情况、私人宅地、家族谱系甚至年龄,都成为不便询问的问题,贸然提出不仅会使人感到尴尬,而且会被认为是一种不礼貌的做法。所以大家见面的话题,一般总是回避有关各种各样的"私人"问题,谈一些与谈话者双方都无关的问题,比如"两伊战争"或者"天气如何"等。也许有人认为,这大概是某种文化传统和习惯使然,其实并非如此。在现代社会生活的交际场合,这种"忌讳"已成为人们所熟知和共同遵守的原则。

无疑,种种人与人关系中的现代"忌讳",造就了人与人之间的隔离。当然,也许更重要的是,由此助长了人对社会、对群体的某种厌倦情绪。一个公务员会厌倦自己天天重复同样的话语和同事打交道,一个售货员也会对自己重复礼貌口语感到厌烦。实际上,在现代社会里,人最可怕的是,也最容易产生一种对生活的厌倦情绪,对自己所接触和从事的一切人和活动,都抱一种漠然的态度。"无所谓""没意思",已成为现代社会中最普通的心理传染病。这种心态所造成的结果之一,就是很多人心甘情愿地实行"自我隔离"。人在找不到令人满意的与他人、与社会、与群体进行友好交往途径的情景下,在自己不被他人理解并且也不能自我表述的条件下,便开始厌倦这种交往,力图限制与他人的接触,用疏远他人和社会的方式来逃避社会和保护自我,企图由此建立一个完全属于自我的小小世界。

可以说,大多数现代人都有这种"自我隔离"的心理倾向,这样也许能较多地保持自己的某种独立性,使自己的内在情感免遭伤害。当然,这种心态有时产生于某种不平等交往的前提下,由于种族、财产、地位等各种条件的差异,自我隔离有可能成为一种谋求自尊心得到尊重的方式。但是,在很多情况下,自我隔离只是一种寻求自我慰藉的途径。人们从虚伪和冷漠的人际关系中逃开,尽量减少与世人的交往,却把情感和热望放在不谙人事的猫狗身上,作为形影不离的亲密伴侣,也可说是自我隔离的一种绝妙方式。因为在这种情势下,动物显得比人更具有"人情味",更真实,更可靠,它们不会像人那样容易忘恩负义,见利眼开,不会去扮演各种尔虞我诈、阳奉阴违、不择手段的角色。人希望在和动物交往中获得某种安全感和亲近感，实际也是人渴望理解和理解的本能的表现，是在一个冷漠世界中的一种人性的挣扎。这种挣扎如果用文学的形式表现出来，则是另外一种情形，文学家热衷于表现荒山野林的原始生活，由此寻求纯朴优美的人性。

失眠有感之四

当夜幕降临的时候，我坐在油灯下，再一次讨论人的自我隔离倾向，我会想到笛福笔下的鲁滨孙和中国古代诗人陶渊明。鲁滨孙是被迫流落到一个孤岛上生活的，伴随他的只有一个忠实的"星期五"。但是鲁滨孙这番冒险而又艰辛的经历，在很多人心中创造了一个迷梦，他们从这种脱离人群的生活幻境中获得了某种心理上的满足。这实际上沟通了内心深处的一种期待。人们普遍期望自己也能够有这样一番经历，在远离人群的地方建立属于自己的生活。由于这种期待，鲁滨孙以及孤岛的心理意味已大大不同于笛福时代。在现代人的心目中，鲁滨孙及其孤岛生活多少造就了一种"自我隔离"的心理场所，人们借此使自己疲乏的灵魂得到小憩。

和鲁滨孙相比，陶渊明也许和现代人心灵有更多相通之处。他主动放弃了世俗的追求，脱离了嘈杂的人群，"采菊东篱下，悠然见南山"，创造了自我的田园生活。在这种生活中，他不再为五斗米折腰、在一些强迫性因素驱使下唯唯诺诺，而是感觉他认为应该感觉的，希冀他认为应该希冀的，喜欢他认为应该喜欢的。从某种意义上来说，陶渊明也在过着一种自我隔离的生活——由于和当时龌龊的官场生活格格不入，不至于辱没自己的人格而与官场势利之人周旋，他自愿将自己与社会隔离开来，用"避世"的方式来肯定自己的个性存在。

在现代社会中，人要像鲁滨孙、陶渊明那样，找到一个远离人世的

"孤岛"或者一块脱离社会的"净土"，恐怕不可能了。谁都很清楚，这个地球世界已经成为一种巨大的信息网络，笼罩着地球的每一个角落，任何人都不可能真正脱离这种整体的社会生活而存在，而去过一种远离人世的个人生活。对鲁滨孙、陶渊明的那种生活方式，现代人只能心向往之，而未必会真正去做。

但是，这并不意味着在现代社会中，鲁滨孙和陶渊明式的人生已经绝迹；相反，现代社会正在制造着越来越多的鲁滨孙、陶渊明式的人生。无论在熙熙攘攘的大街上，灯红酒绿的舞场上，赛马场上，还是在繁忙的工作间里，崎岖的山路上，我们都能看到他们的身影，和他们擦身而过。他们或者踌躇在昏黄的路灯之下，徜徉在蓝天海浪之前，或者奔波于疯狂的人群之中，挣扎于人世的纷扰之间。

他们是现代社会中的"鲁滨孙"和"陶渊明"。

他们的"荒岛"在世界上已找不到，但存在于他们的内心之中。每一个人的心灵之中都有一个远离人世的"孤岛"，每一个人都在这"孤岛"上生活着，与他人隔绝。

他们不见得真的逃避到乡间田园之中，但是在内心中建造着一个"世外桃源"，他们期望着内在的平和、恬静，自然而自由地想自己之所想，行自己之所行，不受外在力量的规范和限制。

我们走进一家热闹的跳舞场。很多人拥挤在中央摩肩擦背，尽情扭动身躯。有的人坐在阴暗的角落里，品啜着杯中的咖啡，眼睛里飘荡着弧形的衣角和飘带，粉脂的甜笑夹带着忽闪的灯光，但他的心却像是一片荒岛——无人能够进入它的中心。

我们走进一个舒适的家庭，绿色的窗帘阻断了街上的嘈杂声，轻微的田园交响曲缠绕在吊兰的绿茎上。但主人的心灵不再愿意邻居打扰自己。自扫自家门前雪，莫管他人瓦上霜——情愿在生活上自我隔绝，这好似现代生活中的田园曲，住在现代都市的"孤岛"上。

失眠有感之五

话说回来，现代社会中的"鲁滨孙"和"陶渊明"毕竟已不同于过去的鲁滨孙和陶渊明。中国古代的陶渊明虽然悟透了人生，走向了自然田园，但是也不能说完全是自觉自愿的；起码有一部分是迫不得已，做给世人们看的，鲁滨孙的孤岛生活也有一种"探险"的味道。但现代的"鲁滨孙"和"陶渊明"却完全是为自己做的。他们用自我隔离的方式，在内心维护一块属于自己的地盘，这是一种内在的渴求，也是一种自我存在的证明。

当摆脱了一天纷繁紧张的应酬和劳作，得以独身坐在属于自己的书桌前的时候，我的心中往往会出现一种空旷荒凉的感觉。但是我们往往并不会由此感到痛苦不安，而是会感到一种轻松释然的感觉。我的心灵可能是一个"荒岛"，但是只要这是自己的"荒岛"，辛勤耕作，必然有自己的收获。但是如果一切都已由他事他人占据，自我将不再会有自己的园地。在现代社会中，人们为了拯救和肯定自我，从异化的环境中把自己解救出来，才如此热切地回归自我。

陶渊明的回归田园自然，在现代意义上就是回归自我。现代人欣赏鲁滨孙的孤岛生活，也在于鲁滨孙自己证明和实现了自己的力量。置身于热闹的人生中，但人的心却渴望着逃离到一个很远很远的地方去。面对一片水或者一座山，独自孤处，心里好像在想着一些什么，又好像什么都不在想；在一片迷蒙之中，思想会像是水面上的粼光自然而然闪烁，像阳光下的青草默默呼吸——谁不向往这样一种境界呢？

确实，现代人害怕孤独，但自己制造了孤独。有时候，他们比任何时候都渴望孤独，渴望用孤独来安慰自己的心灵，用孤独来超越孤独。孤独，成为现代人生活的一种境界，一种人格力量。

人需要孤独，也许只有在孤独的时候，人才能真正感到自己的存在。默默地自我对话，正是在人孤独的时候才真正开始。人可以失去一切朋友，但是唯独不能失去自我这个朋友。当夜深人静的时候，这位朋友就会来陪伴你，无论你在生活中受到多少人的唾弃、厌倦、误解和嘲弄，这位朋友都不会失约而去。对话，正是在孤独的时候开始的，你能在这时候听到内心真实的叹息和诉说，自己和自己推心置腹地交谈，自己寻找自己，发现自己，肯定自己。孤独使你了解自己，只有孤独的时刻，人才能完整地把握自己，不再被他人他事所侵扰，所肢解。

孤灯夜思之五

　　人们已经摆脱了衣食住行困扰之后，苦恼主要来自精神方面，那么孤独则是人们无法逃避的问题。文学的孤独就根源于此。人们发现，物质生活的极大丰富，并非等于人精神生活的丰富，相反，人的精神会变得更加空虚和颓废，人际关系变得更为冷漠和"实惠"，追求理想和道德的勇气逐渐丧失，崇高的心灵被物质所侵蚀，由此在人们的精神生活方面带来了各种变态的行为，比如少年犯罪、自杀、弃婴、离婚、作奸犯科等案件大量产生，人面临着种族问题、失业问题、老人问题、卖淫问题、吸毒和赌博问题，还有性文化和代沟扩大的问题等，使人们的精神难以获得一个可靠的归宿，总是处于不断的震荡之中。

　　处于这种不停息的震荡之中，如果真实地面对自我的话，就会发现，在现代社会中，几乎所有人都患着某种精神病症，只是程度不同罢了。从失眠到发狂，只有一段不算很长的心理距离而已。孤独、焦虑、堕落、逃避，时常在人们内心深处翻滚。有时，支撑人精神世界的强大的"理性"，不过扮演着一种"自虐"角色，迫使人实行严格的"内控"，把内心中一切真实的想法密封在见不得人的黑暗之中。站在光天化日之下的那个自我，为了证明自己，常常不得不进行自我辩解和自我欺骗。

　　为此，人感到了深深的痛苦。问题在于，人们在进行自欺，同时又无时不在意识到这种自欺，从而更频繁地逃避自我；若是面对自我，必将加重这种痛苦。哲学家萨特就曾深陷于这种人生的困惑之中。他针对人不能或不敢面对自我的现实，深刻分析了人进行自我欺骗的心理状态，建构了虚无与存在对峙的哲学。如果把人的存在镶嵌在虚无的背景上，把人的自我意识确定在发现虚无这一基点上，人也许能够坦然进行"自欺"。不过，换一个角度来说，"自欺"不过是一种人在心理上的自我安慰而已，因为人所面临的问题，所意识到的罪过并非能够一下子消除的。在这种情况下，人必然需要某种"自欺"的态度，让自己的身心有可能进入一种虚幻境界之中，正面地肯定自己的目的。在这里，人可能暂时地、部分地逃避了现实的困境，心理上获得了一种补偿，达到了某种平衡，用主观心理上的"胜利"弥补了客观生活中的失落。假如人的心理向一个方面倾斜，就会导致整个社会陷入恶性絮乱之中。

其实，现代人并不愚笨。为了使自己愉快地渡过难关，制造了大量的"自欺"的方式和场所，当然其中也包括用文学的方式，用虚假的理想花环来伪饰人生的危机，使人们尽情地享受自己而后快。市场上大量流行的言情、武侠、侦探小说，廉价出售着幻想中的爱情、忠义和无往而不胜的智慧，为的就是让人们一头扎进"自欺"幻境之中，对于自身的危机、卑微和可怜一无所知，或者明明知道而不去面对它。

就这种情况来说，文学的选择可能有两种，要么维持这种"自欺"的幻境；要么打破这种幻境，把人自身的真实状态赤裸裸地显露在人们面前。如果选择后者的话，人就必须把自己从形形色色的符号中剥离出来，消除一切装点我们生活的假象，承认自己是渺小的、微不足道的，同时，发现自己是孤独的。

失眠有感之六

如果把孤独作为圆心，就会突然发现人生是由无数个圆圈套构成的，人很难从那个圆心走出来。

第一个圈套：人一方面创造了形形色色的文化和符号，并以此来丰富自己的生活；另一方面则用这些文化和符号把自己包了起来，隔绝了人与人之间本原的亲密联系。现代社会是一个文化密集的社会，每个人都像一个蚕茧的世界，蜷缩在符号文化的重重包围之中，人与人的联系全然依靠符号的构成，根本不可能或者很少有机会进入内心。人怎能不产生孤独感呢？奇怪的是，人竟然很容易接受一种怪论，把人的本质归结于符号（大概是德国恩斯特·卡西尔的观点最引人注目），竟然很少从人的本原去思索一下，人固然能够用符号来表达，但是符号并非能够还原为人，甚至可以说，密集性的符号文化，是现代人孤独的根源之一，人与人的沟通，仍然需要最本原、最纯朴的形式，心领神会的一个眼神，心照不宣的一丝笑意，恐怕比一份丰富得当的自我介绍更为重要。

第二个圈套：人一方面热切希望成为一个独特的人，追求自己的个性世界；另一方面则强烈需要他人的理解和认同，被更多的人所接受，所信任，而且一个个性越强的人，希望他人理解的愿望就越强烈。这也就造就了一个奇怪的现代社会，一方面是一个追求个性自由的多样化社会；另一方面又是一个经济市场和价值观念趋向一体化的社会。人们害怕失掉自我的独立性，尽量不受团体意识的影响，因而去追寻孤独，但是实际上又无法摆脱群体的影响，并且必须依赖群体，必然又会惧怕孤独，渴望理解。

第三个圈套：人总想尽量地表现自己，表白自己，但是又不能把自己整个地交出来，总还想给自己留下一些东西；不能整个地表现自己和表白自己是一种痛苦，但是都交出来了，让人家一目了然更是一种痛苦，人只能徘徊于表现自己和隐瞒自己之间，永远无法达到自我或他人心灵的彼岸。

第四个圈套：人们都渴望彼此能够互相熟悉，相互亲近，但是人与人之间愈是亲近、熟悉和互相信任，彼此对于情感的敏感性就愈高，愈是不能忍受对方的误解，也就更容易产生孤独感，所以人与人之间培养感情的同时，也在培养孤独，爱得越深，孤独也会越深。因而在现代社会中，深刻的孤独并不产生于陌生人之间，而是产生于亲子之间、恋人之间、同胞之间。可怕的是人面对的是自己所热爱的人，互相之间有一种无法摆脱的感情联系，但是又无法真正沟通这种联系，心灵无所依傍。

第五个圈套：……

第六个圈套：……

也许很多现代艺术家都想把这些圈套一一解开，他们放弃了对于人外部服饰、环境、面部长相和行为的兴趣，开始悄悄地绕过各种外在的障碍，进入人心灵的密室，希望把孤独的灵魂从重重圈套中解救出来。

当一些孤独的幽灵被艺术家暴露在人们面前的时候，文学的良苦用心并没有完全被人们所接受，因为文学不得不更多地展现出人性的弱点。这些心灵被长期隔绝和禁闭在层层圈套之中，不能不显得苍白、卑微甚至病态，过度的压抑会使它们歇斯底里，也会使它们急于报复和宣泄。陀思妥耶夫斯基、卡夫卡、爱伦·坡等作家的小说就为人们展示了一个又一个这样的灵魂。作家笔下的人物是孤独的，而这种孤独来源于他们不能正常地表露自己的心迹，或者自己也不敢表露这种心迹，只能把它深深地藏在心中，拼命地进行压抑，以至于当理性再也无力抵抗的时刻，只能用病态的方式表现出来……于是，作家在最关键的一个时刻，会剪断人物理性的圈套，让心灵解脱出来。

孤灯夜思之六

孤独的时代产生孤独的文学，二十世纪是孤独的文学时代。鲁迅有《孤独者》，加缪有《局外人》，萨特有《墙》，卡夫卡有《城堡》，伍尔芙有《达罗卫夫人》，福克纳有《喧嚣与骚动》，马尔克斯有《百年孤独》……孤独者站满了现代文学画廊，迷惘、无助、忧郁的气氛充满文学的舞台，灯光是阴暗的，没有贝多芬式的英雄交响乐。孤独的情绪随着电气化、机械化的轰鸣声而来，埋葬了一切个人主义的英雄凯歌，也嘲讽一切代表狂飙突进的神圣口号和观念。

其实，在二十世纪还未到来以前，孤独的情绪已开始在文学中弥漫开来。一些作家从传统的规范中分离出来，开始用一种审视的眼光看待社会和个人，发现了自己与时代的分离，孤独的体验愈来愈显得强烈了。艺术家不再陶醉于时代和集体的怀抱中，而是在生活的原野上发现了一个个孤零零的夜行人。他们属于自己所处的那个时代和社会的人，但是他们的兴趣志向和思想却很难与那个时代合拍，渐渐无声无息地成为生活中的被摈弃者和多余的人；他们比较幸运的地方，就是有机会从已经厌弃自己，同时自己也感到厌弃的生活中逃出来，到偏僻的地方，到大自然之中寻找刺激，或者倾吐心声。

这样的人物在作品中的出现，我们可以追溯到很早很早。不过，我们首先想起的可能是法国的让-雅克·卢梭。至今我们读起他的《一个孤独的散步者的遐想》的时候，还难免勾起一种深长的情思。这种情思并非一种对思想者不幸遭遇的同情，而来自一种内心的渴求理解的召唤："如今，我在世上落得孤零零一个人了。除了我自己，再没有兄弟、邻人、朋友、社会。一个最好友谊、最重感情的人，已被同心协力地驱除出人类。"在这样痛楚的独白面前，即使是一个友情上最富有的人，也会感到一种难以逃脱的被驱逐感，在心灵上感到感情和理智的贫乏。假如我们感到满足，感到友情的充溢，感到自己被自己这个社会所接受，也许仅仅说明了我们精神上的贫乏和苍白而已。我们没有深刻的内心渴求，恰恰说明了我们并不深刻。卢梭是一个深刻的人，深刻到了超越了那个时代，所以他成了一个心灵上的被放逐者。

在卢梭面前，我感到，一个人心灵上的孤独，恰恰证明了他精神上的富有。但是对于这样的人，芸芸众生宁愿把他称为"疯子""精神失常者"，而不愿承认自己的贫乏。而这种情景反过来会制造"疯子"。卢梭的晚年是很孤独的，他极其敏感的天性和深刻的内在渴求，把他推向了与社会和人群隔绝对立的境地，在绝望之中，他感到周围的人都是敌人，都在处心积虑地暗算他，于是他便投入到大自然的怀抱之中，面对植物树林青枝绿叶，从中寻找自己的慰藉。很难说这是一个文学家的悲剧，还是一个时代的悲剧，只是作者孤独的心音深深刻在了时代的磁盘上。

这种心音唤醒了一个新的时代，可以说，在十九世纪被称为浪漫主义的文学思潮中，我们一直能够听到它的颤声。在以后的夏多布里昂、拉马丁、歌德、普希金、莱蒙托夫、冈察洛夫、屠格涅夫等一连串文学家的创作中，我们都能够看到形形色色的孤独者的身影。一些文学家不再去赞美生活中的强者和英雄，而对生活中的一些弱者，被世人所抛弃的人发生了浓厚的兴趣，尽管这些人可能碌碌无为，可能玩世不恭，可能穷途潦倒，可能不学无术，但是他们不与世俗合流的境遇令人同情。特别是像歌德《少年维特之烦恼》那样的抒情小说，主人公的多愁善感，对爱情的渴望而不可得，内心无法排遣的痛苦和孤独，勾起了很多人内在的渴求，很多人感到自己和维特一样痛苦、一样孤独，自己想得到的东西，别人不理解，不仅得不到，心里话也难以表白或无法表白。

俄国十九世纪文学中"多余的人"，也算是一群走向孤独的形象。记得大约十年前，我坐在一条小河边一口气读完了莱蒙托夫的《当代英雄》，作品中的主人公皮巧林虽然做了许多荒唐事，但我丝毫不感到此人恶劣，反而感到非常亲近。当时我还因为这种感觉感到非常惭愧。今天想来却十分自然。作者写这么个"当代英雄"，大约已经感到一个孤独的文学时代将要到来，现在我重新回忆起十年前的感受，竟然惊奇地发现，如"皮巧林式"的"当代英雄"并没有从生活中消失。我之所以对这样一个人物感到亲近，最重要的原因不是别的，就是因为他是一个没有朋友的人，一个孤傲的人。他厌倦彼得堡的上流社会，远走高加索，寻求猎奇和冒险，到处挑战，到底还是需要生活的勇气的。而今天，我们站在二十世纪建造的高架桥上，恐怕时常还得重复着这位"英雄"的思绪："而我们，他们可怜的后裔，却没有信念和高傲，没有欢欣和恐怖，除了在思虑不可避免的结局时压抑着心胸的畏惧。无论为着人类的福祉或者甚至为着我们个人的幸福，我们对于崇高的牺牲再也无能为力，因为我们知道这事不可能，并且像我们祖先一样从一种幻想投入另外一种幻想，我们漠不关心地从怀疑走向怀疑，和他们同样既没有希望，甚至也没有灵魂从每次跟人类或命运的斗争里所得到的那种虽然空虚但很强烈的欢快。"（见《当代英雄》，据翟松年译文）

我几乎无法想象，把一百多年前莱蒙托夫笔下皮巧林这段独白，赋予二十世纪"垮掉的一代""迷惘的一代"，甚至活着的我们之类，是多么合适。二十世纪文学的后来者所少的是再也当不成英雄了，所多的是疲惫、厌倦、梦魇和忧伤。

这话说得也许有点过分，但是有一点却是确定无疑的：文学中英雄浪漫时代的没落和终结，才是二十世纪孤独者文学到来的真正前奏。

波德莱尔用他那阴郁的短笛奏出了一首《浪漫者的落日》，其中有这样的情景：他喜欢美丽的太阳、田野、花、流泉，但是进入的却是一个黑暗、潮湿、充满了战栗的王国，黑暗中飘荡着坟墓的味道，所看到的是蛤蟆和寒冷的蜗牛……这时候，孤独的朋友只有暗夜、死亡、虚无、悔恨和忧郁。在波德莱尔的诗中，我们已看不到莱蒙托夫时代的那种高加索的浪漫、少女的风情和酒精带来的精神亢奋，只听到一个可怜的孤独灵魂的喃喃自语。我寻思，只有在黑暗中阅读波德莱尔的诗，才能获得最好的效果。这是因为诗人的灵魂是在黑暗中翱翔的，它向往光明，但是却见不得光明。在黑暗中它是活跃的、健全的，可到了光明之处就会成为僵死的、残缺的。他诗中的形象多半只有在夜色之中出现才真正合乎情理，比如他在《骷髅舞》中那个舞会上出现的风骚女子，诗人就是让你去想象舞会中的那样一个高大的女人的骷髅，充满黑暗和虚空的眼睛，没有嘴唇和牙龈的微笑，一切凄凉、忧郁、死亡的阴影随着那豪华的衣裙飘动着，这是一个可怕的场景，美女更是一个恐怖的怪物……

很少有人能够在这样恐怖的暗夜中待得很久，去陪伴一个个阴郁的无家可归的游魂野鬼，……于是，我急不可耐地合上波德莱尔的诗集，急不可耐地把所有的灯都打开。黑暗消失了，但是我发现自己一个人坐在书桌前。只有一个人，孤独得可怕，于是我重新翻开诗集，想找回那个恐怖的舞会上的女骷髅。

也许是在当时，也许是在很多天之后，我回想起自己那种奇怪的感受，我试图找回那种感觉，试图搞清楚自己为什么要打开波德莱尔的诗集，为什么在一种惶恐不安之后还会留恋那个恐怖的女骷髅的意象，为什么还会在恐惧之中再一次打开这本诗集？

经过长久思索之后，答案只有一个：我渴望看到我自己，看到一直在黑暗中藏匿着的自我，体验自我隐秘和孤独的灵魂。这个自我对我有一种神秘的诱惑力，吸引着我不断去追寻他、感受他和理解他，和他频繁地会面，密切地交谈。想必波德莱尔的诗也就是他灵魂交谈的结果，在最寂寞最孤独的时候，他走到了自己内心深处，在痛苦之中找到了自己。他的诗为我们提供了一次机会、一个中介，使我们能够面对自我的灵魂，进行一次深刻的自我体验。

孤灯夜思之七

我突然领悟到一条线索，在精神文化的长河中，孤独的心灵历程同时也是寻求自我的历程。自我价值不能实现，自我感情遭到误解和侵害，自我失去了历史感，是产生孤独的根源，也是文学中一个永久的主题。

大凡心志很高的人更容易陷入孤独，其自我价值的失落会使他们痛苦不堪。屈原就属于这种诗人。他怀才不遇，流落江湖，徘徊于汨罗江边。他在辞赋中追寻的正是被贬损的自我以及政治抱负。所谓"路漫漫其修远兮，吾将上下而求索"，不正是因为"国无人莫我知兮"的缘故吗？作为一个封建士大夫，忠君报国已成为屈原自我价值中最重要的一部分，屈原在这方面也最需要人们，首先是君王的理解和体察。那篇千古绝唱《离骚》就是在"荃不察余之中情兮"情况下产生的。李白曾在诗中曰"古来圣贤皆寂寞"，大概也是这类世事看得多了所发的感慨。但是，寂寞的圣贤常常成为诗人，寂寞造就诗，倒是一种普遍现象。中国古代诗人大多都是一些有才有志之士，但官运大多不太顺利，不是被贬就是流放，诗情也大多产生于官场不走运的时候。请查看一下文学史，这类的古来圣贤不在少数，楚有屈原，魏有曹植，晋有陶潜，唐有杜甫、李白，宋有苏轼、陆游，都满腹英才，只因时事艰难无法完全实现自己的理想。这时候，被时事冷落而又不甘寂寞，除了求仙访道、采菊种花、饮酒作乐，再就是吟诗填词了。把自己不能实现的抱负、理想以及哀怨惆怅写在诗中，在精神上得以宣泄。

　　看来，如果把个人价值的失落考虑进去，孤独就不单是一种个人现象。圣贤们的孤独大都是以一种英雄意识为背景的，属于一种"高孤独"的境界。中国士大夫所谓从"兼济天下"到"独善其身"，就是把自己严格地限制在自以为高洁的精神境界中，坚持把自己和一般世俗之辈分开，以此来肯定自我价值。独善其身这时也是一种人生价值的标志，宁可隐居草莽，垂钓东湖，也不愿自轻自贱；退隐也是一种待价而沽的方式，把自我保护和自我进取很好地结合在一起。这种圣贤式的孤独，后人已经很难继续享受了，因为圣贤者虽是身运不济，但自我的人格历史仍能保持完整和一致，在精神上尚能保持弃尘脱俗的姿态，而后人则难以如此独善其身了。

　　问题是，在变换频繁、竞争激烈的社会条件下，谁还能维持那种世袭的、理所当然的、毋庸置疑的高贵感和英雄意识呢？在多变的机遇和茫茫人海中，家族的徽章、世袭的爵位头衔、长衫和写满诗句的折扇，又能给予人精神上什么呢？一个人如果隐居山林，不求进取，无非是在自我价值方面的自我埋没，你想当"超人"就得走到人群中去大声疾呼，管它什么天皇老子、上帝神仙；你不能，也不会满足于让别人来发现自己，赏识自己，去做伯牙鼓琴、他人三顾茅庐那样的黄粱美梦。换句话说，现代人对于个人与外在社会生活的矛盾冲突已司空见惯，不愿去图谋他人的恩惠赏识，而更渴望于内心的理解，渴望用自己的力量去实现自己。在这里，他们首先感叹的不是世风日下，不是大道将毁，而是他们自己，自己支离破碎的心灵世界和自己难以确定的命运。

　　现代文学中的孤独，最引人注目的，不是圣贤英雄的孤独，而是普通人和平凡人的孤独；不是来自外部世界的孤独，而是来自每个人自身人格历史和心灵的孤独。即便是伟大的人、出色的人，他也不会把自我的高贵视为理所当然、天经地义的，也不能不面对自我被肢解、被轰毁、被捉弄的悲剧命运。

　　因此，孤独是在自我挣扎中显示出来的，它所能显示的力量和胜利只有一种，就是敢于面对悲剧，面对虚无无聊的人生，面对琐碎渺小的生命，面对异己的世界，面对死亡……记得易卜生在自己戏剧中曾写到一句台词："世界上最孤独的人是最有力量的人。"在中国二十世纪二十年代，这句话曾经激动了许多青年学生的心，他们仿佛从这句话中得到了生活的力量，从而成为生活中的强者。但是，如果我们真正了解了这些青年学生的遭遇处境就会发现，他们在社会生活中是一群真正没有力量的人。在二十世纪二十年代很多作家作品中，我们都可以看到他们的身影，孤独地蜷缩在远离家乡的一间小客房里，没有任何可以倾诉自己情怀的地方：他们背叛了家庭，但是又只能眼睁睁看着家庭断送了自己的爱情，只能手捧一本雪莱或者裴多菲的诗集在孤寂的油灯下暗暗垂泪……最倒霉的可能要数冰心所写的《斯人独憔悴》中主人公之类的人物，被父亲囚禁在家中庭院内，只能独自吟诵一些古代悲伤的词句。

这部分孤独者是弱者，他们忍受不住冷清和寂寞，过于急切地想得到人们的同情，不断地倾诉自己，什么世界上有谁能理解我呀，爱在什么地方呀，我就要死了……听得多了，会使人感到厌烦。他们还没有学会怎么忍住自己的眼泪，把痛苦埋在心里，走到人群中去。我喜欢的就是那种刚强的汉子，他总是冷漠地面对世界，把一切痛苦、孤独、悲哀都埋在心里，不多愁善感，不痛哭流涕，背着一个旅行袋，独自行进在自己要走的那条道路上，面对长河，面对夕阳，让长长的影子留在身后的大地上。

不过，这也许是我在梦中经常遇见的，或许就是我自己。在中国现代文学作品中，从郁达夫、郭沫若、陈翔鹤、徐志摩、戴望舒、艾青等人的作品中，很难见到这样的孤独者。我最喜欢的就是鲁迅笔下的"过客"，一个孤独的远行者，朝着自己的方向，不管前方是坟场还是旷野，是否再有人家，再有客栈，只管前行，不愿后退。

为什么"过客"的态度表现得这么决绝，这么坚毅，这可能永远是一个"谜"。前途并不光明，道路也不平坦，但"过客"情愿孤独远行。就一个人，他和身后的世界已脱断了联系，没有任何亲朋好友相伴相送，不知道从哪里来，也不知道去的是什么地方。他的行为会使一切八面玲珑的人感到震惊，感到自己的羞耻和渺小。鲁迅就是这样让"过客"直面悲剧和向人们走来的。他没有任何不自在的地方。

在很大程度上，"过客"是鲁迅的自喻。只有孤独的人才能真正理解孤独，才能真正珍惜孤独。

孤独者在文学中的大量出现，不仅搅乱了人往常悠然自得的情绪状态，也搅乱了原来熟悉的文学世界的秩序。很多人都在抱怨，我们在巴尔扎克、塞万提斯或者列夫·托尔斯泰作品中所熟悉的人物角色越来越少了，我们已经很难有机会坐下来，心平气和地面对一个个性格完整，有雄心、有激情、有灵魂、有命运的和谐人物与其进行交谈，而不得不去奉陪一个个松散的残缺的，错综复杂而又支离破碎的，难以名状的古怪人物。为此，有些人已经失去了耐心，不愿意去和这些支离破碎的，难以名状的古怪人物进行深刻交谈，去倾听在梦呓的呢喃之语中的心灵的真言。而只有真实的长谈之后，你才能发现，虽然他们每一个人都怀抱着一颗支离破碎的灵魂，但是他们都会向你讲述一个很长很长的有关社会、历史和人类处境的动人故事。

孤独者的自白，是一首流浪者的歌。歌唱者大多已失去了自己的故乡，失去了自己的灵魂的家园，成为一群没有家族依托的游子和浪子。

于是，在现代文学作品中，"游子"和"浪子"成为最突出的形象。在很多作品中，我们都可以看到这样的意象：他（她）孤零零地出走和归来，面对一个陌生的、光怪陆离的生活世界，背后可能是他（她）故乡的土地，是广阔的天空和河流，但是他（她）已经无法再投入它们的怀抱。他（她）已经是一个遗弃了故乡或被家乡遗弃了的人，他（她）人在漂流，心也在漂流。

在现代作家的笔下，很多人都在追寻自己的故乡，他们在惶惑和流浪之中，凭着记忆中一些温情回忆开始心灵的追寻，找回那么一片绿叶，那么一条河流，那么一丝童年的情趣，在自己游子的情感范围内，幻化成一幅幅美妙动人的图画，久久地品尝着、咀嚼着，把身处异地的痛苦感受化解在一种对故乡温情脉脉的畅想之中。在幻化了的艺术境界中，这些人物形象，连同这些作家，找到了自己与故乡失落了的感情联系，找到了一部分失落的自我。

有人把这种情愫称为"恋乡情结"。但是，如果这故乡之中不曾留下过作者的童年、青春、生命和历史的渊源；如果作家并没有和自己的故乡分离开来，不感到远离它的悲哀和痛楚，又何能有那么悠长深远的恋情呢？

经过失落、忧虑和流浪的人生，才能真正感到故乡在生命中的分量；只有远离了故乡，才能真正感到故乡的美和可爱。在文学史上，层出不穷的"乡土文学""田园小说""寻根小说"都在构筑着"故乡"的意象。各种各样时事的人生的漂泊，以及所经历的各种变化和变迁，乡村盖起了厂房，田园修通了公路，机器声代替了鸡鸣狗叫，广告张贴画破坏了山青水绿的和谐……很多作家就是伴随着这一切向四面八方漂去，乘着火车、轮船、飞机，或者以步代车，背着家乡土布做成的背包，在新生活、新事物、新思想的诱惑之下，走向了几十里、几百里甚至几千里之外的都市中去，继而有的还会漂洋过海，到完全陌生然而新奇的地方去，找寻更新的生活和自我。

当时，当你的脚步跨出家门和故乡门槛之时，当你完全被一种即将来临的新生活、新世界所迷惑的时候，你也许对故乡千篇一律的生活早已厌烦，怀着一万种心情想离开它，到远方去，又怎么能理解在你血管里流淌着的那种对故土的眷恋之情呢？至多你只是给故乡留下了眷恋的一瞥，留下了一掬清泪，但是你并没有真正理解故乡、理解自己，理解故乡、童年对一个人意味着什么。

很多年过去了，或者几年，或者几十年，漫长的岁月已造就了一群作家。奋斗的艰辛已在他们的额头上刻下了深深的皱褶，他们可能已经有了名声、房子、金钱和地位，也可能除了皱纹和白发之外一无所有，在清点那些真正属于自我的东西时，才发现自己灵魂中的一部分永远留在了故乡的原野和天空。这时，他们会背对都市的万家灯火，或者像我一样坐在幽暗的台灯下，回到过去的回忆和梦境中去；他们是从辽远的长途飘游归来，带着一些疲倦、悲伤、自恋的情感，让自己的思绪向属于童年的那部分原野、村落的故土飞去，想在那里找回自己失落的历史、失落的心灵。

失眠有感之七

当孤独的灵魂在山水之间游荡的时候，文学的精灵就可能翩然而至。孤独的时候，生命才开始反视自己，开始渴望自己和自己对答，从而解脱内心的骚动不安。为此，生命不得不再造一个生命，来实现这种自我应答。作为自我和自我对话的创造者，作家的使命就是给自我精神寻找一种出路。创造一个知音，用新的生命旅伴来代替被隔绝和误解了的同类，铺成通向所有人心灵的道路。

孤独是文学之母……当然不是唯一的母亲；文学是多母所生的，至于它的成长，更是靠"吃百家饭，穿百家衣"强身壮骨的。

我想说，懂得了孤独，才真正懂得了爱，懂得了友情，懂得了理解和沟通。

我想说，孤独并不是优美的人生，但是，它向往优美，借助于艺术方式能够创造出优美——这就是令人心神迷醉的艺术人生。

失眠有感之八

　　我吐出的烟雾在眼前弥漫着，飘浮着，窗外已没有路灯；只是在很远的地方，有几点忽隐忽现的光斑，我不知道那灯下是否坐着一个和我一样的人，张望着更远处的像萤火虫一样的灯光……

　　"夜耿耿而不寐兮，魂茕茕而至曙。"这是屈原《远游》中的诗句。

　　"耿耿残灯背壁影，萧萧暗雨打窗声。"这是白居易《上阳白发人》中的诗句。

　　"有情皓月怜孤影，无赖闲花照独眠。"这是清人黄景仁《绮怀》中的诗句。

　　"云山万里别，天地一身孤。"这是清人陆苍培《咏怀》中的诗句。

　　谁说人心不能相通呢？在人生的荒原上，这些诗句，还有更多的文学作品，不正像一盏盏相望的孤灯吗？在一个精神和文化空间里，我不是和许许多多的人同在吗？来了，来了，都来了，浪迹天涯的诗人，李白、屈原、杜甫、王安石、苏东坡，当然还有卡夫卡、萨特、福克纳……艺术就像是一种巫术，一种传心术，我们都心照不宣，在黑暗中守候在自己的孤灯下，用心灵进行超越时空的交流。

　　文学是黑暗和孤寂中的灯光，因为有了黑暗，才有了灯光；因为有了孤寂，才能了解文学。

失眠有感之九

什么时候你才能把自己从混沌的人生中分离出来呢？孤独的时候。

什么时候你才意识到和周围一切存在的距离，获得自己独特的存在方式呢？孤独的时候。

什么时候你才能把握自己和理解自己呢？把握和理解孤独的时候。

孤独已成为我们生活中的亲密朋友，不管你乐意不乐意接待，它总是频繁地出现在身边，在你失去生活目标的时候，在亲人疏远你的时候，在你进入一个陌生环境的时候，在你失恋或者好朋友背弃你的时候……如果你又不想和不能真正理解与把握这位朋友，它会让你失眠、焦虑、困顿、凄苦，会使你便秘、发热、发狂……这时候孤独不是朋友，而是魔鬼；而魔鬼就在你心里，是你自己。

但是，除了艺术，还有什么能更好地接近和理解这种孤独呢？当你拿起笔的时候，或者走向你熟悉的画架和琴台，你是在寻求一个机会，诚心诚意地接近这位朋友，在混沌之中找回属于自己的灵魂。请看，诗人戴望舒就在自己创作中真正看到了自己：

> 在烦倦的时候，
> 我常是暗黑的街头的踯躅者，

> 我走遍了嚣嚷的酒场，
>
> 我不想回去，好像在寻找什么。
>
> 飘来一丝媚眼或是塞满一耳腻语，
>
> 那是常有的事。
>
> 但是我会低声说：
>
> "不是你！"然后踉跄地又走向他处。

> 人们称我为"夜行人"，
>
> 尽便吧，这在我是一样的，
>
> 真的，我是一个寂寞的夜行人。
>
> 而且又是一个可怜的单恋人。

——《单恋者》

在我看来，这个到处游荡着的单恋者，夜行人，恐怕是每个失眠者的知音。他是孤独者的灵魂，当你无法入眠的时候，就会到世界各地去游荡，寻找在白天丢失或者无法得到的东西；他会穿越黑暗中的万山千水，到你失落已久的故乡去，伴着残月与你久别的亲人对酌，倾听已沉没于千年古井中的乡音。

所有这一切都是在另外一个世界进行的——这是记忆与想象的世界。在孤独体验中，记忆与想象并不相距太远，而是一对形影相随的兄弟：记忆受到情感的强化会升华为想象，想象在回味之中就会还原为记忆；记忆因为有了想象而栩栩如生，想象因为有了记忆而鹏程万里。

记忆是艺术创作的宝库，但宝库的大门时常是紧闭着的。每一个人都有这样一个宝库，里面最珍贵的宝物就是每个人真正的自我以及记忆；它藏得很深，很难找，有时你得走得很远、很深，才会偶尔看到它一闪而过的面影。有的人一辈子站在记忆的门槛上，一辈子没"见"过真正的自我。

记忆是孤独的游乐场，孤独也是打开记忆大门的钥匙。孤独者喜欢在记忆王国里散步，记忆也最喜欢光顾孤独者。剪不断理还乱的情思，故乡万里的往事，所谓"羁鸟恋旧林，池鱼思故渊"的企盼，无不是孤独者寻找自我慰藉的地方。孤独者掩饰贫乏，也掩饰自己的富有，他会清理自己内在的财富，在记忆中发现自己和理解自己，在精神上获得真正的自主和自由。

失眠有感之十

由此我想到心理学中的"灵魂出窍"和心灵学中的"脱体经验"，在有些人看来，这是很荒唐的。据说，人有时会产生一种特殊体验，一个看来已脱离肉体的人仍然能够移动和观看，能够看到自己的行为并且对此进行更清晰的思考和回忆。

很少人会把这种体验和艺术创作联系起来。不过，人可能不会完全排除这样的时刻：在你孤独沉思的时候，你的心灵会飞翔到另一个高空之中，重新体验你自己的全部感情，看到自己的一举一动；有时，你也许还会堕入一种梦幻境界之中，眼看着自己与朋友们交谈，在一个你感到熟悉但又觉得陌生的地方，清清楚楚看到了你过去的老师，你大声招呼，但是他并不理你……你知道这不是真的，只是梦，但是还是急得流出了眼泪。

孤灯夜思之八

看来把创作看作一种自我应答并不比其他各种各样的定义偏颇多少。人需要应答，如果高山流水没有反应，周围的人没有反应，那么就剩下自己内心了，最可怕的是连自己的内心都没有反应。文学的孤独就是要唤起人内在的这种反应，唤起被物质和世俗生活侵扰和埋没了的自我意识，让它坚强起来活起来。文学通过表现孤独，渲染孤独，理解孤独从而超越孤独而存在；孤独通过文学充实了人生。

孤独使我们学会了和自己交"朋友"，学会了理解自己，挖掘自己，发现自己，学会了在大千世界中进行独特的自我选择，保持自己独立的个性世界。人们常常把文学看作是生活中的良师密友，但没有发觉这个良师密友首先来自自己内心。

孤独的内心最懂得朋友的价值，也最需要文学的滋润。但是，很多人一生中很爱交朋友，而且也有很多朋友，却可能忘记了和自己交朋友，而这位朋友应该是自己第一位朋友，而且是自己最亲近、最重要的朋友。

很多文学的奥秘，很多创作的甘苦，就藏在这"和自己交朋友"过程中。和他人交个知心朋友不易，和自己交个知心"朋友"更难。很多人一生不敢或者不愿意正视自己，进行一番认真和坦白的交谈，把自己心里隐藏着的一切毫无保留地坦露出来，所以一生也不能真正理解自己、尊重自己和发挥自己。尤其当这种交谈涉及自我内心深处的一些阴暗角落的时候，他们很容易感到震惊和气馁："难道自己真是这样卑鄙和小气吗？"于是急忙推开了这位最严肃，也最真诚的朋友——自我。我怀疑这种人是否能真正理解文学，是否能成为一个真正的文学家。

优秀的文学家不会回避自己，而是敢于也愿意和自己交朋友。鲁迅有言，说他总是严于解剖自己胜过解剖别人，他的很多作品都在表现他心灵矛盾和搏斗的过程；他乐意和自己对话，并在对话中观照自己，针砭自己，看着自己魂灵奔走于莽原之中、明暗之间，出现在塌陷的坟墓里，没有心肺，非常可怕。非常有名的还有卢梭、托尔斯泰、歌德、郁达夫等艺术家，他们都敢于把自己的心灵坦露出来，和自己灵魂对话，通过创作获得深刻的自我理解。对他们来说，自我是最真诚的朋友，也是人生的一面镜子，他们由此看到了自己，也理解了人生。

"我是什么？"这是萦绕于二十世纪文学创作中的一个重要问题，人生的孤独已经把文学推到了自我与社会尖锐的冲突之中，自我在巨大的社会力量面前愈来愈显得微不足道，在花样百出的新潮面前愈来愈难以获得认同感，越来越在自己生存的世界之中感到陌生和不安，也就愈来愈感到了自我的危机。这时候，要对自己有一个答案，怎么能遗忘和冷落自我这位朋友呢？问题是，在夜深人静的时候，你愿意和这位朋友进行推心置腹的交谈吗？你愿意完全摘下白天戴的假面具，把真实的自我暴露在艺术的聚光灯下吗？

孤灯夜思之九

有人说，孤独意味着独特、自立，意味着不随波逐流；没有孤独就没有天才等，大概已经包含人生一种更深刻的体验，对于自我的一种新的发现。孤独会带来痛苦，甚至带来失眠甚至歇斯底里，人们都知道这一点，但是人们仍然不愿放弃孤独，甚至加倍地去珍惜它，其中必有缘故。在孤独以及对孤独的认同中，人能够真正体验到自己，体验到自己对自己的信赖，在肉体和心灵之间得到一种默契——心灵分担了肉体的磨难，肉体承认了心灵的自由。

这种默契一旦深深地烙进了文学之中，孤独就不再是孤独，而成为一种普遍的心灵形式，在人与人彼此隔绝的心灵之际，建立起一种恒常的联系。人通过文学理解了他人，获得了精神上的交流。文学的孤独意味着人性的挣扎，人对社会的抗争，人与人之间的隔绝，同时也意味着人的沟通、理解和彼此心灵上的相濡以沫。在孤独的氛围中，文学并不仅仅珍惜个人，同时更珍惜人类整体的存在。

这就是孤独的魅力，在现代生活中显示出来的新的美学意义。文学由于表现和理解了人的孤独，获得了人与文学、人与人彼此认同的基础。文学的孤独已成为今天世界上最吸引人的共同的心灵语言。用这种语言你可以与很多人进行交谈，获得认同。

这也使得孤独在文学发展中的命运发生了根本逆转。孤独自古以来都是文学表现的重要主题之一，但是孤独的人生价值却从来没有像现代文学中那样被张扬过。就拿人物性格来说，古代文学中的那种能够一呼百应、获得很多人拥戴的英雄，在现代生活中已难得人们倾心。比如《水浒传》中的宋江，虽被官府不断追捕缉拿，时常遇到杀头之灾，但能由自报家门哀叹而免于其难，其性格的力量与其说是建立在宋江自己基础上的，不如说是建立在一种群体认同基础上的。相反，在现代社会中，人们更喜欢孤独的人物形象，他们独来独往，不掺和在一群人之中，而总是用一种刚毅的眼光注视着人们，一点也不喜欢他人嬉皮笑脸的奉承，总是一个人默默地承担磨难，忍受痛苦，完成重任。

沿着这条思路追寻下去，我们会发现人类在历史发展中一些情感上的变迁。中国古代文学中有许多表现孤独的优美诗篇，但很少表现出某种刚毅的情调，孤独总是和某种眷恋、柔弱、思念、愁苦之情相连；就在十九世纪文学中，孤独还仅仅表现为一种人生的缺陷，人们可以同情它或者认同它，但是很少正面去肯定它的人生价值，把它看作是一种主动的积极的心理状态。但是，二十世纪以来，人们愈来愈倾向于肯定孤独并且欣赏孤独。很多文学家的创作，就体现了这种心理倾向，比如爱伦·坡、波德莱尔、马拉美、普鲁斯特、卡夫卡等，他们因为感到孤独而痛苦，但是恋恋不舍于这种孤独的自我欣赏，追求孤独的意象、孤独的美，在文学创作中开辟了一种新的美学境界。

很难解释这种对孤独的欣赏。这些作家的创作是人类心灵情感方面的结晶。孤独分明是一杯苦酒，但是人们愿意尽情畅饮，确实是一种不可思议的现象。在这里，美的概念及其内涵也大大改变了，美不再就意味着光明、崇高、壮烈、欢乐、喜庆、和谐、美满，不再只与春光明媚、五彩缤纷、轻歌曼舞、其乐融融形影相随，而产生了丑陋的美、残缺的美、痛苦的美，更多地与黑暗、低贱、平庸、渺小、绝望纠缠在一起。

人类感情是不是出了什么毛病？文学是不是得了什么病？很多人面对现代文学都会提出这样的询问。但是至今还很难拿出令人信服的答案。一切只能是猜测。也许在现代社会中，人类对千篇一律的东西越来越不耐烦了，越来越注重于艺术的创新；也许文学发展到现代，文学家存心要和传统唱对台戏，来它个以丑为美；也许对于过去的文学表现，现代作家认同的东西越来越少，不得不去开拓新的表现领域；也许人心已经陷入了病态，继而用病态的文学方式进行解脱等。反正人们可能还有更多的解释。而我的思维似乎已开始混乱了，不得不停下笔来。

失眠有感之十一

　　一个人如果躺在床上睡不着，那是天下最倒霉的事。我无法控制我的胡思乱想，索性拿起一本杂志来读。一篇据美国作家鲁塞恩·麦康作品节录的《瀛海余生》，被我一口气读完了。故事是讲一位中国水手在海上遇难，独自漂流一百三十三天最后获救的经过。在这段时间内，这位水手可以说完全和人类失去了联系，处于完全孤立无助的状态。但是，这个想法刚一出现，我就发觉自己错了。这位水手虽独自漂流在海上，但仅仅在物质关系方面脱离了社会，在精神方面与人类仍保持着密切的联系。因此我们不能把他看成一个孤独者。而现代文学所关注的孤独主要是一种内在的孤独。

　　内在的孤独需要用精神的方式来解脱。

孤灯夜思之十

文学对孤独的发现连带着对心灵的发现，这是一个奇妙的联结。也许人们经过许许多多心灵痛苦之后，才发现人类最不了解的正是自己，所以二十世纪以来，认识自我成为一切哲学家、人类学家、历史学家、艺术家最热衷讨论的话题。十六世纪法国思想家蒙田的一句名言至今被很多人挂在嘴边："世界上最重要的事情就是认识自我。"

在这方面，文学家无须去引经据典，因为他们所直接面对的就是活生生的人，人是他们思维的中心，他们无法逃避表现人、探索人、认识人的责任。不过，经过人类一系列重大事件，尤其是两次世界大战的灾难，文学中人的世界再也不像过去那样美妙和谐了，新一代的文学家首先承受了迷惘、失落、孤独、虚无的感觉，因而最能理解和认同每一个个体的这种情绪。于是，在现代文学中，认识自我成为一种对孤独自我的体验，人的精神世界中越是深层的东西，就越是不能通过外在的、表面的世界表现出来，也就越难以得到他人的认同，也就愈需要艺术在孤独状态中体验和表现自我。

文学由此成了一种孤独的艺术。唯孤独，文学家才有可能收视反听，在冥冥之中重新体验到自己，也才有可能深潜到自我世界的深处，把长期囚禁于心灵深处的情感释放出来。而这一时刻，必然是艺术家意识到的最孤独的时刻，他的笔只是在记录自己的心灵历程，他并不想知道以后人们会怎么品头论足。

失眠有感之十二

珍惜你的孤独吧——这是艺术之神赠予每一个现代作家最重要的格言。孤独是你的财富，请不要急于向公众表白自己，更不要那么看重文人出头露面的酒会、咖啡厅和沙龙，与几个名人一起进进出出，互相攀谈言欢，拍照留念；不要急于去访问别人，盼望别人来访问自己，然后在文章中提到几个有名的人（而且用最亲昵的口气）来炫耀自己。

一部分中国文人最致命的弱点就在这里。文学家难以忍受孤独和寂寞，内在的脆弱无法支撑坚强的个性。他们的个性在他们早期塑造中已受到摧残和压抑，本身就缺乏坚强的魄力和定力。所以他们渴望别人理解的欲求大大超过了去进行自我理解和理解别人，而且用各种各样的方式去争取、乞求和获得别人的同情和理解。同时，他们也不可能那么持久地、坚定不移地信任自我和坚持自我，通过自己来表现自己和证明自己，总是期待着他人的欣赏和抚摸，所以一切激烈的言辞和偏执之见都不过是个性上的虚张声势。

孤灯夜思之十一

　　珍惜孤独，是因为孤独在现代文学中不仅是一种艺术情愫，而且本身就是一种美学价值。很多作家的光彩照人之处正在这里。他们深刻的孤独向人们提供一种独特的人格和生命体验，在人类艺术世界中又增加了一种新的审美经验。由此说来，获得普遍的认同和共鸣并不一定是好的文学作品，而这种认同和共鸣可能是肤浅的和漂流的印象。孤独的期待在日常世俗生活中难以实现，它的结果必定是艺术家对自我的深刻开掘，必定不可能用他人的思想方式来理解来认同，从而他不能不再次通过生命体验去创造自我，这时使他在精神上获得最大慰藉的，当然不可能是头衔、颂辞，更不是虚伪的证词，而是一种深刻的理解。

　　因此，一个伟大的艺术家也许注定要承担孤独，上帝在给了他深沉的爱、慈祥的情怀、旺盛的生命追求的同时，也给了他苦恼、悲伤和压抑，种下了孤独的根苗。爱，可能被隔绝于群山峻岭之外；情，可能辗转于湖河港汊之中；生命，可能被现实误解和扭曲……而且，一个艺术家精神世界愈丰富，愈深刻，愈高超，获得完全的理解就愈难，所感到的孤独就愈深刻。

　　我想起了鲁迅，其生前所遭受的冷遇诽谤姑且不论，即使在死后也未必能够得到人们的真正理解。可悲的是，鲁迅生前就意识到这一点。他生前虽然也有很多亲朋好友，有的甚至引为知己，相当亲密；也有许多热情的颂辞和荣誉的桂冠，但是未必有一个和他精神境界完全相通的知音。为此，他曾对自己死后的情形有过悲观的估计。他害怕自己被人们遗忘，但更害怕成为有些人高谈阔论的话题或"青蝇"的资料。

很难说鲁迅完全估计错了。虽然鲁迅一直没有被人遗忘，而且受到人们的崇敬，他的著作也一版再版，得到从未有过的重视和研究，但是这并不等于鲁迅精神世界获得了真正理解，很难说得到了心灵的知己。就从鲁迅研究状况来说，大多数研究者也许出于一种崇敬心情，不断从正面去颂扬鲁迅表现出来的外在力量，强调他是一个巨人，一个斗士，一个洞察一切、不知疲倦的探索者，一个无往而不胜的文学家、革命家和思想家，却很少去深入探求鲁迅世界深处的东西，比如鲁迅作为一个伟人，同时作为一个常人所承受的内心痛苦，他被压抑着的各种人生欲望及其宣泄的过程等等，鲁迅实际成为一个偶像，就像坐在奥林匹克神殿上的大神。在天之灵也只能继续独自忍受心灵的寂寞和孤独。

不过，孤独者常在，文学家尤其如此，我最后想说的不过如此。

失眠有感之十三

放下笔之后，没想到又失眠了，总觉得有一种意象在脑海里晃来晃去，搅得我睡不着，我分辨了很久，才看清是一个流浪者的身影，这是我童年在大西北乡镇马路上经常看到的：头顶圆形小帽，手拿一个二根弦的土弹子，背靠马车轮子，唱着一曲很悠长的思乡或者爱情之曲，眼睛永远是半闭着，想是沉浸在旧情之中……

孤灯夜思之十二

　　我非常想完成一篇关于世界现代文学发展的论文，题目为"孤独——现代世界文学的一个美学范畴"，但是经过长时间思索之后，至今还抓不住要领，不知道从哪里开头为好。我越来越强烈地感觉到，仅仅从文学作品中的人物性格、情感状态和文学家精神境界方面去谈论孤独，还停留在一个很低的层次，很难真正理解其丰富内涵。在现代文学中，孤独已成为一种新的美学范畴，它所跨越的疆域远远超越了创作题材和内容方面，超越了艺术客体和主体的关系，进入了艺术构成和形式创新的层次，在那里完成了一系列艺术形式的变革，实现了向新的美学境界的跃进。

　　是否可以选择这样一条思路：在一系列内心事件急于显示自己而又难以显示的时候，孤独导致了主人公有了更多的自言自语的机会和可能性。于是，纯粹主观的喃喃细语、内心独白和自我表述，包括普鲁斯特式的内心视象，沃尔夫小说中波浪式心理活动，都是一种孤独心态的艺术选择。这种选择为艺术家穿透密不透风的外在屏障开辟了一条通道，使人物能够自由地表现自己。很多人仔细讨论过"意识流"的来源问题，但是往往忽视了其内在发生机制的独特性。在人与外在世界之间、在人表现自我和自我表现之间，孤独的心态会创造孤独的思维方式和表现方式，完成生命意志的升华。

　　"意识流"就遵循着这种生命意志的指引，尽可能地把被表现者呈现于表现者面前，把不可显示的内在的生命引导到外在表述之中。人也许不愿意去刨根究底，现代作家在创作中热衷于表现的梦境、幻觉和内心独白，存在的历史恐怕和人的历史一样长，偏偏到了现代社会才被文学家发现，也是一件怪事，除非其中包含着更多的缘由。有几种情况值得我们考虑，一是"意识流"的发现，也是人对孤独的一种发现。人发现了人的主观世界和客观世界的差异和矛盾，人的心灵实际上处于相对被隔绝的状态，是一个独立的世界。二是"意识流"为孤独的解脱提供了通道；在一定的条件下，所谓内心独白，自我表述必然成为孤独者心理的第一需要，把对自我生命的体验艺术地表达出来。"意识流"弥合了表现者和被表现者之间的矛盾。

孤独导致人把主观世界和客观世界分离开来，确立了主观世界的独特性，因而使文学进入了人的心理世界。文学的孤独由此打破了文学世界原来的秩序，把艺术真挚性的重心转移到了心灵方面。现代作家无时不在提醒人们相信内心，而不要被一切外在的假象所迷惑。他们也在极力地追求和发现一种"内在的语言"，并梦寐以求创造一种"透明的文体"，把自我的孤独塑造在叙述过程之中。在现代文学作品中，很多颠三倒四的语句，混乱不堪的组合，不合语法规则的排列，没有标点的叙述，都在强调心灵的独特性。

这样，文学的孤独，在抽象的意义上，体现为一种言语和文体的孤独。由于不可能完全解脱的内在孤独，文学家最后纠缠于自我与符号、自我与语言、自我与叙述之间，耗尽自己的精力与心血。从语言符号意义上来说，自我是艺术家永远无法企及的彼岸，艺术家只能在表现自我和隐瞒自己之间来回流动，在朦胧和清晰之间体验自己的生命。在文学创作中，艺术家就像在茫茫大海中游泳，只有可望而不可即的一盏孤灯在指引着他，像大海一样的符号语言托浮着他，但他为了不至于让这海水吞没自我，必须不时地探出头来吸一口气，并在这一刹那间意识到超越大海的自由……

文学的孤独把美推向了未知、神秘的世界，创造和表现着一个永恒的期待。所有热爱文学的人都为此痛苦，也为此庆幸；为之悲观，也为之喜悦；为之抱怨文学，也为之拥抱文学。文学家第一次感觉到徘徊于黑暗与光明之间，既不能完全肯定自己，也不能完全舍弃自己。孤独就像鲁迅笔下出现过的影子，假如能够完全裸露于光天化日之下，就等于消灭了自己，孤独也就不成为孤独；如果完全藏身于黑暗之中，孤独也就不可能发现自己，显示自己。文学的孤独把文学带到了方生方死的境界，使之再也不可能成为生活的镜子，一目了然地反映出生命活动中的一切。因为文学家已经站在了一种可视、可触、可以把握的生命世界的边缘上，向另一个向他豁然洞开的黑暗世界张望，期望在那里找到真正的自我。

这个黑暗世界就是人的非理性、无意识世界。现代作家意识到的最深刻的孤独，就藏匿在这个世界之中，它是无言的，是理性之光照射不到的，人只能在冥冥之中感到它的存在，不知不觉地受到它的支配，但永远不可能真正地把握它，把孤独从这个深渊中解脱出来。也许正是因为人意识到了这一点，才会感到一种绝对、根本无法摆脱的孤独，正是这种孤独才使人甘心情愿地把自己，也把文学投入深渊，去探索和开拓人的非理性、无意识的世界。读一些现代作家的作品，例如卡夫卡的《城堡》，人们就会有一种进入昏暗、朦胧世界的感觉，就像进入了一个幽深的山洞，只能小心翼翼地秉烛而行，虽是所进愈深所见愈奇，但终究不可能进入这个世界的尽头，而且稍有闪失，烛光熄灭，就会迷失在黑暗之中，什么也看不清楚，什么也得不到。

失眠有感之十四

我跟在卡夫卡后面已经很久，我一直没有看清楚他的脸，但他说好带我去看那个城堡的。"人生在世，不能不到那个城堡去看看。"卡夫卡这样对我说。所以我一大早脸也没洗饭也没吃就跟他出来了。

我们已走了很久，我已记不清走过了多少街道，穿过了多少胡同，反正那街道和胡同都差不多，没有树，两边都是房屋，但没有窗子。我已经向卡夫卡问了几次了，还有多远，他总是说很近很近马上就到，脚步并没有停下来的意思。我只好忍着性子又走了好长时间，不知什么时候，天色已暗下来了，周围的一切变得越来越模糊不清，但还是没有到达那个城堡。我终于厌烦得不能再厌烦了，决定向卡夫卡真正发一次火。

"卡夫卡，你站住！你是不是个骗子，这哪有什么城堡？你把人哄弄出来到底想干什么？"我大声说。

卡夫卡也站住了，他的脸色更加模糊不清，但声音是真诚的："好朋友，我没有骗你，我真的是带你去看那个城堡的。"说着他用手指着一个高处让我看："你难道看不见吗，前面就是城堡了，我都看见城堡的塔楼了，还有沿街大大小小的灯光，那就是城堡，快到了。"

我无法否认这话的真实和真诚。向远处望去，我确实看到了一个城堡的影子，在昏暗的夜色中，那里闪烁着星星点点的光亮，一个尖尖的建筑物，像是塔楼，顶端有个月牙形的东西还是圆锥体的东西看不清楚。其实，这一切我老早就看到了，但是到现在好像一点也没有靠近。

我终于再一次厌烦了，我突然觉悟到，这个城堡是永远走不到的，卡夫卡不过是个疯子，异想天开的疯子，跟着他没有好结果。

我站住，大声对卡夫卡说："卡夫卡，你知道不知道，这个城堡是永远走不到的，我们再不停止就会累死饿死在这路上。你是个疯子，这个城堡不过是你心里的一个幻影，现在你又把这个幻影传给了我，我们走了一整天，纯粹是白费力气，纯粹是疯子的举动。"

卡夫卡也站住了，在我面前不远的地方。我看不清他的脸，但是能感觉到他处于极度痛苦之中，他的身体开始微微发抖，两肩向前胸缩着，双手捧着自己的面部。"是的，我也知道这个城堡是进不去的，我自从看见它以来从未真正地进去过。但是我知道它是存在的，并不在乎我是否进去过，我总觉得它对我有一种神秘的吸引力，我不能不向它走去，靠近它，再靠近它，希望有一天真能进去看个究竟，请原谅我吧，朋友，我无法摆脱这种意识，我只能观察、恐惧、希望，让答案悄悄地绕着问题巡行，绝望地窥伺那张费解的脸庞，跟随着她穿过泥泞的仄径——也许使人远离答案的正是这条仄径。"

听了卡夫卡的话，我怔住了，虽然我并不能完全理解这些话，但是我头脑好像比过去清醒了许多。我得承认这个城堡对我也有一种神秘的吸引力，问题并不在于我想不想进去，而是有没有勇气把这条路走下去。于是，我只好放缓了口气，带有开导性地问卡夫卡："你既然也知道这城堡是进不去的，为什么还要如此辛苦地跑这冤枉路呢？干点别的不好吗？比如我们可以到附近的果园里去摘点果子，那可是实实在在的呀！"

卡夫卡沉默了，我仍看不见他的脸，但是我能感觉到他的脸色变得坚毅起来："我不知道用什么话来回答——"他开始断断续续地回答，"我的言语无法表达内心的感触，因为这个问题的程度已远远超过了我的记忆和理智范围。……小时候我很胆小，有件事情至今仍然记忆犹新……"

他开始若有所思，好像想到些什么。

"……我想您也不会忘掉吧！一天夜里，我不停地打嗝，哭着要水喝，现在想来并非因为口渴，大概是心头烦闷，而又畏惧孤独的缘故。当时您厉声叱责无效，便把我从床上一骨碌拉下来，径自带到外面的阳台，只叫我穿着一件睡衣，孤零零地留在那儿，而后把门锁上。……那次以后，我变得很听话了，但是我的内心却受到深深的伤害。……虽然这只是一件极小的事，但这种毫无意义的感觉却经常压迫着我。"

我惶恐地望着卡夫卡，我不知道他在说些什么，我刚刚才认识他不久，对他什么也没干过；我也不知道他现在对我说起这些干什么。我感到一阵恐惧，想从他身旁逃开去，但是卡夫卡接下去一段话却使我无法逃脱，就像是对我的判词："路是无穷地伸延着，你根本无法把它增长一分或减少一分，然而每个人却坚持想用他那条幼稚的尺码来计量它的长度。对的，你也必须走完全程，你怎么也逃不掉的。"

望着他的背影，我知道自己已无法逃开了，只有跟他走下去。他抓住了我的弱点，我无所逃避，除了向着城堡的方向，我已陷入了一片黑暗之中，这时我才相信，卡夫卡并没有疯。我们最好还是结伴而行。

又有好长时间过去了。我不知道在床上做梦还是醒着。我有意识地把手伸到枕边，拿到一本翻开的《卡夫卡的寓言与格言》，奇怪，刚才卡夫卡对我说的许多话这上面都有。

孤灯夜思之十三

　　卡夫卡创造了一个永远进不去的"城堡"，海勒写了一个永远不可捉摸的"第二十二条军规"，格里耶塑造了人生一块神秘莫测的"橡皮"，鲁迅描述了"孤独者"那受伤的狼一般的绝望的嗥叫……所有这些，都会把人引导到一个神秘的艺术境界，它们不单单在表现一种人生，而且也在展示着一种人生之谜，人的灵魂之谜。在这些作品中，文学家明明白白告诉读者的东西并不多，而是把自己想探求的东西，期望得到的东西，仅仅感觉到其存在但又无法明确言传的东西传达给读者，也就是把心灵中最孤独的，无法让人知晓的那部分传达给读者，这时，文学不再是现实客观生活的一个摹本，不可能像客观真实那样一目了然，那样合乎生活逻辑和因果关系；文学成为一系列意象的世界，密码的世界，用符号建构起来的现象的世界，因为人所感、所触、所听、所闻的文学世界本身往往就是朦胧的、飘忽不定的和难以捉摸的，而一切人生的秘密就隐藏于这种艺术氛围之中；文学对人生而言，成为一种神秘的象征和隐喻。

　　从人的心灵角度来考虑，这种神秘的象征和隐喻是一种孤独的语象。它所表达的是文学家自我和自我所面对的无法穿透和把握的现实，期待着对人及其世界深层结构的认同和沟通，把自我以及自我的孤独从那个不可知晓的黑暗深渊中解脱出来。神秘在这里不是故弄玄虚，不是虚无，而是一种对人生深层结构的体验，是探求未知世界的一种境界。

认真读一下鲁迅的《狂人日记》，你可以得到很多东西。神秘和飞动的意象环绕着你，尽管你知道狂人的一言一行都是作者的真情实感，但是你未必能真正明白鲁迅为什么要写一个狂人，为什么要把对生活的真知灼见当作一个疯子的胡思乱想来写。狂人的出现本身就是一个悲剧，彻头彻尾的心灵的悲剧，因为在狂人周围正常的、清醒的人才是世界上最糊涂最痴呆的人。狂人因为无法把自己的感觉，把自己对世界的感觉传达给这些人，找不到沟通的共同心灵基础，才成了这些人面前的狂人。狂人是一个绝对的孤独者。狂人的痛苦也正在这里，别人只能从表面上来理解他的胡思乱想、他的行为和言语，而不能理解他的心灵，理解在胡言乱语中包含着的极度清醒的思想认识。由此，疯子和正常人，胡思乱想和真正的理性思考已经失去了明确的界限；真正的清醒（如狂人的语言）不能得到外在的印证和认同，而被印证和认同的（如狂人之外的人们）恰恰是虚妄和糊涂。作者所想表达的一切不能不沉落在一种扑朔迷离的神秘的象征氛围中。

中国有一句名言，"难得糊涂"，但是能够真正面对"糊涂"却须有艺术的勇气。在当今世界，人们必须承认，自己对于自己，对于世界知道得还太少太少，远远没有到揭示出其全部秘密的程度。人们再也不会相信有全知全能的人，有掌握了人生一切秘密的人，有把什么都能看清楚说清楚、没有困惑没有疑问的人。就其对人，对人的感情状况来说，最深层、最隐秘的东西是难以言传或者不可言传的；对于宇宙和自然存在来说，最宏大、最深远的力量也来自最神秘的、最难以捉摸的世界。

文学要完成一种夙愿，就是要把人和宇宙最难以言传或不可言传的，最神秘、最深远的东西表现出来。

失眠有感之十五

这也许是一个永恒的幻象，一条文学永远走不出的迷谷。

人们能够说清楚的，能够明晰表现出来的，就无所谓神秘和未知，这就不是人对于文学所深刻企盼的；而人对于文学所深刻企盼的，是难以说清楚的，不能表现出来的神秘和未知。换句话说，人们不断向往和探索神秘和未知，希望拥有它和占有它，但是神秘一旦被把握，被释解，又何以能够成为神秘和未知。这又像徘徊在明暗之间的影子，放在太亮的地方不行，处在黑暗中也不行。

但是就像有黑夜也有白天一样，影子照旧浮动在天地人世间，并没有由此消失。在很古很古的时候，象征和隐喻就承担了某种"影子"的功能，隐含着人对于宇宙、对于自我难以把握和理解的世界的探求和认知，一个简单的图形、模型，一段简单的咒语或者寓言，一个图腾或者一种禁忌，都表达着宇宙和人类的某种宏大的格局、某种伟大的力量或者规律，表达着一种神秘，一种未知。

我想到了中国古代的《易经》，其中令后人惊叹的八卦图形，在长短不一的线条之中，竟然暗示着宇宙的变化，隐含着人们对天地宇宙的某种感知。其中的秘密人们至今还没有完全揭开。我不认为八卦是古人凭空臆想出来的，也不认为它只是表达了古人对宇宙自然某种朴素简单的认知，相反，我认为古人对于宇宙自然的感知可能比现代人更为深刻和精致，只是在符号系统不发达的情况下，只能采取一种朴素简单的形式表达。对于很多自然现象，古人只能感应，但无法解释，就用某种简单的意象，用象征和隐喻的方式保存它们的秘密。很多远古就产生的神话、传说、图腾和禁忌，都可以被看作是一些神秘的象征和隐喻。人类的起源，人与自然之间的某种特定的关系，人在原始状态下某种深刻的体验和经历，都用某种最简单的方式记载下来了。但是，随着历史文化的演进，这些简单符号形式逐渐地流传下来了，但其真实的历史内涵却失落了。人类因为失去了自己童年的记忆，所以才借历史学来寻找这种记忆；人类不再记得诞生时的感觉，所以不断追寻人与自然之间种种神秘的关系。

但是，那些象征和隐喻的形式，并不能简单地划入文学的范畴；远古的人们也未必把它们看成文学，它们什么时候进入文学，什么时候成为文学创作中的一个热门话题，又为什么会出现这种现象，恐怕都是很难讲清楚的问题，不过，远古的人类用这种象征和隐喻不仅保存了一些人类的秘密，而且创造了保存这些秘密的形式，这对于文学创作思维产生了很大影响。当文学家意识到自己面对的世界并非一目了然的时候，开始探索历史文化中一些神秘未知因素，用文学艺术来表现自己尚未完全把握的神秘的内容。

孤灯夜思之十四

神秘的象征和隐喻表现了人内心深处的一种幻想，也展示了人与外在世界存在的隔阂和差异。在这种艺术氛围中，世界和自我都不能完全被说明，但能够保存着它们未被认知的秘密而不至于遗失。而文学的另一种存在价值在于，文学家对于未知，对于不可捉摸的世界，对于自己无法探究的难题，并非无可奈何，而是能够用特定的艺术方式显现、暗示、表现它们。

失落了谜底，谜语还可能照常存在。在文学创作的一些朦胧、模糊的意象中，人们可以和失落的自我对话，和失落的历史对话，尽管双方永远不可能无限制地接近，只能隔着一层屏障、一道栅栏进行这种对话，但是对于无法解救的孤独的心来说，也就是一种解救。由此文学成为孤独者的场所，孤独者在这里寻求心灵对话的可能性。

这种可能性如果仅仅存在于人与人之间，人与自然之间，那么情形并不十分复杂；但是一旦要与语言死活纠缠在一起，就会带来更复杂的情形。在不可言传和可以言传之间，在不可沟通和可以沟通之间，语言扮演一种模棱两可的角色；文学所想表现的一切都必须由这个角色来承担，这又是文学家面临的另一个生死存亡的波谷。

在这个波谷中，文学家都必须面对语言，面对一整套约定俗成的符号系统。这是他和世界，他与自我寻求沟通的最后一次机会，决定他们是否有可能在互相接触之中找到一种相互信任的共同语言。但是，文学最后的悲剧或许就产生在这里。文学语言是一种公众符号系统，必然有其共同性和通用性，文学家一旦把自己的思想感情用语言表达出来，就必然受这种共同性和通用性的制约，其心灵的独特性就会受到常规语言的制裁。在这里，文学家不能不对这种常规语言产生怀疑，对于它是否能真正地表达自我提出疑问。这种怀疑不仅强化了文学家内在的孤独，而且导致了对常规语言日益强烈的对抗和不满情绪，促使艺术家蔑视和打破常规语言的束缚，去创造一种只属于自己的语言方式。

于是，文学的孤独也是语言的孤独。

为了证明自己的个性，使心灵深层的真实不受外在语言的曲解和再次"公众化"的规范，文学家开始冲破常规，频繁创造出一种"谁也不懂的语言"，以消除常规语言强加于自我的东西。违反常规语法，不用标点符号，时空交错有意破坏语句之间的逻辑关系，东拉西扯，前言不搭后语，语无伦次的喃喃自语等，文学家为人们创造了各种各样奇怪的语言方式，最终期待的都是把更深层本原的自我真实地表现出来，还有，也是为了自我的独特意识不至于被公众的语言规范所吞没。

这是自我在文学中最后的挣扎。语言的创造本来是为了交流人心的，但是人一旦意识到语言也会隐瞒人心，欺骗人心，遮蔽人心，文学又将如何进行选择呢？

失眠有感之十六

对于文学，我越来越感到，我们注定要接受一个悲剧的结局，我也越来越为意识到这种悲剧感到悲哀。

文学的孤独必然导致孤独的文学。前者如果说是人与人、人与历史之间的隔阂和变动造成的，那么后者则来自语言的困境。为了冲破常规语言的约束，把本原的自我意识表达出来，文学家打破了常规，创作了许多"谁也不懂"的语言方式，而这种方式反而使文学本身陷入了更深的孤独，成了只有少数人才能领会甚至只有作家自己才懂的艺术品。文学显示了自我，摆脱了常规语言的制约，却失去了公众的世界。文学家只是写给自己看，只有自己才是自己作品的知音，语言的孤独使文学也走上了孤独漂泊的道路。

我不再相信一切有关文学的东拉西扯，只相信文学的孤独和孤独的文学，文学想沟通一切，结果竟然隔绝了自己，这是当今一切文学理论所无法解释的。很多人还是那么热衷于"语言"的创新，幻想用此来拯救文学于危机之中，却丝毫没有想到文学正由这条道路步入深渊。著名作家索尔·贝娄在谈及小说发展时曾悲哀地说过，作家总是在梦想一个黄金时代，但是这个时代根本就不是什么黄金时代，因为时世太糟糕了；如果没有老百姓，小说家就只能是一只古玩，就会处在一只玻璃盒里，正沿着通向未来的某个阴郁暗淡的博物馆走廊缓缓行进。

难道文学的命运也像贝娄所说的这样吗？

人们尽可产生各种各样的怀疑。

承认文学的悲剧并不等于放弃文学。在悲哀之中我最欣赏诗人徐志摩的一段话："我们都还是在时代的震荡中胚胎着我们新来的意识，只有在一个波涛低落第二个还不曾继起的一俄顷，我们或许有机会在水面上探起一个半晕眩的头，在水雾昏花里勉强辨认周围的光景。……我们是要在危险中求更大更真的生活，我们要跟随这潮流的推动，即使肢体碎成粉，我们的愿望永远是光明的彼岸。能到与否以至有否那一个想象中的彼岸完全是另一个问题，我们的意识守住的只是一点志愿的勇往，同时我们的身体与灵魂在这骇浪的击撞中争一个刹那的生存，谁说这不是无上的快感？……在思想上正如在艺术上，我们看来还得往深里走，往不可知的黑暗处走，非得那一天开掘到一泓澄碧的清泉我们决不住手。"

当所有的人都认为，创作意味着作家孤独地与孤独的自我搏斗的时候，文学本身已成为一种痛苦和绝望的抗争，热爱文学的人必须肩负十字架，文学家要体验在地狱中穿行，身背黑暗的闸门的人生，像加缪在《西西弗斯的神话》中所描述的主人公那样，不断把从山上不断滚下来的石头再推上去。

孤灯夜思之十五

我想，思索已经使我疲惫不堪，却丝毫并没有改变我，改变我周围的环境。孤独的灯光依然发出往日一样的光线，我只是像做了一个很长很长的梦，梦中我走了很长很长的路，路上我遇到很多很多的人，一觉起来，只觉得已过午夜，夜色仍笼罩着千家万户。

我想走到夜色中去，不再守候在这孤灯之下。我走出房间，来到真实的夜空之下。

呵，满天星斗，早没了刚才的孤寂愁情。

天上一星，地下一丁。我牢牢记住了这句话。它的含义好像很远很深。

三毛之死

之一

三毛真的死了

三毛已经死过一次了。

记得四年前，我一位朋友从国内一家报纸上发现一则三毛死亡的消息，写信给自己的朋友，大家都很惊诧，纷纷去信询问详情，差点发唁电到台湾三毛家里。不久，三毛在电视上再次露面，惊得我这位朋友一时丈二和尚摸不着头脑，狼狈地再三钻到床底下找寻那张晦气的报纸，并四处写信说明并非自己造谣。事后才知道，这则消息发表于愚人节期间，寻思是有人故作惊人之语。

愚人的方式真够耸人听闻的。但是这毕竟是一场令人发笑的闹剧。三毛没有死，那个走南闯北，在撒哈拉大沙漠上开中国饭店的奇女子，那个一直充满浪漫激情，面带梦幻色彩和温馨笑容的作家没有死，她仍然愉快地站在那里向人们频频招手和微笑。一场虚惊之后，许许多多的"三毛迷"获得一种从未有过的惊喜，似乎他们又重新获得了三毛。

但是，三毛这回是真的死了。

死讯我是从电话中得到的。当时我正在香港中文大学进行学术访问。一位文学评论界的同行与我通电话，我正想说一个笑话，但对方却突然来了一句：

"三毛死了，你难道不知道？"

"什么?" 我怀疑自己听错了。

"三毛死了!"

"真的? 死了?"

"听说是自杀,在浴室里,用一条丝袜,快去看今天的报纸。"

电话挂上了。我长久地捏着话筒不动,这怎么可能呢?

然而,是真的,这次不再是在愚人节,而是在 1991 年 1 月 5 日,香港各家大报都登载这一沉痛的消息:

昨日女作家三毛自缢身亡

接连几天,三毛之死成了一些报纸上的热门话题,很多人在谈论三毛。

和许许多多仅仅从作品和外观来了解三毛的人一样,我为三毛的死感到震惊。原因很简单:在这大千世界的芸芸众生之中,三毛拥有自己传奇的人生,拥有自己独特的才华和风采;她活得比大多数人有意思,活得潇洒;如果自杀也需要排队的话,三毛得排得很后很后。或许永远轮不到她。

三毛本名陈平,于 1943 年 3 月 26 日生于四川重庆,原籍浙江省定海县,6 岁随父母到台湾。13 岁前就读于台北市第一女子中学,后休学自学,曾进入台湾大学哲学系当旁听生。21 岁赴西班牙马德里大学文哲学院就读,随后又往联邦德国的歌德学院就读,主修德语。之后三毛还到美国工作了一阵子,然后又回到台湾。三毛的传奇经历是从她踏足撒哈拉沙漠开始的。她在异国度过了 18 个春秋之后才回到台湾定居。

三毛的生活经历令很多人羡慕,尤其对于追求游历但又身不由己的少男少女来说,更是如此。

据说,三毛曾游历过 59 个国家,除了神秘的撒哈拉大沙漠,南斯拉夫、波兰、丹麦、捷克、德国、美国和南美的大部分国家都留下她的足迹。在浪游期间,为了体验人生和赚取生活所需,她当过导游、商店模特儿、图书管理员等，甚至装扮成印第安人和乞丐一起乞讨。

三毛没有平平庸庸地活着，她活得有姿有彩。她不仅到过很多地方，而且没有白白到这些地方。她用自己的笔写下了丰富的作品，有《撒哈拉的故事》《雨季不再来》《稻草人手记》《哭泣的骆驼》《温柔的夜》《梦里花落知多少》《背影》《万水千山走遍》《送你一匹马》《倾城》《谈心——三毛信箱》《随想》《三毛说书》《我的宝贝》《流星雨》《闹学记》《阅读大地》《滚滚红尘》等数十种作品集，还有《娃娃看天下》（一、二）、《兰屿之歌》、《清泉故事》、《刹那时光》等数种译著。而更为令人羡慕的是，三毛有成千上万的读者，在台港，在中国大陆，在美国、加拿大、新加坡等地，人们热爱三毛，迷恋三毛的作品。

三毛怎么会自杀呢？她真的死了吗？

三毛真的死了，铁的事实摆在人们面前：台湾警方确切证实，48岁的三毛，用丝袜在医院浴室中上吊，时间大约是1991年1月4日凌晨2时，早晨7时被医护人员发现。经有关方面验尸，确定为自杀无疑。

记得四年前，曾一度有人误传三毛已逝，当时的三毛曾一笑置之，她说："人生什么滋味我都尝透了，假如生命就在现在结束，我也没有什么遗憾。"这难道是三毛死亡的预言吗？然而，三毛在最后的时刻，当把自己的脖颈套进那用透明的丝袜挽成的"句号"时，三毛又想说些什么呢？

三毛没有遗言。据说。

之二

朋友呵，朋友！

　　三毛之死，惊动了很多人，包括她的很多朋友。也许直到三毛自杀身亡，我们才知道三毛生前有这么多好朋友，他们纷纷在电台电视台上露面，对于三毛的死表示出各种各样的遗憾、伤悲和怜爱，同时也直接或间接地表示出自己是三毛的好朋友。然而，当三毛一步步临近死亡深渊的时候，这些朋友是否与三毛在心灵上同在呢？人自愿走向死亡，向生命告别实在是一件不容易的事。据说，三毛在自杀前情绪相当激动，在病房里，一直到凌晨时分，都在不断来回走动，一支支地吸烟，当打扫的人见到她时，她吩咐夜晚要进房收拾。这至少说明三毛不想死。她在生命边缘上徘徊，她已经看见了死亡，但是她仍然在挣扎，在坚持，生和死在进行搏斗，互相争持不下。在这个过程中，三毛必定走入了一个冰冷的死胡同，越往前走就觉得越孤独，越凄清，越无助，越冰凉，终于，周围再也没有了温热，没有了可依恋的东西，没有了任何可倚着的生命之树，于是，她在没有预先准备的情况下，拿起了一双透明的丝袜。

　　生死由命，但往往决定于一念之间，而就在这决定生死的关头，三毛的朋友们是否有知呢？是否意识到一个光华的生命正在冷清和孤独中熄灭呢？包括三毛许许多多的崇拜者和爱好者，能否真正体会到三毛生命中那种绝望的悲凉呢？

　　我相信，在临近死亡的时候，三毛需要救助，在她想死和走向死亡的时候更是如此。可以设想，在最后的日子里，如果三毛能够有一个可信赖的人，在他（她）面前大哭一场，完全敞开自己的心灵；如果能够获得一个非常理解她的人的关切和担心；如果能够得到一个真心温馨的电话，有个朋友及时地劝慰，三毛很可能在这一念之差中冲出死亡的阴影。三毛毕竟是一个渴望生活，渴望爱，渴望朋友的女人呵！

　　然而，三毛没有这种机会。

　　三毛没有这种福分。在众多的朋友中，是有人在关切着她。林青霞就是其中的一位。在合作完成拍摄电影《滚滚红尘》过程中，三毛是编剧，林青霞是主演，二人都是有成就、引人注目的女人，尽管两人当时心境并不相同。林青霞毕竟是一个敏感、有过丰富情感经历的女人，她不仅感觉到了三毛心境的灰暗，而且深为三毛感到担忧。她曾想找三毛好好谈一次，而且打电话找过三毛，可惜没有找到。

　　如果三毛接到了电话又会如何？

　　可惜，没有更多的朋友给三毛打电话，或者找她细细谈谈，让三毛把心中苦水倒出来，让三毛真正地“软弱”一下，痛痛快快地大哭一场。

　　可惜，直到三毛自杀身亡后，才有许多朋友感到三毛早有死意，在她的谈话中、书信中、行动中早就透露出“不想活了”的信息。

　　据说，三毛在给某某朋友信中就流露过绝望的情绪，感到自己活得确实太沉重了，据说三毛死前已向某报主编说过，自己来日无多，所以想出售自己的一个寓所替父亲还债，很有点交代后事的味道。

　　据说，三毛曾对广播公司一位助理谈到，她去年十一月就到书店去买挂历，连书店老板都感到很惊奇，因为这似乎太早了一点，而她的心思则在尽快安排好 1991 年 3、4 月之前的工作，三毛还说只要把春天的事情做好就够了。

　　据说，三毛最近在自己某个专栏信箱中已写下诀别伏笔，她写道：“既然我们面对的是全新的时代，我很想暂时放下那一批信件，给这个园地一次不回信的假期……，人在回忆中徘徊，也在里面扑空，新的时代取代旧的时代，年轻的生命繁衍过来，老去的空间越来越小，这再自然不过，虽然其中未尝没有伤感。"

据说，……

至于三毛在自杀前情绪低落，不爱惜自己身体，给很多朋友都留下了记忆。在一段时间里三毛很不在乎自己的健康，她多次喝醉酒，一次甚至从楼梯上摔下来，摔断了三根肋骨，肺也裂了，三毛毫不在乎，只是拼命在写自己的剧本，摧残自己的生命似的，这种情形使有心人林青霞深感忧虑。

可惜，凡此种种，大多数人只是在事后才意识到其中所包含的死亡信息。

或许，在这里我们已经尝到了一种人生的苦味，浓浓的，难以消解的。一个人有那么多的朋友，她想死，已经朝死亡的深渊走去；她不愿死，所以一次次发出讯息，内心渴望着救助，渴望着有人伸出手拦住她；然而，人们并不把她的认真看作认真，把她的悲剧看作悲剧。三毛在走向死亡，从所有朋友面前走过，从喧闹的人群中走过，从灯红酒绿的发奖仪式中走过，也许正是没有人真正地注意到她，所以，三毛必死无疑。

朋友呵，朋友，我不能不再一次呼唤你的真诚和美意。

之三

孤独的三毛

三毛死了。似乎是在公开场合自杀的，很多人眼睁睁地看着。这是我的一种感觉。

三毛生前和死后有许许多多的朋友，但是当她自杀的时候，却没有一个朋友。这又是我的一种感觉。

俗语常说，人生有一知己足矣。然而在今天的社会生活中，得到一知己是何等之难！

所以，成千上万的人，包括拥有无数崇拜者、迷恋者的名作家、名演员、名模特儿，一生似乎深陷于永无止息的寒暄中、合影中、签名中，和一批又一批的人打招呼，问好，谦让，点头，鞠躬，致谢……然而最终却难得一个真正的朋友。

所以，三毛自杀，不能责怪朋友们不了解三毛，或者在最后的时刻没有救助三毛。三毛尽管有很多朋友，但这些朋友们都很忙，每个人都有自己的天地，有自己各种各样的应酬，如果没有石破天惊的新闻，没有倾诉，没有爆炸性的言谈，他们实在没可能去体谅和了解另外一个人的内心，另外一个人内在的痛苦。有时候，他们或许也会为朋友的某种"运气不好"的处境和遭遇感到遗憾，甚至付出一些同情或些不平，但是能够深深地走入其内心，真正分担其痛苦，这又何其之难！

换而言之，在今天的世界上，谁又愿意过多去分享别人的痛苦呢？无疑，朋友应该有一种分享的感觉，无奈这种分享在今天已拥有了太多功利性，愿意分享成功，分享权力，分享快乐，分享财富，分享名声的朋友太多太多，但是能分享痛苦、不幸的朋友太少太少。

所以，越是有名的人就越会感到孤独，三毛是个名人，也有太多的朋友。在三毛生前，他们分享着三毛的作品，三毛豪爽的风采，三毛的成功；三毛自杀身死，他们又继续分享着三毛的名声，分享着由死亡造成的惊奇效果，在电视、广播、报刊上享受一种"轰动"的刺激。所以，三毛死了，很多朋友都出面了，拍电报，致悼词，写挽联，做文章……

三毛不孤独，她确实有很多朋友，但是这只是在死后。也许唯独死亡才有这种力量，可以把人与人拉得很近很近。很多朋友心里也许会感到愧疚，这并不是由于他们能意识到自己"做错了什么"，而是因为他们自己也会死的。很大的不同只是在于，三毛自愿选择了死亡，而死亡将会来选择他们。

这时，生活的苦楚将会使活着的人重新尝过。

之四

三毛的“硬撑”

实话说，在现代社会中，孤独的人大把，但大多数都硬撑着活着，硬撑到由其他情况夺去自己的生命。三毛死后，很多人都曾谈到过三毛的“硬撑”。香港作家张君默就指出，三毛在文学及社交方面都表现得很坚强，其实她只是“死撑”，将其懦弱的一面隐藏起来。

据说，张君默是三毛的老友，曾把《三毛流浪记》寄给过三毛，但是可悲的是，连这位“老友”也从来没想到过三毛会自杀，而且事后认为，自杀对三毛来说反而是好事，这是因为不断要求自己攀高峰，要求自己有新意地生活，这可能是经过内心的挣扎而找到的一种突破和结束方式。

照此说来，三毛自杀应该是件人们载歌载舞的喜事，三毛定然是身着盛装，高高兴兴地把脖子套进那个透明的圆圈中去的。

然而，三毛确实“硬撑”过，直到自己实在“撑”不下去的那一天。也许正由于这种“硬撑”，很多人没有想到她会自杀。

我也没想到。记得去年11月，三毛由于电影《滚滚红尘》上映来港访问，当时我正在香港，香港各大报刊都有报道，并刊登三毛的照片，其中一张是她和导演严浩在机场拥抱时的合影，三毛神采飞扬，笑容灿烂，充满着幸福之感。谁又会想到三个月后人鬼殊途呢？

在港期间，三毛接受很多记者的访问，三毛笑容又多，常使记者感到可爱可亲。而且，三毛显得格外有兴趣。据说，在一日之内，三毛曾被安排了8个访问，甚至因为说话太多了，致使喉部不适。

在这些访问中，三毛依然是一个乐观、迷人、惹人喜欢的三毛。当有人和她谈到人生时，三毛表示："做人应为将来去努力，尽力行好面前的道路。"她还承认自己的人生观是很积极的。同时，三毛还坦言自己的感情生活很丰富，不会感到寂寞，三毛曾笑着回答记者："有追求我的男士，但我实在觉得不需要拍拖。"

同时，三毛对自己的事业也很投入。三毛过去一直以写散文闻名，然而这一两年三毛则开始投入一种新的尝试——编剧，《滚滚红尘》就是她第一个剧本，她曾高兴地对人说："写剧本是件颇为辛苦的工作，但挑战性大，我已爱上这工作了。"

三毛确实是在"硬撑"，直到生命的最后时期，仍然要做一个强者，一个笑傲江湖的女人；她不愿意把自己一丝一毫的软弱、空虚和孤独流露出来。

无怪乎有人说，三毛如此活法实在是太辛苦了，太沉重了。

但是，三毛为什么要这样做呢？

也许三毛太珍爱自己，太好强了。她不愿暴露出自己的软弱和空虚，是因为她不愿接受别人的任何怜悯。她害怕别人来可怜她，进而把什么东西施舍于她，所以就愈需要一副强者的姿态，用自己的笑容和在各种场面上表现出来的充实自得，来掩饰内心的痛苦和虚弱。

也许三毛太害怕失去自己的迷恋者和崇拜者。她知道这个世界人人都崇拜强者，迷恋永远有力量的人，软弱和可怜巴巴的样子至多只能赢得一时的同情，人们转眼就会把你忘掉，所以人们只愿意崇拜那些歌星、影星，和各种传奇性的英雄，把他们的名字牢牢记住，把他们的照片挂在床头，而不会记住那些数不清的弱者——他们期待着怜悯、同情和施舍。三毛在撒哈拉沙漠上已经失去了自己心爱的荷西，而且也没找到像荷西那样的爱人，她不能再失去崇拜和迷恋她的读者了。

也许三毛想给人们留下一个最后的微笑。她早就打算死了，但是不愿在最后的日子再给生活添道阴影（生活中的丑恶已经够多了）。所以她用最后的精神"硬撑"下去——活到最后，也是一种美和快乐的化身。

但是，无论我们怎样猜测和解释，"硬撑"毕竟是一件辛苦而又残酷的事，一个人没有巨大的精神力量是很难撑得住的。这需要勇气、毅力和一种理想的信念，其境界并不亚于一个人在死亡面前谈笑风生，面不改色心不跳。

但是，三毛竟是这样"硬撑"下来了。据知情人透露，三毛的身体状态和情绪状态近年一直不好。1984年三毛就因患子宫癌在美国动手术，回到台湾后身体状况一直不太好，不久又有头晕的毛病，一天天旋地转数十次以上，有时会大吐特吐，有时连路都走不了，只得躺在床上。去年三毛又摔成重伤，肋骨折断刺伤肺部，动过肺部手术。之后三毛又独自回大陆走丝绸之路，到西藏不幸患上肺气肿，住进拉萨医院。回到台湾后，身体并不好。最近三毛到香港宣传《滚滚红尘》期间，曾一度昏倒在电视台。至于三毛由于早年丧夫，情绪一直焦虑，影响荷尔蒙分泌，月经多年未来，导致子宫壁肥厚，也一直折磨和困扰三毛的身心。

在其他方面，三毛实际上也并不走运。从文学事业方面来说，三毛尽管成名很早，红极一时，但也常被一些评论家所"小看"，不愿多言三毛的作品，有的甚至把她列为通俗作家之列。三毛如果是一个并不看重外界评价的人倒也罢了，如若看重，必然是一种沉重的心理压力。与此同时，三毛在文学创作和批评圈子里也常常不走运。就拿台湾最近举行的电影"金马奖"评选来说吧，由三毛编剧的《滚滚红尘》获得了十二项提名中八大奖项，但是唯独未能获得最佳编剧提名。据一些当事人说，三毛当众哭了，当晚举行的庆功宴，也没有出席。

就这件事来说，就很难想象三毛当时的心情。当然，问题并不在于这个奖项是否重要，而在于三毛非常看重自己的《滚滚红尘》。为了写好它，三毛花了半年时间，足不出户，抱着有病之躯，每天工作十多个小时，把自己全部心血都投入了进去。用三毛自己的话说，这是她最用心的作品，她费尽了心思，付出的太多。

然而，三毛没有得到应有的回报。我相信，这个回报并不在于是否真正得了奖，而重要的是人们对她的态度，对她的尊重和重视程度，在于弥漫于评奖过程中的那种人情和人际关系。我相信,这对三毛是一个极大的刺激。评奖是小事,但是在涉及功名利益之时,有谁真正出来为三毛说过话呢?尤其在那样的时刻,得奖者纷纷得意忘形,庆贺者纷纷拥向得奖者,举杯相庆,又有谁在这时想到我们这位付出了心血的三毛呢?没有人事后提出异议,在竞争中没有人愿意把奖杯让给这个精疲力尽的女人。一切都合乎自然。

然而,终于有一天,三毛硬撑不下去了。在人生的舞台上,三毛实在太累太累,太多的挫败和失落使她的精神实在太需要"休假"了。

死亡是一种永恒的休假。

之五

再一次凝望三毛的遗照

　　三毛自杀后，我看到很多三毛生前的照片。每次我都试图走进三毛的内心世界中去，去接触和理解一个真正的三毛。有时，我细细端详着她，细细看着她的笑容，她的眼睛，她时而飘散时而结辫的头发，我想从中间读出另外一种语言，从三毛心灵中流出来的语言。有时候，我甚至会生出一个荒唐的想法：据倪匡讲，三毛生前确实具有通灵能力，那么我如此凝视她的照片，或许有一天真能和三毛灵魂相遇，进行心灵上的谈话。

　　可惜，至今我还没能和三毛通灵。然而，我并非一无所获。好在我手边有一册《三毛纪念特刊》，印刷得很精美，上面刊登着许多三毛的照片，有小时候的三毛的小照，也有在撒哈拉沙漠的多幅留影，更有三毛最近在香港访问时的照片，还有许多三毛生前所珍爱的插图和一些小物件的照片。细细地翻阅这本画册，我感悟到了许多东西。

　　也许我们太不了解三毛了，因为看多了神采飞扬的三毛的照片，会认为三毛是一个永远快乐、无忧无虑的人；只有她的自杀才使我们开始注意她心灵的另一面。其实，三毛生前一个月前来港所拍的照片，已透露出了无奈于人生的死亡的信息。在这些照片中，难得的满面笑容的三毛并不多见，其中突出的一张是和严浩在机场拥抱的合影。但是，这张照片带有更多的广告性质，当时香港各大报刊都给予了刊登，我就是从这张照片上第一次看到三毛的。看来，这张照片欺骗了我，使我一直难以把自杀和三毛联结起来。如今，我把那笑颜常开的样子和那浴室里自杀的情形联结起来，就感到不寒而栗，这快乐的生和绝望的死竟然距离那么近，而且人们曾是那样地渲染前者而避开了后者。

三毛怎么笑得出来的呢？我再一次细细端详这张开心的照片时在不断问这个问题。在这张照片中，严浩双手箍着三毛的腰，面带微笑朝着摄影机，一副等待拍照的样子。而三毛则有所不同，她身着一件鲜艳的印花外衣，一条黑发红丝的小辫挂在胸前，两条胳膊向上扬起，一脸开心的笑容，向人们说："看呵，我是多么幸福，多么开心！"

这副开心的样子，或许只有在三毛的作品中才能感受到，三毛沉浸在一种梦境，一种向往之中。或许就在那热情的欢迎之中，在那镁光灯不断闪烁之中，三毛又一次全然忘却了人生的虚伪和苦痛，再次相信了其梦中的真实。如果是这样，三毛也将是一个"被骗者"。

不过，这种开心的笑容只是留在了照片上，并没有一直停留在三毛的面孔上。在很多场合中，三毛不再笑得那么开心，而是显得勉强。在有的照片中我们甚至可以感觉到，三毛很可能是为了不让摄影者失望而笑的，为别人能够高兴而笑的。她的面孔在笑，但是在她的眼神里，却深藏着不快活、忧郁和迷惘。我非常害怕凝视这种笑，因为我觉得它过于残酷。我想，当三毛做出这副笑容的时候，她的心可能在流血，在微微作痛。

三毛，你为什么不大声哭起来、骂出来呢？把身旁那些等待和欣赏你笑容的记者、摄影师、慕名者通通赶走，告诉他们，你需要大哭一场；告诉他们这个世界拍照的太多，让人摆姿势的太多，而真诚，给予人爱的人太少太少，什么幸福的三毛，快乐的三毛，豪侠的三毛，充实的三毛，永远的三毛，都通通见鬼去吧！我只是一个需要真实的爱、需要信任和鼓励、渴望真正的朋友而不得的女人！

三毛，你为什么不这样说呢？是不忍心还是不愿意呢？你太爱这个世界了，是吗？宁愿这个世界负你，你也决不愿负这个世界，直至死亡前也要硬撑出一个永远的微笑。这也许会使人们感到，你盛装来到香港，装扮得那么漂亮，是否就是向这个世界作一次最后的公开告别？

　　然而，盛装之下，人们还是能够感受到一种冰冷的气息。这表现在三毛和林青霞、秦汉的留影中。凡是看到过这幅相片的人可能都会注意到三毛那深深的忧郁，尤其是和林青霞、秦汉的神态相比，后二者流露出开心的微笑，而三毛则一副若有所失的样子。我凝视着这张照片中的三毛，仿佛感受到了她内心中的难以挽回的失落感和自卑感。这种感情在林青霞面前流露出来也许是合适的。因为林青霞是一位感情细致而又丰富的女子，她自己亦经历过很曲折的感情生活，对人的感情世界有深刻体验。就此来说，林青霞能了解三毛当时的心境，而三毛也最容易在林青霞面前吐露心声。不过，就心境来说，林青霞毕竟在感情方面有所寄托，而三毛则更会感到自己的失落。

　　这幅照片会给我们启示。同样是女性，三毛和林青霞形成了一种对比，即残缺的人生和完美的人生的对比。在这种对比中，林青霞健康、漂亮，拥有幸福的爱情，几乎是一种完美人生的象征；而三毛则是疾病缠身，孤独寂寞，徒有一种追求完美的生活理想。

　　三毛死后，香港一位文学评论家说得好，三毛是一个悲剧，与海明威、川端康成及三岛由纪夫等艺术家的自杀有相似之处；这是文化人觉得人生不完美，再"捱"下去已没有什么意思。这位善解人意的评论家还指出，三毛很热烈地追求完美，在爱情方面她要完美才觉得生命有意义。但现在三毛没有家庭，没有子女，没有爱情，她没有挂虑，没有那种关切他人比自己生命更重要的挂虑。她可能因此而选择自杀。

　　三毛没有挂虑，但是三毛仍有梦想，三毛是为完美的梦想而死。在临近死亡的时候，三毛看到了那种难以企及的美。据说，在拍摄电影《滚滚红尘》期间，三毛经常和林青霞在一起，谈了很多话。后来三毛又到香港宣传《滚滚红尘》，返回台湾后，三毛将自己珍藏了三十年的三只戒指，用一条红绳串起来，放在一个包包内，送给了林青霞。

　　这一举动包含着复杂的感情。一方面表现了三毛对于自己好友的感谢和祝福，另一方面也是对自己人生梦想的一种寄托和交代。对三毛来说，这些珍爱的物件也许正是自己梦想完美的象征，凝结着三毛对人生的期待和理想。当三毛临近死亡的时候，也许她感到，只有林青霞才配得上拥有这份梦想，这份完美，所以送给了青霞。

三毛至死也没有停止追求完美，因为在她看来，三毛是可以死的，但是美是不能死的，所以三毛死了，但她将美留在了人间。

林青霞深深领悟到了这一点，所以她一直为三毛担心，希望能和三毛好好谈一次。她知道三毛内心的孤独和痛苦，知道三毛是一个好认真的人，知道三毛在沉醉于戏剧活动中的同时已有死的意向。作为一个女人，林青霞认定三毛自杀与其情感状态有很大关系。她在三毛自杀后向人们说，三毛曾向她透露出自己内心的空虚，三毛渴望有个伴侣，她能为他化妆，为他煮饭，为他牺牲一切甚至自己的爱好亦无所谓。然而，三毛一直没能实现这一希望。三毛一直是个流浪者，自从荷西死后，她一直独自在这个世界上游荡。

三毛最后只能用死亡来完成自己对完美的追求。

之六

三毛的名与实

人是复杂的。知道一个人的名字，熟悉一个人的外表并不难，但是要深入理解一个人的内心，知道其复杂的心境，就十分困难了。

三毛的悲剧也包含着这种名与实的矛盾。

先说三毛。

如果单从三毛的作品中，三毛一般的言行中看三毛，三毛的名字永远是与浪漫、多情、美丽、潇洒、勇敢、永不疲倦等在一起，三毛是永远年轻，永远健康，永远充满好奇心和冒险精神的。三毛实际上已成为一种神话，一个传奇。

然而，这也许只是三毛的"名"，而不是真正的三毛。真正的三毛可能是另外一种样子。她多次失恋，心灵上受到过很大打击，情绪不稳定。她并不是很幸福、快乐，有那么多的浪漫经历，相反，她比一般的女人更为不幸，生活上缺乏依靠，感情上缺乏寄托。她没有家庭的温暖，长期没有心爱的人相伴，身体又长期受疾病的摧残……

在这名与实之间，我们能够发现两个处境完全不同的三毛：出现在镁光灯闪烁中的三毛，神采飞扬，拥有很多朋友和崇拜者，是人生舞台上的成功者；而在另一个不知名的角落里，则隐藏着另一个三毛，她忍受着生活的磨难，忍受着空虚和孤独，在人生的战场上，是一个失败者，落荒而逃者，被遗弃的孤独者。这实在是两个不同的三毛，在地平线上她们常常相距得很远很远。

这种名与实的差别，对三毛来说，表现在很多方面，比如外表与内心之间，理想与现实之间，创作中的我和生活中的我之间，追求完美的三毛和疾病缠身的三毛之间等，三毛经常把一部分的自我隐藏起来，忍受心灵被肢解的痛苦。有时候，她不得不为了成全"名"而牺牲"实"，或者逃避"实"去追求"名"。

不能责怪三毛去追求名。因为名代表着她的一种人生理想，一种对美与善的期待和向往。她试图去达到它，用身心去接触它，感受它，她要做一个浪漫、美丽、快乐、幸福的三毛！更不能责备三毛去掩盖和牺牲实。因为这确实不值一提，它太平凡，太一般甚至太痛苦了。三毛渴望忘掉它，永远不再接触它。三毛不愿意做一个孤独、痛苦、空虚的三毛，更不愿把它展示于人间。

三毛之所以感到痛苦，就因为这名与实之间相差太远。也许三毛一直是想把这种"名"变成实，或者宁肯把这种"名"当作"实"，才觉得人生有其意义，所以她硬撑着去写作，去旅游。三毛知道自己的处境，但是三毛不愿意做一个平平庸庸的人。

再来看这世界的名与实。实际上，三毛自己的名与实，正是这个世界赋予的。

对于大多数人来说，三毛更多的只是一类符号，一个名字，一个代号，很少有机会接触到真正的三毛。人们只是从书本上认识三毛，电视上看到三毛，报刊上读到三毛，沙龙里谈到三毛。三毛似乎无处不在，但是又无处不是三毛的幻影。

这些幻影实际上离真实的三毛越来越远，它们通过各种信息传播工具，中间经过很多人意图和感情上的加工和复制，逐渐失去了本来面目。

三毛实际上正处在这种复制的泥沼之中。起初，三毛在创作中只是为了表现自己心灵某一方面的追求，而这种情怀在千千万万追求浪漫，不甘于平庸的少男少女心中引起了共鸣，于是，这些少男少女就按照自己的心灵需求重新复制三毛，突出了三毛与自己心灵相通的那一方面，而忽略了三毛作为一个真实女人的其他方面。正是这样，一个传奇三毛的偶像，经过无数次心灵的复制建立起来了，但是，这个已不再是真正的三毛，而是无数想改变自己生活，渴望浪漫和远游的少男少女心目中的三毛。他们迷恋三毛，因为他们也渴望和三毛一样的生活；他们把三毛的书一读再读，实际上是在重温自己的希望和幻想。而更为可怕的是，这种情形经过各种信息媒介的传播，强化了三毛的传奇，久而久之，三毛已不再是原来的三毛，而成为一个传播中的三毛，她生活的某一方面被放大，被神话，成了整个真实的三毛的替身或影子。

所以，对于大多数人来说，三毛只有其名而无其实。人们所知道的只是无数心灵复制过的三毛，不是真实的三毛。真正的三毛隐藏在无数的三毛的复制品的后面，得花很大的气力才能找到。

然而，此时我们也许已经失去了真正的三毛，已经再也找不到真实的她了。

之七

永远的青春梦

能不能找到真正的三毛，也许首先得问三毛自己。

然而，三毛会不会也迷恋自己的影子或替身呢？会不会由此不愿再认同本来的自己呢？这是一个值得思考的问题。我们不妨设想这种情景：一个人在一个充满镜子的世界里走来走去，而这些镜子总是把他美好的一方面照射出来，久而久之，如果没有人提醒，他会不会忘记自己原来真实的形象呢？

我们不妨再设想某种情景：一个渴望自己外形美丽的人，他选择了某种形象装束，从此人们就把他看作是一种美的象征，久而久之，这个人会不会由此认为自己永远是这种美的化身呢？

对于三毛来说，也许当时很难做出这样或那样的判断。不过，当三毛面对众多的崇拜者，面对不断闪烁着的镁光灯，面对人们的赞叹的时候，心里一定有一种梦境般的感觉。这时候，她在人生中所忍受的痛苦，所遭受的挫折，所体验的寂寞，也许会一扫而光。

也许为了这个，失去原本的三毛也是值得的。人生宁愿是一场美好的梦境。

这场梦境是三毛自己造的，自己愿意沉入其中的。

这从三毛一开始创作就可以看出。三毛为自己感到自豪，并为人所乐道的是流浪的生活，这就是她早年浪迹撒哈拉大沙漠的经历，其中有段激情的异国姻缘，充满传奇色彩的异国情调，令无数渴望新奇生活的少男少女着迷。

在她类似自传的小说中，不仅表现了生活奇特的经历和感受，而且糅进了她的情爱，她的梦想。当作品赢得千万少男少女的迷恋时，三毛并没有把自己和自己的作品分开，并没有在人生中告一段落，而是从此把自己投入到了作品之中，持续着作品中的那种传奇人生。荷西在十一年前就死去了，而三毛一直自言与亡夫保持着电波联系；三毛早已回到台北定居，但一直保持着一个流浪者的形象，到处旅游闯荡；直到临近自杀前，三毛在公开场合还是一副早已为人们熟悉的装束，牛仔裤、红色的丝巾、发辫，保持着一种早年的青春气息。

由此人们也许会感觉到，三毛还没有从撒哈拉沙漠中真正走出来，三毛确实还继续和荷西在一起。

这在有关三毛的信息中能够找到许多印证。据说，三毛近年来笃信"通灵学"，她认定荷西虽然在现实世界已死，但在心灵上却一直没有死，她每天吃晚饭时必定放两只碗在桌上，和荷西共进晚餐。有空便玩玩"碟仙"，她认为"碟仙"会不时可怜他们夫妻阴阳相隔，从而安排她与荷西闲话家常和互诉心曲。

更为奇特的是，三毛经常强调她有心灵感应，绝对相信有通灵现象存在，而且深信自己拥有这样的能力，能够利用感应来知道过去和未来。她还认真地向人表示，这种特异功能并不是经常有的，但是她和荷西却经常保持着电波联系，由此知道荷西正在天堂里：天堂里没有男女性别之分，亦没有爱情，但却是一个美丽的地方。当记者问她是否觉得幸福时，三毛肯定地说："幸福！我是个幸福的女人！而且我不寂寞，因为荷西与我精神永在。直到现在，我们精神上仍然有沟通。"

其实，只要我们注意三毛近年来的创作和有关活动就会发现，三毛已经公众化了，已经不是现实中的"三毛"了。这里所说的"三毛"指的是千万少男少女心中期待的那个三毛，她应该是豪爽的，传奇的，富有冒险精神和经历的，永远面带笑容的。我们甚至会感觉三毛的自我再也不是三毛自己的了，也再也不能我行我素了，而是开始"我行他素"了，开始按照公众期待的形象来写作和做人了。

三毛确实想做一个永远的三毛。

这已成为一种梦幻，三毛在很多时候就为这种梦幻而活着，直到临死前，三毛还是撒哈拉沙漠中的三毛。时空改变了，但是三毛没有改变，她还穿着牛仔裤，肩披那件心爱的红纱巾，独自到西藏去远游，去探险。当时三毛已远没有二十多年前那么健康，那么年轻，但是她依然走进了那世界屋脊的神秘之地。不幸的是，三毛由于身体虚弱，在拉萨期间昏倒，住进了拉萨医院。尽管如此，这种冒险的远游依然给三毛带来了很多快乐。记得她从西藏回来经过香港时，表现得非常满足，她曾指着垂在肩上的辫子对别人说："瞧，当我忙碌的时候，就是这样的发型！"据说，当时三毛还谈论过死亡，她说："我并不害怕死亡。死亡是一个新阶段的开始，可能是很美丽的。"

西藏之游，可能是三毛生命中最后一次远游，距离她自杀只有一个多月。如果说三毛早有死意的话，这是否就是三毛向生活进行的一次告别呢？

显然，这种远游对三毛具有特殊意义。三毛进行这项活动已不同于一般人，因为在这项活动中有三毛早年的梦幻，有三毛的爱，是三毛的情趣与风采所在。对三毛来说，以这身装束去浪游，能够重新寻回已失落的梦境，重新体验那种青春浪漫的自我。所以，不论路途多么遥远，自己身体状态多么差，三毛还是要出发的，也许只有这样才能使三毛得到一种证明，三毛还在，三毛生命的意义还在。

没有任何力量能够把这种青春梦幻夺去，除了三毛自己。因为这种青春梦幻对三毛来说，是一种美，是她借以超越平庸痛苦人生的一种永恒的呼吸。三毛执着地持续它，追求它，把它看作是真实的存在，并不是为了欺骗自己，而是为了证明美的存在。

所以，三毛愿意扮演这个"角色"，并愿意在这个角色中死去。这样，三毛一生最深刻的欲望就达到了，因为那个青春、美丽、充满传奇性的三毛就会成为永远的偶像，而那个付出痛苦，忍受孤独，有缺陷的三毛也由此得到了永恒的报答。我相信，三毛在追寻她的永恒和美丽的过程中，在她一次又一次重新踏上浪游旅途的时候，也在追寻着死亡。因为唯有死亡才能把她心灵中的那一份青春梦幻永远地凝固下来，成为真实。

记得三毛生前曾经说过："世上没有永恒的爱情，除非是有一方死亡，而我已经拥有了荷西永恒的爱，因为他死了！"今天，当三毛自杀身亡之后，我们可以这样来理解三毛之死：世界上没有永恒的青春梦幻，除非是用生命来换取；三毛之所以拥有了这份永恒的梦幻，是因为三毛选择了死亡。

之八

从梦幻到死亡

按照某种流行的心理学观点，梦幻和死亡常常是非常靠近的，因为梦境是脱离了现实的一种状态，人不再受现实的束缚，就此说来，死亡只是一种永恒的梦境而已。

三毛一生追求永恒，所以她不愿放弃梦幻，也不回避死亡。从某种程度上可以说，三毛一生的意义就在于追逐和完成一个梦幻，其最终的结局只有死亡。

然而，死亡将会在什么情况下出现呢？

我想，两种情况是最容易出现的。

一种是在梦幻中死去。这也许是三毛梦寐以求的一种境界。

若干年前，三毛心爱的丈夫荷西死于意外，悲痛欲绝的三毛曾经说过："世上已再没有三毛！"然而三毛还在，因为三毛的记忆和梦幻还在。在记忆和梦幻中，三毛还可以和荷西在一起，还可以继续在这世界上进行激情漫游。在这种重温旧梦的激情漫游中，三毛在潜意识中期望找到一种永恒的归宿，使她的幻想变成现实，甚至，三毛也幻想过归宿，幻想过在这种梦境中死亡，不再重新回到现实中去。1981年，三毛在前往南美洲17国旅行途中写道："但愿永不回到世界上去，旅程便在银湖之滨做个了断，那个叫作三毛的人，从此消失吧！"

　　三毛并没有从此消失，这不是由于三毛怕死，而在于三毛并不是一直生活在梦幻中。她有时还得回到现实中来。尽管回到现实对三毛意味着一种痛苦，使她感到沮丧，但是毕竟能够使她暂时摆脱梦境的纠缠，重新意识到自己的现实状态。这也许说明，虽然荷西之死使三毛心灵上受到了很大打击，但是至少在一段很长的日子里，三毛仍非常坚强。她经常沉浸在一种梦幻般的记忆之中，仍然不愿放弃过去的向往，但同时能够清楚地把现实和梦幻分开，知道自己的情绪到了什么地步。这时候，三毛还是主动的，她会追求和创造心中的梦幻，同时尚能够控制自己的情绪和本能，不至于在梦幻之中迷失了自我。所以，三毛能够写下很多优美的故事，能够让荷西继续活在自己的作品中，能够让自己的感情飞扬在想象王国中，同时她也知道荷西不会再回来，和荷西在一起的那个三毛已经不存在了，生死有别，阴阳有隔，人不应老是活在怀念之中，而应该活在现实之中，为将来而努力。三毛不可能为梦幻而死、在梦幻中死去。

　　但是，后来三毛并没有离梦幻越来越远，而是越来越近了，并且一天天地沉了下去。也许因为厌世，现实实在太平庸、太无聊、太痛苦了；也许是因为她的状况太糟糕了，所受到的挫败太多了，三毛把生命的意义越来越多地寄托于一种想象的神秘世界，越来越深地沉入到了自我想象和梦境之中。比如，她迷醉于"碟仙"和所谓通灵能力，就是明显的例子。在某种情况下，三毛已不能把自己期待的梦幻和现实分开，整个神思已陷入恍恍然之中。这时候，梦幻型的三毛可能已混淆了生与死的界限，冥冥之中可能步上死亡之途。

　　如果如此去死，死亡对三毛来说确实不是一种痛苦的选择，因为在种种非真实的幻象中，三毛所看到也许就是自己朝思暮想的荷西，死亡只是作为她接触到永恒和美丽的一种方式。

　　但是，三毛不是在梦幻中自杀，而是在梦幻破碎后自杀的。对于一个一直追求青春梦幻，一直为这梦境的存在而活的人来说，梦幻破灭无疑意味着生命意义的失去。这对三毛来说，肯定是一种致命的打击。

　　也许悲剧正是这样。人需要梦幻，但是难得永远沉浸于梦幻中，人总是要从梦幻中醒来，而且总归会意识到梦幻毕竟是梦幻而已。三毛长期挣扎于梦幻与现实之间，心灵所面临的正是这种危机。应该说，在一种充分物化和商业化的社会中，人活得都很现实，即使有梦幻也极其容易破碎，极不容易坚持，所以执着于梦幻的人只有艺术家和精神病患者。

可惜，三毛就生活在一个梦幻崩溃的社会。在这个社会梦想和现实分道扬镳，不可兼得。人要保存梦幻，就要抗拒现实；实在抗拒不了，就得求助于死亡，用死亡来保全梦幻。因此，三毛能够长期执着于一种青春梦幻，并且执意于把它化为现实，实在是一种艺术奇迹。三毛已经把自己整个人生都艺术化了。

然而，梦幻终究有结束的那一天，否则三毛就会成为名副其实的精神病患者。而对三毛来说，梦幻的最后破灭很可能有两种情形。一种是在现实强烈冲击下，三毛醒悟到一切都是虚假的，她所想象的完美，所追逐的浪漫，所强调的奇迹，只是荒唐的梦幻，实在是不值得去迷恋。而相比之下，自己为此所付出的代价实在是太大了，以至于已经永远无法挽回。昏昏一生，大梦初醒，支撑整个生命大厦的支柱动摇了，唯有死，才能赋予这种梦幻以真实的内容。这时候，一个生命为梦幻而存在，为梦幻而死亡的奇迹，或许使梦幻本身拥有了生命。

正是在这种时刻，三毛自杀了。当她自己给自己的生命画上一个透明句号的时候，也许怀着一种与梦幻共存亡的英雄气概。尽管她已经意识到梦幻毕竟是梦幻，它本来就是一场空一种虚无，但是她仍然不能毫无梦幻地活下去。这时候，梦幻的破灭和生命的破灭实际上只是一步之隔。三毛不再相信梦幻，又怎么能够相信生命存在的意义呢？

不过，这种情形对三毛来说，很可能微乎其微。梦幻的破灭并不是由于对梦幻的怀疑，而是来自对自己的怀疑。也许，三毛始终对于那种青春梦幻深信不疑，而且始终认为自己确实在那种"角色"中生活，是可以做一个青春美丽浪漫的三毛的，是有信心找到和享受到优美的爱情的。也许正因为这样，三毛能够一直活着，工作着，浪游着。然而终于有一天，由于各种原因，三毛突然意识到一个残酷的事实：她所追求的人生是完美的，犹如梦幻，仍然在吸引着她；但是她自己再也追逐不到这一梦幻了，而且，自己再也没有信心扮演这个"角色"了，于是，不如选择死；当自己还没有完全破坏掉过去的"三毛"形象之前，三毛自己先走了。

三毛走了，但是她把梦幻的故事留在了人间，这对三毛来说，也许是一种最后的交代。记得很多年之前，三毛就想到过自己告别朋友告别人生的情景，她曾在《明日又天涯》一文中写道：

　　我的朋友，我想再问你一句已经问过的话。有谁，在这个世界上不是孤独地生，不是孤独地死？

　　青春结伴，我已有过，是感恩，是满足，没有遗憾。

　　再说，夜来了，我拉上窗帘，将自己锁在屋内，是安全的，不再出去看黑夜里满天的黎明星了，因为我知道，在任何一个星座上，都找不到我心里呼叫的名字。

　　我开了温暖的落地灯，坐在我的大摇椅里，靠在软软的红色垫子上，这儿是我的家，一向是我的家，我坐下，擦擦我的口琴，然后，试几个音，然后，在那一屋的寂静里，我依旧吹着那首最爱的歌曲——《甜蜜的家庭》。

三毛在自杀的时候，是否就像回到家里般平静而无憾呢？当然，三毛不再会回到这个拥有大摇椅、红色垫子、落地灯的家了，她回到了属于她的那个永远的家，在那儿，有海，有空茫茫的天，还有那永远吹拂着大风的哀愁海滩；不再有孤独的生，也没有孤独的死，只有永恒的美丽和青春。

三毛的朋友们呵，三毛并不责怪你们，她总是独自一人踏上旅途的，这一回也是。

之九

三毛的"病"

　　提起三毛之死，一个不可忽视的因素就是三毛的病。否则，一个好端端的人怎么能自己结束自己的生命呢；况且，三毛又是一个多么热爱生命，热爱生活的人啊。所以，当人们闻听三毛在医院病房自杀的消息后，自然和三毛自身的病况联系起来了，很多人认为三毛因误以为自己患上绝症而自杀。

　　应该说，这是一种合乎情理的猜测。

　　三毛确实疾病缠身，而且长期以来一直状态不好。据其家人说起，三毛自小身体状况就不太好，体弱多病，近几年，三毛的身体状态更加不佳，多次住院治疗。在来大陆旅行和在香港访问期间，都曾出现过昏迷情况。由于身体状况如此，三毛经常情绪不佳，并且流露出死的念头也很自然。

　　在这些病况中，尤其使三毛痛苦不堪的是妇科疾病。据说，早在1977年三毛就患因为子宫内膜异位所引起的卵巢瘤，由此一旦过于疲劳或运动就会导致下体流血。在治疗期间，曾有人建议三毛除掉子宫，三毛坚决不愿意。近些年来，这病症有所发展。据医生诊断，除了影响到荷尔蒙分泌，月经已多年未来之外，又发现了子宫内膜肥厚的问题。

　　三毛有理由怀疑自己得了绝症。一来她母亲六年前已发现患有子宫内膜癌。二来患病时间已长，久治不愈。至于还有没有其他原因，也许只有三毛自己知道。

然而，由于医院不肯透露三毛的全部病因，人们对于三毛的病有了更多猜测。

猜测毕竟是猜测，而且谁都有猜测的自由。而就三毛自杀的原因来说，不同心境，不同教养的人可能会从不同的方向进行猜测。但是，就单单从病理现象来解释这个问题，很可能获得不同的答案。实际上，我们很可能面临着两个不同的问题：三毛患什么病是一回事；患了病会不会自杀则是另一回事。轻易把它们混淆起来是很可怕的。

从另一个角度来说，即便患了绝症三毛是否一定要自杀呢？这是一个很难回答的问题。因为在这个世界上，患绝症的人很多，大多数都在顽强地活着，没有自杀也不想自杀，这对三毛来说，眼前就有一个活生生的例子：自己的母亲。她母亲若干年前已被确诊为子宫癌，经常需要治疗，而且身体状况并不比三毛好，但是她一直顽强地活着，并且细心照料着自己这个女儿。再说，如果因怀疑自己身患绝症而自杀，那么三毛早就了解自己了，因为她并非对自己的病情一无所知，对自己可能身患绝症的可能性早有估计，否则就不会事先向很多朋友透露自己可能患了绝症。

显然，患病是三毛自杀的重要因素之一，但是不一定是关键原因。关键是看三毛对疾病的态度，三毛对于生命的看法，三毛自身的心理状态。因为归根结底，自杀首先是一种心理行为，本人的意愿和想法才是最根本的决定因素。各种各样外在的条件以及自我所面对的困境，最终都将取决于人的主观状态。

由此来说，当考察三毛自杀时，不仅要注意到三毛生理上的病况，更重要的是要分析三毛心理上的"病"。

实际上，很多迹象都表明，就三毛的身体状况来讲，生理上的病和心理上的"病"长期以来是纠缠在一起的，常常表现为一种互为因果的关系。对三毛来说，生理上的病症缘起于心理和精神状态的不平衡，甚至与某种特殊的情感上的痛苦事件有关；而这些生理上的病的出现，无疑加重了三毛的心理危机，使她的精神状态更加恶化，这种恶性循环一直在不断加剧，以至于最后使她的生理和心理状态陷入紊乱状态，自我失去了对生命的控制。

根据医生诊断，三毛的妇科疾病是由于三毛自己长期心情焦虑造成的。这种焦虑无疑与三毛早年丧夫，感情一直处于不平衡状态有关。这种情形在三毛最后一次入院时表现得非常明显，所以医生曾建议把三毛转入神经科治疗。据三毛家人和一些知情人讲，三毛在自杀前确实一直心情不好，在家经常表现出烦躁、不安和厌世的情绪。这种情绪一直损害着三毛的身体。

由于情绪原因而导致某种病理现象出现，从医学上讲很常见。而对于三毛来说，也许要追溯到很久以前。在撒哈拉沙漠生活期间，三毛就出现过突然发病的情况。三毛曾在《死果》中记录过一次神秘的发病过程，讲的是一天偶然拾到一个本地项链，结果当天就突然发病，几乎死去。据当地人说，这个小铜片原来是当地一种最毒最厉的符咒，谁拾到了它谁就会倒霉，它可以使人身上的一些小毛病发作并导致其丧命。

当然，这是一种带有迷信色彩的解释，但是也很难反驳。不过，如果我们从心理角度来分析这种发病过程的话，也许能够发现另外的线索。对三毛来说，那个神秘的符咒也许只是一种心理诱因，其真正的病因极可能与三毛某种不愉快的心理状态有关。这种生理上突如其来的发病，很可能是一种长期积成的神经性的病变。对于这一点，三毛自己当时恐怕也有所知觉。三毛在作品的结尾处写了这样一段：

> 这两天来，在我脑海里思想，再思想，一个问题却驱之不去。
>
> "我在想，也许……也许是我潜识里总有想结束自己生命的欲望。所以……病就来了。"我轻轻地说。
>
> 听见我说出这样的话来，荷西大吃一惊。
>
> "我是说……是……无论我怎么努力在适应沙漠的日子，这

种生活方式和环境我已经忍受到了极限。"

"三毛，你……"

"我并不否认我对沙漠的热爱，但是我毕竟是人，我也有较弱的时候……"

"你做咖啡我不知道，后来我去煮水，也没有看见咖啡弄熄了火，难道你也要解释成我潜意识里要杀死我们自己？"

"这件事要跟学心理的朋友去谈，我们对自己心灵的世界知道得太少。"

即使不是心理学家，在这里我们也能发现很多问题。三毛在这里已说到了自己发病的真正原因，这是一种心理上的病因，根源于自己某种长期感到困苦难熬但又无法表达出来的压抑感。这实际上是三毛心灵中的另一面。人们都知道，三毛非常留恋和热爱沙漠生活，至少在她的作品中，这种感情是很外露的，但是这段话却会给我们另外一种启示。这次发病后，三毛之所以没有去医院进行全身检查，是由于对自己的病源有所认识。由此可见，三毛的病应该从生理和心理两方面来看，而更重要的是心理上的"病"。

这种情形在荷西死后就显得更严重了。三毛是一个重爱情的人，而且非常注重感性生活，追求生活本原的、贴近人感官的快乐，她爱画面，爱线条，爱声色，爱人间感性色彩，常常不顾一切地投入其中，不计较成本高低。也许正因为如此，三毛才说自己喜欢"简单"而不喜欢所谓"深刻"。但是，从三毛一生经历来看，真正翻开自己生命中彩色画面的是在撒哈拉沙漠的姻缘，而帮她把生命中那份热望和潜能释放出来的就是那位大胡子的丈夫——荷西。

之十

三毛的梦里梦外

谈到爱情，很多人都会对三毛对荷西的那份铭心刻骨的眷恋之情留下深刻的印象。

但是人们由此也往往不经意将这种情绪产生的缘由与它在三毛心理中的特殊意义联系在一起。事实上，连三毛自己都承认，起初和荷西结婚时，并不觉得自己和荷西有多深的感情，只是在心情不佳情况下一个比较仓促的决定，但日后的感情却日益增厚，从某种程度上来讲，颇有点"先结婚后恋爱"的味道。

然而，与荷西的结合，确实使三毛享受到了爱情如醉如痴的味道。这一点从三毛日后的作品中就会看到。在荒凉的大沙漠中，荷西是三毛相濡以沫的好伴侣，他不仅和三毛性情投合，而且非常感性。三毛一次又一次地感受到荷西那种炽热的感情和热力。荷西工作回来，常就会奔到三毛跟前，跪在床前，有时三毛在做什么事，荷西就会从背后拥抱三毛。还有一件事也非常感人。据三毛回忆，荷西很支持三毛写作，从来不干涉三毛的自由，但是每当三毛晚上写稿时荷西就一直等着她写完。为此，三毛曾经一度中断了写稿。对于这件事，三毛有如此的回忆：

  ……写到早上六点钟的时候，偷偷溜进卧室睡觉，我小心走进去，怕吵醒荷西，结果发现他拿被单蒙在头上，我一进去，他就"哇！"的一声跳起来了，大叫一声："你终于写完了。"我就问他："你没有睡？"他说："我不敢讲，因为房子太小了，我也不敢动，我就把被单蒙着头，看你几点钟会进来嘛！结果你终于写完了。"我问他这种情形有多久，他说："不是继续了多久，从你跟我结婚以后开始写文章，我就不能睡觉。"我说："你知道我在外面，为什么不能睡？"我骂他，因为我心疼。我说："你为什么不睡觉？"他说："我不晓得，我不能睡。"我说："那我就不能写文章了啊！"他说："你可以写。"于是我说我下午写，他说好，陪我写，我说可是晚上还要写，他说好。于是我每写一个钟头就回头看他，他翻来覆去地不能睡，后来我问他为什么，他说："你忘了吗？因为这么多年来我睡觉的时候一定要拉着你的手。"我听了之后一阵黯然，简单地说："荷西，那么我从今以后停笔了。"从那时候开始有十个月，我真的没写，别人问我，我说先生不能睡觉，他们觉得好笑说："他不能睡别理他好了！"我说："他的工作有危险性的，我希望他睡得好。"后来我的父母来问为什么十个月，我说："我不能告诉你，反正他不能睡觉。"他们又追问，后来我说了，因为我们是很开明的家庭，我说："六年来，他无论如何睡，一翻身第一件事一定找我的手，然后再呼呼大睡。"

——《我的写作生活》

　　这里，我们至少能够感受到一种如胶似漆的恋情，它把两个拥有不同文化传统的人连在一起。在同荷西的婚姻生活中，三毛真正体会了生命的大欢喜。

　　这种大欢喜不仅来自两人的恋情，同时也来自三毛当时特殊的心境。三毛是在感情再度受挫时和荷西结合的。所以，对三毛来说，与荷西的婚姻有恍如梦境之感。所谓梦境，就是有一种非真实的感觉，其来之异然，去之突然，使三毛感到不可思议。只有当她重新回到现实之中的时候，才意识到过去的一切是多么珍贵。

这是因为荷西死了，但是三毛的感情还活着，三毛的欲望还在，三毛还具有旺盛的生命活力，而且它们已经被点燃，这种自我燃烧的痛苦和对荷西的相思融为一体，就构成三毛永远追求的梦境，一种非现实的境界。三毛不止一次地在作品中表现自己这种痛失荷西的心情，而且不止一次地在黑夜里呼唤着荷西。如果说结婚后的三毛比结婚前更爱荷西的话，那么三毛对于荷西感情的最高峰或许是在荷西死后才真正到来，拿三毛的话来说，这就是永恒；她已经获得了荷西永恒的爱情，因为荷西已经死了。

所以，对三毛来说，荷西在现实中死去了，但是在梦中还活着，因为荷西在梦中还活着，三毛才在黑夜中继续着这种自我燃烧。这对三毛来说，很难说是幸运还是不幸运。就幸运一方面来说，三毛毕竟获得了一个寄托和表达自己情感的对象，毕竟持续了自己心灵的追寻，毕竟没有轻易被世俗生活所吞没。然而就不幸的一方面来说，梦境中的荷西毕竟不是现实中的荷西，这只是一个主观幻化的幽灵，他只能消耗三毛，却不可能给予三毛任何现实东西。三毛如果不能从这过去的"他"中走出来，就只能越陷越深，越走越玄乎，最后难以分辨什么是梦里，什么是梦外。

不过，对三毛来说，完全走出梦境是很难的。并不是三毛没有尝试过这样做。荷西死后，三毛曾下决心开始一种新的生活，记得她曾给人说过，荷西活着的时候是一种生活，荷西死后将是另一种生活。三毛没有放弃自己的追求，她写作，交友，旅行，讲演，不断创造着新的生活，做出了令人惊叹的成绩。而且三毛还一直渴望新的爱情，希望自己能拥有几个活泼可爱的孩子。

然而，这一切对于三毛来说一直如同梦境一般，并没有留下什么真实的内容。无论是友人的安慰，读者的热爱，还是热热闹闹的聚会，五光十色的采访，都如同过眼烟云，徒有其表，最终当宴席散了，乐曲停了，伴随三毛的仍然是孤独和寂寞，是焦虑和难耐的空洞。

这时候，三毛只能再次回到梦境，继续呼唤荷西，和自己一起度过漫漫的长夜。三毛真正所拥有的只有梦境，所以她不能完全走出来；相反，她只要继续活着，就得牢牢抓住它，拥有它。

于是，荷西逝世之后，三毛实际上一直挣扎在现实和梦幻之间。三毛想把这二者重新统一起来，但是不能够；她只是不得不进行两方面的搏斗，一方面拼命在现实中寻找梦境，她要挣脱过去的梦境，从荷西那里逃出来，而另一方面又努力用梦境抗拒现实，她需要维持一种梦幻的真实，当心灵遭受现实打击时重温与荷西生活的旧梦。

尽管三毛尽量使自己面对现实，但是完全接受荷西之死异常困难，她时常在夜里惊醒，并且不断提醒自己荷西已经死去。即便如此，三毛仍然常常光顾梦幻之乡，寻求与荷西沟通。下面一段就是：

> 我闭着眼睛，好似又听见有人在轻唤我，在全世界都已酣睡的夜里，有人温柔地对我低语："不要哭，我的，我的——撒哈拉之心。"
>
> 世上只有过这么一个亲人，曾经这样捧住我的脸，看进我的眼睛，叹息似的一遍又一遍这样轻唤过我，那是我们的秘密，我们的私语，那是我在世上唯一的名字——撒哈拉之心。
>
> 那么是他来过了？是他来了？夜半无人的时候，他来看我？在梦与梦的夹缝里，我们仍然相依为命，我们依旧互通信息。
>
> ——《不飞的天使》

在谈到创作的时候，三毛说过她相信"境由心造"，而就三毛的心理状态来说，则深一步发展到了久梦成真，把梦幻当作真实来对待。

我以为，近年来三毛一直声言自己和荷西保持心灵联络，也许就是这种久梦成真的结果。显然，对于三毛来说，这一切不是虚假，而是真实的，因为她在某种情况下确实看到了，听到了，并且感到荷西确实和她在一起。

三毛的这种心理状态也许应验了中国明代戏剧家汤显祖所说的话：因

情成梦，因梦成戏。而我们再加一句就是，因戏成真。在三毛的一生中，情、戏、梦是连在一起的，它们共同构成了有声有色的三毛传奇。

因情成梦，这无疑在三毛的作品中处处可见。寂寞之中，夜阑之时，感慨之余，触景伤情，三毛常常进入梦境之乡，与自己心爱的人相沟通。在这一点上，三毛和汤显祖笔下的杜丽娘颇有相通之处，如汤显祖所言："死三年矣，复能溟莫中求得其所梦者而生。……一往而深，生者可以死，死可以生。"

因梦成戏。这里的戏，可以理解为游戏的戏，三毛在其中担任主角。其实，三毛的人生观就带游戏的性质，她曾在一次讲演中说："我是游戏人生。……我说这话是非常紧张的，这句话说出来很不好，但这只是对我自己，不是对别人，而且我的人生观是任何事情都是玩，不过要玩得高明，譬如说，画画是一种，种菜是一种，种花是一种，做丈夫是一种，做妻子也是一种，做父母的更是一种，人生就是一个游戏，但要把它当作真的来玩，是很有趣的。"（《我的写作生活》）然而，把人生当作演戏一般，有时也并不一定"好玩"，而其中担任一个纯情浪漫的角色，也未必那么轻松。

因戏成真。这和久梦当真是同一个意思。演戏演得久了，人进入情节了，就很难再回到现实中来。况且汤显祖早就说过："梦中之情，何必非真，天下岂少梦中之人耶？"从这种观点来看，三毛不过是千万生活在梦境中的有情人之一而已。所不同的是，也许三毛演戏演得太认真了，而且一直在一个悲剧中跳不出来，最后必然走向死亡的结局。

由此，三毛最后走向自杀，从心理发展来看，有一个内在的发展过程，使她一步步走上自杀的道路。当然，三毛并不是一开始就甘心情愿地接受这种结局的，她曾一次又一次地反抗过，试图重新开始一种新的生活，然而最后终究未能挣脱心的枷锁。三毛生前，有人就曾说三毛是"苦中作乐"，当时三毛并没有反驳，反而颇有一种认同感，她说："每个人都有自己的苦难，我的大环境来说，从我结婚到现在，不论以算命或是与一般人相比吧，都是个苦命的人。至于是不是苦中作乐呢？我倒没有这样看法，不如说，是一种悲欢岁月吧！有时快乐，有时悲伤，这是人生必须付出的代价。"

　　对三毛来说，也许悲剧的萌芽就在于此，明明认定自己是一个苦命人，明明觉得人生是苦难的，但是偏偏要追寻和设想一种美好，把优美、永恒、爱、青春都包括在里面；明明是场悲剧，但是非得要把它当作一个喜剧来演，自己去充当一名难以企及的喜剧角色。这也许正如同徐志摩当年所说的"沙漠上种花"一样，基础不牢就很难持久。不过，三毛毕竟在沙漠上种出了花，而且开得那么灿烂叫世人入迷。在这里，问题并不在于三毛所追求的梦幻是否真实，是否应该去追求美妙的梦境，而是在于三毛内心深处的一种沉淀。这种沉淀就是我们所说的心理基础，它在三毛身心发育和发展阶段就已形成。

　　悲剧的种子往往是在人的早期心理经历中就种下了，只不过是人们常常并不经意去挖掘和发现它而已。当人的理性还有足够的力量抑制它时，它可能只是在潜伏着，一旦人的精神难以自控，它就会迅速蔓延开来。

之十一

从小时候的忧郁谈起

如果把自杀看作一个漫长的心理过程，那么三毛之死的原因可以追溯到很早很早。

据三毛家人回忆，三毛小时候就性格很独立，很忧郁，十三岁就曾想去自杀，以后又得了严重的自闭症，经常把自己关在房间里。这种情况经过很长时间的调养才有所好转。

按照心理学观念来说，自闭症表现为一种由于心理受到伤害而形成的对外界事物的惧怕和厌倦，是用一种自我封闭的方式来进行自我保护的精神病现象。显然，三毛在少女时期就患上了这种自闭症，这与她的精神遭遇和心理受到的伤害有关。

其实，三毛并不是一生下来就性格忧郁的。从三毛自己作品中的回忆看，她只是相当早熟，意识觉醒得很早，特别在情感方面，很小就拥有了自己的需要和感受。不过，这种情感上的早熟在当时并没有得到他人的重视和回应，以至于使小小的三毛就感受到了自己与这个世界的隔膜。三毛的父亲曾经回忆，三毛两岁的时候就很独立，她常常一个人到住家附近的一座荒坟边去玩泥巴，或者一动不动地坐在一个地方看别人做事。从外表上看，这可以说三毛性情很冷淡，然而如果从另一个角度来说，这也许正好体现了三毛小时候的寂寞。

据其父亲在《我家老二——三小姐》一文中说，三毛一生都在向父母抱怨，说她备受家庭冷落，是挣扎成长的。从这种抱怨中我们就能感受到三毛从小在内心深处的那种孤独感。

实际上，对于早熟的三毛来说，这只是心理上遭受挫折和伤害的开始。在现实生活中，她注定在心理上要继续遭受一系列挫折和伤害，使她那颗渴望外界的爱的心反归到自我，带着伤痕畏缩起来。

在三毛早年一系列心理事件之中，也许最重要的就是她的早恋以及由此所受到的心灵打击。据三毛父亲说，三毛 13 岁就和一个军校学生恋爱，交了第一个男朋友，而且居然还骗人家自己是 16 岁。这次恋爱很显然，并不仅仅是一种意识。如果从心理意识这一角度来分析，三毛的早恋或许来得更早。非常值得认真分析的一件事，可能是三毛很小时候和一位哑巴大兵的交往。这件事后来被记叙在了《炊兵》一文中。当时三毛不满 10 岁，和驻军的一位哑巴炊事兵认识了，二人成了朋友，经常一起玩，互相赠送些小礼物。哑巴每天早上都在校门呆呆地等着，见到三毛就不知道怎么疼爱才好。而当哑巴要随驻军一起离开的前夕，哑巴竟要送给小三毛一只金戒指。

按照三毛作品中的记叙，这是一次毫无任何性爱色彩的交往，只是一种纯洁的友谊。然而，这件事却引起了学校的注意。先是家访，然后就是把三毛叫到办公室询问，并且明令三毛再也不能和哑巴交往。显然，这件事严重伤害了三毛的情感，在她幼小心灵上刻下了很深的印记。作品中曾有这样的描叙：

> 在这种情感之下，老师突然说哑巴对我"不轨"，我的心里痛也痛死了。是命令，不可以再跟哑巴来往，不许打招呼，不可以再做小老师，不能跷跷板，连美劳课做好的一个泥巴砚台也不能送给我的大朋友——
>
> 而他，那个身影，总是在墙角哀哀地张望。

当然，如今我们只能从作品中得知这件事，至于三毛和这位大兵的交往到底是怎么一回事很难猜测。也许，就是连三毛也未必真正了解这位大兵当时的心态；再进一步说，当时老师出面干涉这件事也完全出于一片好意——但是，这一切已不十分重要，重要的倒是当时的氛围。几十年后，当我们以一种熟视中国社会状况的眼光，再来看这件事时，就不难设想到当时这件事可能引起的效果。既然已经到了老师出面调查并禁止交往的地步，对于三毛的传言肯定已经沸沸扬扬了，况且中国早就有"一失足成千古恨"的训诫，小小的三毛可能遭受的非议是很难想象的。

很难设想三毛当时心灵上受到的创伤，但产生很坏的印象是肯定的。由于一种说不清楚的原因，社会和周围的人会把你当作一个"异物"，当众伤害你，这在中国社会中是很常见的。不幸的是，小小的三毛就领受了这一点，老师教训她，把大兵送给她的礼物——牛肉干——没收，并且吊在空中让狗吃；周围是一大群围观的学生。这情景似乎在说：瞧，这就是和三毛有"不轨"行为的哑巴送的！

多么可怕的情景！很可能从这时候起，三毛在一些人心目中已经成了"坏女人"。

这时候的三毛还根本不懂得什么叫"不轨"，甚至还没有两性之间的性爱意识。

我之所以分析这个例子，只是为了使人们摆脱一些对三毛身世的看法。长期以来，由于各种原因，人们似乎过多强调了三毛的传奇性，把三毛看成是一个具有浪漫情怀的女子，而着实忘记了三毛是一个在中国社会环境中成长起来的女子，她并非在一种完全自由发展环境中成长的，多少隐含着一种对社会环境压抑的反抗。

三毛小时候的自闭症显然就与这种压抑有关。这最突出的还表现在三毛的一系列早恋事件上。当我们初步分析一下现有资料就会发现，早恋对于三毛来说，也是一个相当模糊的概念。因为这里有一个主动和被动问题。所谓主动，就是由于不断长大自然萌发的一种性爱意识并由此产生的行为。所谓被动，就是在自己还没有这种自觉的时候，别人就强加于你，迫使你有所醒悟的事件。再分析下去，社会对于男女之间交往的过度敏感，是为了防范少男少女，而在另一方面则对少男少女的性爱意识起到了唤醒作用。而这种唤醒又是十分可悲的一种唤醒，既使他们意识到了人生拥有性爱这一事实，同时又让他们把它想象为一种罪恶鬼，在心灵上播下一种对性爱的厌恶的种子。

由此在少男少女中很可能产生两种类型的人，一类是难以控制自己的好奇心，迷恋上了这位恶魔，很小就进入早恋旋涡；另一类型则是由于拼命抗拒，长期积累的压抑感，造成后来对性爱的冷漠和抗拒，有的甚至成年之后都难以接受性爱这一事实。

这两种类型无论哪一种都不可能获得一种真正心理上的愉快。前者多半要带着一种冒险性，偷偷摸摸，战战兢兢，而且注定要受到人们的谴责。至于后者，长期自我压抑形成性格上的怪癖，或者造成用虐待他人的方式来补偿自己的心理变态，这在日常生活中屡见不鲜。

三毛的情形当然不能用某一种类型来套，她有自己独特的心理形成过程。三毛在自己意识还没有完全形成的时候，在感情上对这个世界已经有了很深的悲剧性体验。这种体验虽然并没有完全摧毁她的信念，但是使她从某种偏执方面来认识自我和生活。

之十二

三毛的自卑和自恋

我们还是再从三毛的早恋谈起。三毛在很多作品中都写过自己的早恋，而且十分珍惜这种体验。

《匪兵甲和匪兵乙》写的是三毛在十岁或十一岁的一次感情经历，虽然感情还有点朦胧，但印象很深。三毛曾在一个场合说过："……谈到小学六年级时，我爱上一个男孩子。我怎么会爱上他？因为那时候的男生、女生不可以讲话，也不可以同座的，这种情形之下呢，一触即发。那时我们演话剧，却一直没有讲话的机会。我是在一个基督教家庭中长大的，所以那时候每天晚上祷告时，我就说：'神啊，我现在跟你求一件事，我知道我现在才小学六年级，但是等我长大请一定安排我嫁给王振！我这个决心是不后悔的，绝对不后悔的！'"

作品写的大概就是这件事。那个匪兵甲大概就是当三毛性爱意识萌动时闯进心田的。至于那个匪兵甲的态度，就只能靠三毛来猜测了。对三毛来说，这次经历使她感受到了一种突破禁忌的喜悦。因为当时男女同学是禁止说话的，而这种禁止并非只是一种命令，也并非每个人都对此一无所知，而是一种氛围，正如作品中说的："……如果男生对女生友爱一些，或者笑一笑，第二天沿途上学去的路上，准定会被人在墙上涂着'某年某班某某人爱女人'之类的鬼话。"

在这种氛围中"一触即发"地去爱一个男孩子自然没有什么好结果。小三毛一方面得把它深藏在心里，另一方面又不得不忍受别人的误解和损害。别人还以为三毛爱上了另外一个男生，这就给三毛带来了更大的痛苦。在作品中我们可以读到下面一段：

> 被误解是很难过的，更令人难以自处的是上学经过的墙上被人涂上了鬼话，说牛伯伯（另一位男生在戏剧中所扮角色——本文作者注）和匪兵乙（三毛所扮演——同上）正在恋爱。
>
> 有一天，下课后走田埂小路回去，迎面来了一大群男生死敌，双方在狭狭的泥巴道上对住了，那边有人开始嬉皮笑脸地喊，慢吞吞地："不要脸，女生——爱——男——生——"
>
> 在我冲上去要跟站第一个的男生相打，大堆的脸交错着扑上来，错乱中，一双几乎是在受着极大苦痛而又惊惶的眼神传递过来那么快速的一瞬，我的心，因而尖锐甜蜜地痛了起来。突然收住了步子，拾起掉到水田里的书包，低下头默默侧身而过，背着喊声开始小跑起来。

限于篇幅，我不想对这篇文章进行更细密的心理分析，只是想让人们能了解三毛小时候心灵上受到的伤害。那小时候就领受到的"不要脸不要脸"的喊声，几十年来一直回响在三毛的心头。

这是一种令人感到可悲的事实。而这种事实在今天仍然司空见惯。一种正常的情感的萌发，一种完全可以理解并且稍加引导就能度过的感情过程，一种并非见不得人的想法，却被渲染成一种罪恶，并由此被推入一种被损害被侮辱的境地。

在这种情况下，有多少人心灵上伤痕累累地告别了自己的青春期啊。

在这种氛围中所受到的伤害当然是不能反击的，只有埋在心里独自忍受。在这个过程中，更可怕的是产生一种自我的罪恶感，总觉得自己做错了什么事，同时为未来感到恐惧。这一点在三毛的《约会》中有所流露。

比如，本来给一位男生纪念册上留言是一件正常的事，但是在过度禁忌和压抑之中就会感到不得了，当父母问起时就拼命流泪。与此同时发生的却是另外一种令人感兴趣的情景：小小的年龄心灵就不再统一，比如讲起男生来当然是要骂的，但心里却在爱着一个男生。甚至男女生交往的方式也很特别，先是拼命骂架，然后约定时间地点见面。

由此可见，三毛在十三岁之前就深深感到了社会对自己的压抑，难以将自己解救出来。面对生活，三毛很小就已经体验到了一种无助感，只有把希望寄托在长大以后。也许正因为如此，三毛对于长大有一种特别的渴望。她在《蝴蝶的颜色》中曾这样描述自己当时的心情："每天面对着老师的口红和丝袜，总使我对于成长这件事情充满了巨大的渴望和悲伤，长大，在那种等于是囚禁苦役的童年里，代表了以后不必再受打而且永远告别书本和学校的一种安全，长大是自由的象征，长大是一种光芒，一种极大的幸福和解脱，长大是一切的答案，长大是所有的注释……我，才只有这么小，在那么童稚无力的年纪里，能够对于未来窥见一丝曙光的，就只有在那个使我们永远处于惊恐状态下女老师的装扮里。"

显然，这种渴望隐藏着一种自卑和自怜。这里面包含着对社会各种压抑无力反抗的无可奈何，包含着自己不能实现自己愿望，甚至没有权利去设计未来的那份惆怅和失落感。也许直到很多年过去之后，三毛才真正意识到这种渴望在她一生中的意义，快快长大的愿望虽然不能使身材丰满，但是却使她的心灵早熟，一直急着吸收一切能够使她更成熟的东西。同时，急着长大，使三毛多少失落了今生无法再拾回的少女时代。

这种失去，需要三毛日后付出更大的代价，构成三毛永远在补偿但又不能补偿的心理空白。三毛一生都在追逐着这种已失去的少女梦幻。

之十三

三毛的十三岁

十三，按照西洋人习俗，是个不吉利的数字，而在三毛的成长期中，十三岁是一个关键的年份。这年，是三毛少女时代的年份，也是失掉少女时代的年份，更是她心理上发生重大挫折和变化的年份。

十三岁，对三毛的一生影响重大。

三毛自己曾这样说过：

> 小学五年级，对人生的追求是做一个女人，六年级，要结婚，已经有一种爱情的梦想。这些都是童年的追求。
>
> 然而到了十三岁，离开学校，开始了人生的苦难。我把自己关在家里，一直到二十岁，可以说从没有离开过自己的房间（而不是我家的大门），吃饭都是母亲给端进来的。只因为我在学校受到些不公平的待遇（事实上没有什么了不起）。我的反抗心太重，或者说自卑感，也可以说自尊心太重，使得我走上休学之路。
>
> 十三岁那年，我停止了追求。
>
> 父亲问过我一句话："你这样子怎么办？不上学、不说话，也不出来交朋友，我要把你怎么办？"我坐在床沿，眼泪流下来，

还是不说话。

"你废了！"我仍旧不理会，完全自暴自弃。

三毛十三岁进入了完全的自闭时期，这是她心理压抑过度，想自觉逃避这种压抑的一种方式。

十三岁，三毛在心理上经历了很多事情。据其父亲说，这一年三毛曾瞒着自己年龄去和一个军校生谈恋爱。这件事肯定闹得比较大，可惜三毛自己一直没有详细提到这件事。不过，可以肯定的是，十三岁的三毛后来患上自闭症与当时情感上的波动有密切关系。对于这一点，三毛曾写过一篇题为《一生的爱》的作品，其中谈到了当时的心境：

> 我十三岁了，不知将来要做什么，心里忧闷而不能快乐。二哥说，他要成为一个作曲家——今天在维也纳的他，是一位作曲家。而我，也想有一个愿望，我对自己说，将来长大了，去做毕加索的另外一个女人。急着怕他不能等，急着怕自己长不快。他在法国的那幢古堡被我由图片中看也看烂了，却不知怎么写信去告诉，在遥远的地方，有一个女孩子急着要长到十八岁，请他留住，不要快死，直到我去献身给他。

当然，这是三毛在好多年以后的记叙，其中必然已经加入了一些"过来人"的思想。

即使如此，我们仍然可以看出三毛当时不一般的情感状态。也许正因为如此，《一生的爱》是一篇非常值得分析的作品，其中隐藏着许多三毛心理深处的"密码"，虽然意象扑朔迷离，但是仍能够破译出许多有意思的东西。

其实，就作品的题目来看，《一生的爱》包含着多重意义。从表面来看，是写三毛对于美术的爱好，这是第一层含义。不过，深读下去就会发现，这种对美术的爱是由于从画中看出了"一个又一个我心深处的生命之力和美",换句话说这一生的爱其实是一种自恋和自爱。这是第二层的意义。再往深一层来看,这一生的爱是爱一个男人,即实现嫁给一个艺术家的愿望,所以急着长大使得身材丰满。由此可见,这一生的爱拥有自恋、他恋和对艺术之恋的多种因素。

如果再进一步进行分析。这三个层次的爱对十二岁的三毛来说拥有不同的意义,其越是表面的内容实际上越是远离当时的三毛。我们由此有必要把这三个层次看成是一个时间流逝的过程,三毛从过去走到现在(当时写这篇作品之时)在精神上有一个升华的过程。在这个过程中,他恋对当时三毛来说是最原始、最基本的一种感情,尽管我们现在很难判定三毛当时恋爱对象是谁,在这篇作品中已有一个明确的"替代"——毕加索。而在这里之所以是一个"替代",原因在于这种感情对当时的三毛来说,一方面是最真实的,而另一方面又是不可能实现的,所以这个"谁"不可能以真实面目出现在作品中,他必然是在"遥远的地方"不可企及,也不可抛头露面。

这第二层次的爱——自恋,则是在他恋不可企及,情感受到阻挠无法实现时的一种回归。很可能是三毛在他恋过程受到挫折后的一种感情沉淀,其来源于一种爱情上的失落和受挫,即自己所期望的通过异性来实现的爱不能成为事实,使这种爱返于自我,形成了一种特殊的情感状态。用这种观点来看三毛对毕加索的爱,其实可以解释为一种通过幻想来进行感情自慰的方式。

由此来说,第三层次——对美术的爱,其实只是当时情感状态的一张"画皮",最远离于十三岁的三毛。当然,这并不是说这份爱是虚假的,恰恰相反,作为一种自觉的审美意识,在三毛当时写这作品时是最真实的、最基本的一种感受,但对于十三岁时的三毛来说,这只能是一种萌芽。在这里,我们完全可以把三毛的这种对艺术的爱看作是一种精神升华的结果。因为在三毛的一生中,艺术最终成了她生命的真正寄托。

值得提出的是,《一生的爱》之中很多意象值得心理学家分析。例如三毛在军营墙上看到那张小女孩的画像,顿时产生了一种深深的认同感,一刹那间，三毛透过它看见了美。接下来一段是：

> 完全忘记了在哪里，只是盯住那张画看，看了又看，看了又看，看到那张脸成了自己的脸。

这完全是一种自我的陶醉，而其中还有一层潜在的意思是，这是在一个男性的房间看到了"她"；这种自恋情绪在下面的文字中更表现得淋漓尽致：

> 自从那日之后，每堂上课都巴望着下课的摇铃声，铃声一响，我便快速地冲出教室往操场对面的礼堂奔跑，礼堂后面的小间自然不敢进去，可是窗口是开着的。隔着窗户，我痴望着那张画，望到心里生出了一种缠绵和情爱——对那张微微笑着的童颜。
> ……
> 也是一个下课的黄昏，又去了窗口。斜阳低低地照着已经幽暗的房间，光线蒙蒙地贴在那幅人脸上，孩子同样微笑着。光影不同，她的笑，和白天也不同。我恋着她，带着一种安静的心情，自自然然滴下了眼泪。

据说，那事发生的那年，三毛不是十三岁，而是十一岁半，不过这无关紧要，因为这肯定对三毛十三岁时的心理变化产生了深刻影响。

之十四

从自恋到自闭

谈到自恋，我们或许能够引起更多的话题。

在西方神话中，对于自恋，后人多有阐发，把它看作人类本原的情结之一。而对三毛来说，自恋一方面带着中国传统文化意味，另一方面则突出了一种现代女性的自尊自爱意识。就前者来说，自恋也许首先来自三毛的素养。作为一个中国女子，她从小就受到中国传统文化的熏陶，往往以一种悲悯的态度来看自己的人生命运。就这一点来说，三毛和《红楼梦》中的林黛玉在性情上有许多相通之处。实际上，三毛自己也经常以林黛玉自况，表示自己非常认同林黛玉，她曾说过："人都说黛玉命薄，我却不如此看法，起码对于爱情，她是不负的。"（《不负我心》）至于《红楼梦》更是三毛一生爱读的书，而且每次读都有"读自己般"的感受。她曾在《一定去海边》一文中谈到过："慢读《红楼梦》，当心地看，仍是日新又新，第三十年了，三十年的梦，怎么不能醒呢？也许，它是生活里唯一的惊喜和迷幻，这一点，又使人有些不安，那本书，拿在手中，是活的，灵魂附进去的话，老觉得它在手里动来动去，鬼魅一般美，刀片轻轻割肤的微痛，很轻。"

在这里，《红楼梦》犹如三毛小时候在那个军官房间看见的小女孩画像一样，充当了三毛"看到自己"的一面镜子。

　　就现代女性自尊心这一点来说，三毛的自恋无疑带着某种悲剧意味。这种悲剧意味和林黛玉有相同之处，又有不同之处。相同之处在于有爱不能实现，真情难以吐露；不同之处在于三毛不仅真爱敢爱，而且始终把爱自己放在第一位，她始终是一个自我欣赏，不负我心的女子。

　　从这点来讲，三毛从自恋走向自闭是咫尺之间。因为自恋往往来自对外在世界不欣赏、不信任的态度，而且自恋往往需要一种自我完满的梦境，自己可以欣赏自己。在这里，我们或许很自然会想起三毛在《一生的爱》中提到的一个意象——毕加索在法国的那幢古堡。三毛是在照片上看到的，而且看了又看，表现出了极度迷恋。这也许是很有意味的一种暗示，三毛之所以迷恋这个古堡，是因为那个古堡象征着一种与世隔绝、自我欣赏的状态。

　　实际上，我们可以把三毛的自闭也看成是一种城堡——不过，这是心理上建造的一种与世隔绝、自我保护和欣赏的"城堡"。三毛从十三岁那一年开始，就进入了这个"城堡"。在这自闭的城堡里，三毛不上学，不愿和人谈话，也不出来交朋友，但是她的心灵中并不是一无所有，她找到了一个最知心的朋友，创造了一个最满意的对话者——这就是三毛通过艺术，通过幻想意识到的一个自我。

　　三毛自闭的城堡里并不空洞，里面有一个美丽的白雪公主，有一个多情的林妹妹，有一个历经磨难但最终和情侣相会的奇女子，这就是三毛自己。

　　这个自己，也许过去曾一度挂在男性的房间里——比如那个年轻军官房间里所看到的小女物画像，但是现在三毛却把它拿回了自己房间，可以整日痴望着她，和她进行神秘的约会。

　　由此可见，自闭对三毛来说，不仅是逃避外界痛苦的一种方式，而且也是获得一种幻想的自我满足的途径。这种满足虽然伴随着一种轻微的痛感，但是毕竟是一种精神上的享受；而更重要的也许是，在这个过程中，三毛虽然失去了外在交往上的空间，但是却拓展了内在心理上的空间。而在这后一个空间里，三毛开始进入一个超越现实的艺术创造的天地。

　　所以，如果说自闭造就了一个艺术家的三毛有点过分，那么把自闭看作是三毛艺术修养构成的一个重要心理基础则是合情合理的。这一点，我们从三毛的那本《雨季不再来》作品集中就能看得出。这本书中收集了三毛13岁至20岁写的一些作品，这正是三毛自闭时期的创作。从中我们至少可以看到三毛最初是如何走入艺术王国的心理过程。这个过程是一种从自恋走向自闭，由自闭自然进入艺术天地的过程。它们之间的连带关系，我们可以从三毛下面的一段话中察觉到："《雨季不再来》中还是一个水仙自恋的我。我过去的东西都是自恋的。如果一个人永远自恋那就完了。我不能完全否认过去的作品，但我确知自己的改变。从这一本旧作的出版，很多人可以看到我过去是怎样的一个病态女孩。"（引自《访三毛，写三毛》，心岱著）

　　三毛并不是一个永远病态的三毛，但是三毛要彻底跳出那个自恋自闭的"城堡"却不是那么容易的。这不仅要看三毛自己的努力，自己生命的成长，而且还要看外面世界的条件。三毛是一个追求爱、追求美、追求真诚和信任的人，她之所以走进自闭的城堡，就是因为这种追求一开始就受到了挫折，就感到了外面世界的冷酷和无情；她之所以要投入创作，就是为了不负自己的心，自己珍惜自己那份追求。而经过一段时间的自我调整，自己的生命也更丰满更有所欲求，三毛从自闭的城堡中走了出来，而这又会遇到什么呢？

　　如果在这个世界，三毛找到了自己的爱，找到了自己的归宿，也许就永远不会再回到那个自闭的城堡中去。

　　但是，如果没有呢？

之十五

三毛的自杀意识

三毛早有死意。很多了解她的人都这么说。

很多人都知道，三毛至少已经自杀过两次，一次是 13 岁的时候，她心灵上受到打击和挫伤，因此想一下子脱离这个世界。第二次是 26 岁的时候，三毛因感情受挫而吞服安眠药。

其实，还有第三次，那时三毛 35 岁，荷西潜水身亡，她痛不欲生，多次乞死不成。

就上述情况看，自杀几乎构成了三毛生活中的周期性事件，13 岁，26 岁，35 岁，48 岁，差不多每过十二年发生一次（除了 26 岁至 35 岁稍短之外，我们可以把这看作是由于突发事件而提前发生）。十二年，按中国的说法是一轮，人生每逢十二年得过一个关口。三毛一次次在这关口濒于死亡的境地，而一次次地又神奇般地活了下来，而到最后，她仿佛注定跨不过 48 岁这一关。

这也许就叫命中注定。

然而，谁都清楚，对三毛的一生来说，这"命"首先就握在三毛自己手中。生，她不愿意交给别人来支配，死，也不愿由上帝或别人来安排。说生死不由人，在三毛这里是一句没出息的话、软弱的话。而是什么赐予三毛这份悲烈的勇气呢？

提起三毛，有人说，一个充满光和热的太阳，一出现就向人投来温暖和光明的光线；然而，当我们回望她这一次次的自杀的时候，就很容易发现另一个三毛，哈姆雷特一样纠缠在"活还是不活"之间的三毛，一个对死神一直抱着迷幻之情的三毛。死亡，对于三毛来说，已不是最后，而已经成为一种经验，她经常在日常生活中体验到它，和它打交道、周旋，一起漫游、谈心、做游戏。

三毛一点也不避讳谈到自杀，因为自杀已经成为她心灵中不可分离的部分——这就是自杀意识。也许正因为如此，她对于想自杀的人的心理特别有共鸣。她曾收到一名迷惘、苦闷也想自杀的少年的来信，读后非常感动，在回信中三毛写道："大约已是半年过去了，我仍然不能从你的来信中完全释放出来，这也是因此没敢立即提笔给你回信的原因，因为盼望自己的情绪不要因为这样一封长信而混乱，甚而与你同哭同笑，忘了在泪笑之外尚应当整理的一些观念。事实上，在这半年内，你内心强烈的哭声，令我失眠了一次又一次。"

显然，三毛之所以这样激动，不单单是为对方，而且也是为自己，因为在自己的内心也有这样"强烈的哭声"。其实就在这封回信里三毛谈到了自己的自杀：

跟你讲个故事，也曾经有过一个十三岁的少女，因为对人生找不到答案，在一个台风之夜割腕自杀。这些针痕，至今留在她的左手上，她的一生中试过三次，在二十六岁之前。留下的是两个疤痕和至今救不回来的胃病。现在，这个少女已经长大了，她也会思念那些过去的日子，她也不只在少年时受过挫折，可是，如今的她，一个仍然觉得年轻的女人，并没有属于自己的家庭，没有固定的居所，没有太多的朋友，没有什么人了解她，也没有足够一生吃用不愁的金钱，没有子女，没有时间，没有太完美的健康……可是，她是快乐的、安详的、明朗的，而且不找人去打架……

这是一封安慰人的信，可见三毛所说的这种"快乐安详""明朗"的自我是何等不易，如果我们和上面连续八个"没有"相比较，就会发现一种巨大的心理反差，深深感受到三毛内心不可解除的"想死"心结。想死不仅是 13 岁时候的事，而且也是她日后生活的一部分。所以，三毛在这封信的结尾处称这是一种在"内心深渊的对话"，是非常贴切的。

最早的一次自杀企图，显然对三毛一生都产生了巨大影响，在她身心上投下了一个巨大阴影。今天看来，三毛早年的自杀意识与她的"自闭症"有密切关系。很多年之后，三毛曾感触很深地谈到过这种心理病态："痛苦，是因为你将自己弄得走投无路，你的心魔在告诉你——不要去接触外面的世界，它们是可怕的；将自己关起来，便安全了。"

在这种情况下，自杀会经常纠缠在幻觉之中，形成扑朔迷离的画面和语言来表现被隔绝的生命。对于这一点，我们在三毛《雨季不再来》中能够深深感受到。

《惑》可以说是一篇沉迷于自杀意识之中的心理自白。

一个与外部世界自我隔绝的女孩，蜷缩在黑暗中，她不敢开灯，害怕看到这个世界、接触这个世界，她要躲到更深的地方去。但是就在这时候，一个东西从黑暗的深处来了，来了，它是另一个带着死亡声息的存在，吟唱着一首阴郁的歌："我从哪里来，没有人知道，我去的地方，人人都要去……"

这个死亡的阴影就是小三毛幻觉中的珍妮，她一直紧紧跟随着小三毛，使小三毛陷入极度的恐慌，小三毛想逃开她但是又情不自禁地向往她，由此三毛一次又一次跌落在自我那个黑暗、虚无的世界，在里面奔跑、喘息，在一种狂乱中和珍妮合为一体，歇斯底里而又快乐无比——这种情景，我们可以称为"着魔"或者"鬼魂附体"。作品中写道：

> 我感觉到珍妮不但占有我，并且在感觉上已快要取而代之了，总有一天，总有一天我会消失的、消失得无影无踪。活着的不再是我，我已不复存在了，我会消失……

　　联系三毛一生经历来看，这无疑是三毛的一种自杀预言，只不过三毛在 48 岁时才真正实施了它。

之十六

逃，逃离死亡！

三毛一直想要自杀，而且自杀过几次，但是三毛毕竟活下来了，坚持活到了 48 岁。这实在是一种生命奇迹，生命本身的胜利！这说明，一个人即使走在死亡的边缘，也仍然能够活下去，而且能够充满创造性地活下去。这种力量，拿三毛自己的话来说，不仅仅属于三毛，而是属于上天本原的能力，一种能够穿透死亡之境的强大而深奥的能力。

对于三毛来说，用生命战胜死亡的本领之一就是"逃"。

这个"逃"有三毛特定的含义。

这个"逃"是三毛那篇《逃学为读书》中的"逃"，也是三毛一生难以忘怀的一个小男孩逃学故事中的"逃"。关于前者，三毛谈到的是自己亲历的逃学经验。当时三毛念初二，在学校受到当众侮辱，就逃到一个地方去独自读书。这个"逃"连带着这样一种心理过程：

> 有一天，我站在总统府广场的对面，望着学校米黄色的平顶，想自己到底在干什么，我为什么没有勇气去追求自己喜爱的东西？我在这儿到底是在忍耐什么？这么想着想着，人已走到校门口，我看一下校门，心里叹道："这个地方，不是我的，走吧！"

　　显然，这个"逃"表现了一种个性的力量，它不是逃避人生，而是敢于摆脱现实的拘束，打破常规的限制，去追求自己所想要追求的东西，把自己的生命真正释放出来。

　　这也许正是三毛喜爱那个逃学的查理·布朗的心理原因之一。查理想要逃学一天，他知道这是不合常规的，但是逃学一天又会怎样呢？太阳同样升起，老师没有消失，课桌仍然在同样的地方，学校小朋友的姓名也没有改变，甚至没有人注意到查理逃了一天学。查理为此心中大乐。

　　这种逃，是逃出世俗，逃出僵化，逃出束缚的逃。而这世俗、僵化、束缚对于一个富有个性的人来说，也许就意味着一种死亡。从另一种意义上来说，这种逃也是生命本能的要求。生命要继续，要发展，就不能把自己关在与世隔绝的小圈子，不能受制于自己一时一地的环境和气氛，老是在原来的时空中、原来的思绪中转圈圈，要发展就得逃离过去的自我、过去的小圈子，换一种方式、换一种情景去生活。

　　所以，三毛一直在逃，逃离自我过去的处境，逃离死亡阴影的追随和笼罩。

　　三毛第一次最富有意义的逃离，就是离开家庭，到西班牙去读书。

　　很难想象当时三毛的心情，这无疑是三毛一生中具有决定意义的一个转折点，这正如三毛自己说的："去西班牙是我一生很大的转折点，但并不决定于地理因素，而是个人环境上一个很大的转变——离开了父母。"

　　实际上，这次去西班牙，所逃离的不是家庭，不是故土，而首先是一种人生困境，一种自我难以突破的情感状态。关于这一点，只要我们细细阅读一下《雨季不再来》就会发现：未离开台湾之前的三毛虽然逐渐从自闭症中走了出来，但是又深陷入了一种情感的涡流之中难以自拔。在这种状态中，三毛又一次次地陷到自杀意识之中，爱和死一直纠缠着她，使她一次次走向死亡的边缘。这种爱是一种没有希望的爱，也是一种被幻化的、不能解脱的爱，所以它又是最接近死亡的爱。在《极乐鸟》中，我们能一再读到这种爱与死紧紧结合的文字：

> S，你是我的泥沼，我早就陷进去了，无论我挣不挣扎我都得沉下去。
>
> ……
>
> 现在我似乎比较明白我的渴望了，我们不耐地期待再来一个春天，再来一个夏天，总以为盼望的幸运迟迟不至，其实我们不明白，我们渴求的只不过是回归到第一个存在去，只不过是渴望着自身的死亡和消融而已。
>
> ……我要把一件事在心里对付清楚——我要绞死自己，绞死爱情。

这种死亡的信息一直存在于三毛的生活中，深深影响了三毛整个的家庭生活，使得三毛与父母的关系也很紧张。三毛自己曾谈到自己当时的情况："在家也许是因为自卑太甚，行为反而成为暴戾乖张，对姐弟绝不友爱，别人一句话，可成战场，可离家出走，可拿刀片自割吓人。那几年，父母的心碎过几次，我没算过，他们大概也算不清了。"就是到了临走的时候，三毛仍然处在那种极坏的心境之中，三毛自己说：

> 这一番又一番风雨，摧得父母心力交瘁，我却干脆远走高飞，连头发也不让父母看见一根，临走之前，小事负气，竟还对母亲说过这样无情的话："走了一封信也不写回来，当我死了，你们好过几天太平日子。"母亲听了这刺心的话，默默无语，理行装的手可没停过。
>
> ——《尘缘》

对于这次离家的情景，三毛的父亲有以下的记叙：

> 我的二女儿，大学才念到三年级上学期，就要远走他乡。她

坚持远走，原因还是那位男朋友。三毛把人家死缠烂打苦爱；双方都很受折磨，她放弃的原因是：不能缠死对方，而如果再住台湾，情难自禁，还是走吧。

三毛离家那一天，口袋里放了五块钱美金现钞，一张七百美金汇票单。就算是多年前，这也实在不多。我做父亲的能力足够如此。她收下，向我和她母亲跪下来，磕了一个头，没有再说什么。上机时，她反而没有眼泪，笑笑的，深深看了全家人一眼，登机时我们挤在台上看她，她走得很慢很慢，可是她不肯回头。这时我强忍着泪水，心里一片茫然，三毛的母亲哭倒在栏杆上，她的女儿没有转过身来挥一挥手。

——《我家老二——三小姐》

通过这两段叙述的对比，我们就能看出三毛当时必须要走的真正意义。这时的三毛，已进入一种哭哭笑笑、神情恍惚的状态，她爱得死去活来，但是又得不到真正的回应；她感到自卑（由于得不到爱），甚至用自虐的方式残害自己，欲死不能。在这种情况下，三毛的自我已进入一种"死谷"之中，除非冲出这种情景，彻底改变一下自己的环境，才能得到新的生命。

正因为如此，三毛才头也不回地走了，逃离自己的父母，逃离了过去熟悉的、缠绕着她的一切东西，也逃离了"死谷"中不能自拔的自我。所以三毛跑到了马德里，后来又跑到了巴黎、慕尼黑、罗马、阿姆斯特丹、美国……

死亡没法一下子追到三毛。

之十七

撒哈拉

——生命的启迪

很多人把三毛看作是一个"流浪者"，三毛自己并不承认。她曾经说，流浪并不是一件美差事，她更希望有一种安定的生活。

但是，三毛确实喜欢旅行，从一个地方到另一个地方。这是她自己说的。她最喜欢把自己打扮成一个游者形象，她喜欢收集旅游中买的东西，她愿意把自己比作一个"孤独的长跑者"，认为生命就是不断向前奔跑。而三毛的风采，三毛生命的光华，三毛的作品，最打动人心的讲演，无疑都和这种流浪连在一起。

很多人羡慕这种精彩的流浪，但是他们未必理解这种流浪对三毛生命的真正意义，更未必懂得这种流浪对三毛来说，不仅仅是为了寻求新奇，而更重要的是为逃避死亡。三毛一次又一次想到自杀，都是在她感到生活不再流动的时候，所以她不能在一个地方停下来太久；在一个地方待一段，她就得走，让自杀永远追不上她。

在这个过程中，最精彩的故事发生在撒哈拉。三毛为什么对撒哈拉感兴趣，至今还是个心理之谜。因为人们历来都把沙漠看作是死亡之海，那里生命稀少，生活艰难，不是年轻人谈情说爱的地方，更不具备任何浪漫风景，甚至连人的生存都受到威胁。但是三毛偏要选中这个地方，实在让人难以理解。

然而，如果我们想到了死，就不难把三毛和撒哈拉沙漠联系起来了。

从表面上看，三毛要去撒哈拉是一种偶然的带点浪漫意味的选择。

其实，事情并不那么简单。因为就在下决心到撒哈拉之前，三毛正经历一场巨大的情感上的挫折：在台湾，三毛和一位德国人结识相爱，已结婚，他们一起到印刷店印了两个人名字排在一起的名片。但是就在挑好名片的当天晚上，这位未婚夫心脏病发作死在三毛的怀中。

三毛悲不欲生，吞药自杀，但是被救活了。

拿三毛的话来说，当时她的心已经碎了，不想再活了。在这种心境下，她选择了撒哈拉，也许正是心理上的一种需要。三毛想死，而这沙漠正是一种死亡的意象，三毛正好和它发生了心灵上的共鸣。三毛走向它，虽然不是走向死亡，但是这样一种心理上的"替代"，足以使三毛从自杀意识中解脱出来，因为从某种程度来说，这是一种自我惩罚式的选择，表示三毛已经"死"了。

这种情感上的共鸣在三毛一踏上撒哈拉沙漠土地时就表现出来了：

> 从机场出来，我的心跳得很快，我很难控制自己内心的激动，半生的乡愁，一旦回归这片土地，感触不能自己。
> 撒哈拉沙漠，在我内心的深处，多年来是我梦里的情人啊！
> 我举目望去，天际的黄沙上有寂寞的大风呜咽地吹过，天，是高的，地是沉厚雄壮而安静的。
> 正是黄昏，落日将沙漠染成鲜血的红色，凄艳恐怖。近乎初冬的气候，在原本期待着炎热烈日的心情下，大地化转为一片诗意的苍凉。
>
> ——《白手成家》

显然，撒哈拉并没有给予三毛死亡，相反，它不仅给予了她新的爱情和新的生命，而且使三毛摆脱了死亡的阴影。三毛不想死了，因为在这里她已经找到了失落的自我，包括企求死亡的那部分。

说也奇怪，生命与死亡是对立的，但是又无时不纠缠在一起，而人们往往会在充满生命的地方想到、注意到死亡，使死亡变得更令人惊奇，更令人注目和留恋，同时又往往令人在死亡的境界中更向往和注重生命，从而使生命的一枝一叶显得更珍贵，更充满活力，沙漠中的一枝柳、一簇刺，远远会比平原上的一株树、一片花更能燃起人们的生存欲望。

正因为如此，撒哈拉对三毛来说，意味着的不是死亡，而是更强烈、更旺盛的生命欲望，在这里，她发现了更多的生命的惊奇和生活的乐趣。

三毛又一次在新的境界中战胜了死亡，找到新的生命的支撑点。本来，奔向撒哈拉，在三毛的潜意识中不能说没有结束自己生命的想法；本来，奔向撒哈拉，三毛就是怀抱着一种"异乡人"的感觉。

未婚夫死后不久，三毛就到西班牙，和一个自己当时并不深爱的荷西结婚，这也许和加缪笔下的莫尔索有差不多的表现：母亲的葬礼刚过，就去海水浴，就和偶尔相遇的女朋友玛丽去看电影，上床；然后，他虽不爱玛丽，却答应和她结婚。

然而，沙漠却真正感动了三毛，改变了她。

很可能三毛尝试过死的滋味，但是最终还是放弃了。据三毛自己说，她初到沙漠的头几个月，还没有结婚，就经常独自到大漠中去旅行，每次回来都已精疲力尽。想象一下，一个弱小的女人，独自行走在阳光下的漫漫黄沙之中，她在追寻什么，又在想些什么呢？

也许只有荷西知道。所以，当他们结婚的那一天，荷西兴高采烈地给三毛送了一份最使三毛兴奋的礼物——一副完整的骆驼头骨，惨白的骨头很完整，一大排牙齿，眼睛是两个大黑洞。

其实，在撒哈拉，三毛距离死亡最近。有好几次，她都险些被沙漠吞没，她体验了真正临近死亡的情景。有一次她和荷西到沙漠去寻化石，差点陷进泥沼里把命送掉；还有一次，三毛自己在沙漠发病，差点命归西天；又有一次，在沙漠出现动乱的日子里，三毛一直笼罩在死亡的阴影之中，她目睹了一具具惨死在沙漠的木乃伊，也看到了被忽然夺去生命的最后的挣扎。

这些都是死。但是这种死是一种外在的强加的力量，是三毛自己所不能把握的死。面对这么多的死，自杀已经失去了意义，相反，生存却成了一种自己必须面对的考验。这时死亡成了一种生命的启迪，它一方面把三毛内心深处的自杀意识解救了出来，使它变成了外在的，另一方面则使三毛重新体验到了生命不可多得的欢欣。有一次，她和荷西到一家旅馆去就餐，吃了一顿丰富的晚餐，三毛就感到了自己是一个非常幸福的人了。关于这一点，她在作品中写道："长久的沙漠生活，只使人学到一个好处，任何一点点现实生活上的享受，都附带地使心灵得到无限的满足和升华。"

这难道不是一种最重要的启迪吗？

之十八

死亡是生命的装饰品

当三毛把一副骆驼的白头骨摆在自己家中最显眼的地方时，死亡已经成了一种生命的装饰品。

这正是三毛面对死亡而不死的原因。

这也是一个把死亡艺术化的过程。在这个过程中，死亡成了一种美，成了一种被生命理解而后升华的艺术品，也成了生命用来对抗、化解和逃离死亡的另一种现实。而对于三毛来说，这种美，这种艺术品，这种现实构成了生与死之间的一种"中间物"。三毛能够透过它看到死，体验到死，但是不会一下子就接触到死。

于是，三毛拿起了笔，开始在枯燥、苦闷、充满死亡之影的沙漠生活中，探索、捕捉和表现生命生存的欲望，跳跃的火花，与生命在艰难条件下所感受到新奇和喜悦感。

应该说，三毛真正的文学创作是从撒哈拉开始的，虽然说在这很久以前三毛已经开始写作。因为撒哈拉才使她真正感受到了生命的魅力，感受到生与死之前的那种微妙的、不可言传的联系，感受到创作的乐趣。正是在撒哈拉，三毛通过创作把自己生命的才情充分发挥出来了，显示出生命中最光彩照人的那部分。

读过三毛作品的人都知道，在记叙撒哈拉生活的有关作品中，死亡并不是一个稀罕的客人，它经常出现，但是作品并没有由此变得灰暗、阴沉，相反，作品显得更为开朗和富有情趣。究其原因，是因为死亡被艺术化了，被作者的创造力所征服了，变成了一种可供欣赏的存在。

《娃娃新娘》就是一个例子。一个十岁的小女孩，由于当地落后的习俗，不得不忍受一种残忍的结婚。这种残忍距离死亡并不遥远，然而到了三毛的笔下，这种死亡般的残忍却一直和"有趣"相伴。

这就是一种绝妙的相辅相成吧。

我以为，用"天方夜谭的美丽故事"来形容三毛在撒哈拉的创作，也许再恰当不过了。

不是吗？阅读三毛的作品，我们并不是走进了撒哈拉沙漠，而是走进了沙漠中一个个天方夜谭的美丽故事之中，这里面有纯洁而坚贞的爱情，有神奇的魔法，还有一座富有佳肴的"中国饭店"，谁都想进去品尝一下"春雨"和"蚂蚁上树"……

在《死果》中的那个神秘的项链，是一个最有意思的物证。首先，这本身就是一个装饰品，和沙漠里男女老少都挂着的差不多：一个小布包，一个心形的果核，还有一块铜片，这三样东西用一条麻绳串了起来。

问题是，当三毛把她喜欢的这件装饰品挂在了自己的颈上时，一系列不幸的事件发生了：开始打喷嚏，鼻子出血，接着头晕、呕吐、胃痛、痉挛、下体大量出血，差点送掉性命，最后把这个项链摘去才算完事——这一切都是作品中告诉我们的，不管你相信不相信。

然而，一件装饰品竟然是死亡之链，这不是偶然的巧合。至少在三毛的意识中，有一种深刻的心理联系。可以说，这条项链和那副骆驼头骨一样，之所以引起三毛的兴趣，是因勾起了三毛内心深处同样的情绪——对死亡的迷恋。不过，这种迷恋同时也是一种对美的迷恋。

三毛曾这样描述过她在大沙漠中看到的画面：

　　如梦如幻又如鬼魅似的海市蜃楼，连绵平滑温柔得如同女人胴体的沙丘，迎面如雨似的狂风沙，焦裂的大地，向天空伸长着手臂呼唤嘶叫的仙人掌，千万年前枯干了的河床，黑色的山峦，深蓝到冻住了的长空，满布乱石的荒野……这一切的景象使我意乱神迷。

——《收魂记》

三毛在这里看到了什么呢？这种梦幻，这份鬼魅，难道不正是过去纠结在她灵魂之间，让她欲生不能欲死不能的征象吗？一团神秘，一种说不清，一片紊乱和焦烈的黑色图案，一个黑洞式的意识涡流，长期积压在三毛的心里，把她的生命往黑暗中拼命地拉啊拉，三毛被不知不觉地吸进去，吸进去……她感到恐惧，感到可怕，她想呼救，想挣扎，但是又喊不出，叫不出……

这大概就是三毛很小的时候看见珍妮的那种幻境，它一直不断缠绕着她，但是三毛一直搞不清楚它到底是什么；然而，就在这里，就在这沙漠的景观面前，她看到了，完完全全地感受到了原来在她心中的东西。为此，她曾一次又一次到大漠之中，孤身一人，她说，她要尽一切可能去认识它的各种面目，她要看看在这片寸草不生的沙漠里，人们为什么同样能有生命的喜悦和爱憎……实际上，她还有最重要的一句话没有说出来：她要好好看看自己的内心！

看到了，就不想再失去它。三毛把它们一张张地拍下来，一点点地都写下来，拍下来的照片，挂在自己的房间里，和那副骆驼头骨，和她拾来的、买来的、收集来的项链、石器、石像、脚环、"布各德特"（沙漠女人胸前饰品）、裸女雕塑、念珠等（都带着一点神秘气息）宝贝放在一起，成了三毛生命中的装饰品。

这就成了三毛特殊的所爱。除了珍爱的书籍和照片之外，我想，三毛最珍爱的就是这些小物件了。拿三毛的话来说，这是因为其中有"缘分"。对此，三毛在《我的宝贝·缘起》一文中曾说：

常常，在夜深人静的夜里，我凝望着一样又一样放在角落或者架子上的装饰，心中所想的却是每一个与物品接触过的人。因为有了人的缘故，这些东西才被生命所接纳，它们，就成了我生命中的印记。当然，生命真正的印记并不可能只在一件物品上，可是那些刻进我思想、行为、气质和谈吐中的过去，并不能完善地表达出来，而且，那也是没有必要向这个世界完全公开的。

这个"没有必要完全公开"的世界是什么，恐怕一言难尽。

之十九

三毛的内部世界和外部世界

一个人的内部世界是隐秘的,有人们从外面看不到的地方。

三毛也不例外。况且,三毛的痛苦和欢乐又常常表现得那么明显,说她是一个最快乐的人并不过分,说她是一个最痛苦的人也合乎实际,那么说她是一个最痛苦又最快乐的人又如何呢?

这又几乎等于什么都没说。

那么,我们又该说些什么呢?我想,我们最应该说的,是三毛什么时候最快乐,什么时候最痛苦,再好好分析一下这是为什么。

关于这一点,我们最好还是从作品谈起。

三毛很出名,但是她的创作并不十分复杂,三毛的作品可分为三类,一类是写三毛走出去见世界、交朋友的情景,例如《撒哈拉的故事》《哭泣的骆驼》《稻草人手记》《万永千山走遍》《闹学记》等。另一类则是写自己以及自己家庭生活的,这在《雨季不再来》《夏日烟愁》《梦里花落知多少》等集子中比较集中。还有一些作品集,例如《背影》《倾城》《谈心》等,这两类内容都有。在这两类作品中,我们可以看到同一个三毛不同的精神状态。

非常令人奇怪,如果我们把两类作品分开来谈,对比起来看,就会发现一个秘密:三毛在家里和到外面去不一样,熟悉的生活圈子里和到异国陌生的环境中不一样，而且，快乐的三毛是一直在外面的三毛。

在这方面，三毛在家里和走出去的心情形成了强烈反差。

从作品中，我们可以看到，尽管三毛口口声声说自己有一个很好的家庭，有很好的父母，但是在家里的时光过得并不愉快，至少在三毛心理上是这样。且不说三毛去撒哈拉之前的作品差不多都显得苍白、忧郁和迷惘，从三毛每次回台北所流露的心情来看，也充分表现了三毛的那份不自在、不自由、不愉快的精神状态。似乎三毛一回到家里，就承受着一种巨大的精神压力，就会感到自卑和紧张。

显然，并不是父母不爱三毛，或者三毛家庭有问题。相反，从各方面来看，三毛的父母都是难得的好父亲好母亲，宽宏、开朗、有修养、有爱心，三毛不止一次地赞美过他们。然而，也许父母的这份爱太多了，关心太多了，常常使三毛感到难以承受，感到压抑和不自在。

三毛不止一次表达了这种心情：

> 每次回台，下机场时心中往往已经如临大敌，知道要面临的是一场体力与心力极大的考验与忍耐。

这也许会使我们感到奇怪，一个游子，回到自己的家，本应该是一件值得跳跳蹦蹦的事，但是为什么会有这种心理呢？在同一篇文章里，三毛透露了自己对自己家庭、对父母少有的怨恨情绪：

> 回想起来，每一度的决心再离开父母，是因为对父母爱的忍耐，已到了极限。而我不反抗，在这份爱的泛滥之下，母亲化解了我已独自担当的对生计和环境全然的责任和坚强——她不相信我对人生的体验。在某些方面，其实做孩子的已是比她的心境更老而更苍凉。无论如何说，固执的母爱，已使我放弃了挑战生活的信心与考验，在爱的伟大前提下，母亲胜了，也因对她的爱无可割舍，令人丧失了一个自由心灵的信心与坚持。
>
> ——《爱与信任》

　　在这里，我们所看到的不仅是三毛与自己家庭不和谐的一面，更是一个自由发展的个性与中国传统的家庭教育、家庭观念之间的矛盾和冲突。不幸的是，作为一个现代女性，三毛有执着的个性，有独立的自我，但是又偏偏生活在一个注重礼教传统的国度——在这里已经形成了一下子难以改观的意识氛围：什么都可以容忍，封建专制、吃喝嫖赌、贪污腐化、愚昧无知，但是就是不能容忍人的个性发展，不能容忍人有自己独立自由的意志和品格。所以这个社会可能会拥有最现代化的物质设施，具有每个人10000美元的生活条件，但是未必一定有完美的人生和完整的人。也许正因为如此，三毛注定要承受一种无形的，但是又无处无时不在的压迫，有一种自我丧失的悲剧感。

　　也许正是在这种压迫下，三毛才感到"活着"比死去更难。

　　如果从更深一层，更广泛的角度来看，在三毛的生存中，这种冲突不单表现在她与家庭之间，而且自然延伸到与学校、与亲朋好友乃至与中国社会的关系；这种对立，也许从学校就已开始，给三毛心灵留下的创伤太多。所以，三毛在无形中成了一个很害怕"中国"的人，害怕和自己最亲的人打交道，害怕多见中国亲朋好友，害怕社会交往。

　　三毛回到台湾，就得不断提醒自己，给自己鼓劲：

　　　　这是新的一年，你面对的也是一个全新的环境，这是你熟悉而又陌生的中国。ECHO，不要太大意，中国是复杂的。你说，你能应付，你懂化解，你不生气，你不失望。可是，不要忘了，你爱它，这便是你的致命伤，你爱的东西，人，家，国，都是叫你容易受伤的，因为在这个前提之下，你，一点不肯设防。

　　　　每一次的回台，你在超额的张力里挣扎，不肯拿出保护自己的手段做真正的你，那个简简单单的你。

　　　　　　　　　　　　　　　　　　　　——《说给自己听》

　　怎么啦？怎么一回事？一个敢于孤身闯世界、闯大漠的洒脱女子，一个在任何一个陌生的国度里都潇洒，都无所畏惧的三毛，为什么一回到自己家乡反而会如此瞻前顾后、小心翼翼？

常听有人说，三毛有点"强作笑颜"，我想，这大概是的，因为在台湾。

然而，这却不包括在外面。三毛一旦走出自己家园，就变成了另外一个三毛，自信，自由自在，充满挑战性，直言快语，心情畅快，如所写的撒哈拉系列故事一样健康、豁达和洒脱不羁。这时候，尽管也有苦，也有泪，也有恨，但是三毛不必把它们蒙在心里，构成连续不断的心理压抑。

三毛需要不断在外流浪，因为唯此她的个性才能显露和发展，才得到了真正的心灵开放和真正的爱。

关于这一点，只要对比一下三毛不同的读书生活，就能强烈感受到。在《雨季不再来》《夏日烟愁》等作品中，三毛在台湾的学校生活总是充满着压抑，充满了哀怨，不断流露出"想逃"的欲望。然而在《闹学记》中的读书生活，却是充满着那么多的情趣和快乐，这里少了父母，少了台湾的老师和同学，但是多了自由和满足。

实际上，只要读过三毛的人就会发现，在三毛一生中，最灿烂、最美好的记忆都是在异国他乡获得的。《倾城》就是一个最好的例子。一个孤独的女子在异乡他国，在她从未到过的陌生土地上，在从未见过的陌生人那里，获得了那么一种铭心刻骨的爱和喜悦，实在是一种不可多得的心理体验：

> 在这里，我竟然联想到了很多在轮船或火车的旅途情景。这种情况可能在很多中国人中间发生过。素不相识的人碰在一起，无话不谈，把心灵完完全全地展示给对方，因此短暂的相处可能会留下铭心刻骨的美好印象。实际上，也确有很多年轻人是在旅途中遇到的知己爱情。

为什么会这样？原因之一就是脱离了自己所熟悉的，因而也是缠绕着自己的环境，人从那种被压抑状态中解脱了出来，没有精神负担，能够坦露内心，能够彼此信任。在这里，我们会不会发现一种可悲的反差？——在越熟悉的环境中，越熟悉的人面前，人们愈是需要把自我隐瞒起来，就愈是难于得到那种心灵的轻松感和自由感。

之二十

三毛，不奇怪，我们理解

因此，对于三毛的流浪，对于三毛一次次离开家，离开她所熟悉的人和事，孤身到陌生的异国他乡去，把自己的生命投放到自己所不熟悉的人群中，我们可以这么说：

三毛，不奇怪，我们理解。

三毛在追求美，追求爱，追求自由的心灵，追求生命在没有拘束条件下的惊喜感和奇妙感。

这在三毛的爱情生活中表现最为明显。很多人都认为三毛一生都在追求爱，但是奇特的是，成熟后的三毛，两次决定把自己交给婚姻的对象都是异国他乡人：一次在台湾，是德国人；一次是在撒哈拉，是西班牙人。如果从熟悉程度这一点来说，这两个人在文化习俗的各个方面都与三毛有很大差异。三毛要一下子完全熟悉他们，在很深的层次上产生认同感，是比较困难的。

这一点，三毛自己也承认。她谈到荷西的时候说过：

> 我的先生很可惜是一个外国人。这样来称呼自己的先生不免有排外的味道，但是因为语言和风俗在各国之间确有大不相同之处，我们的婚姻生活也实在有许多无法共通的地方。
>
> ——《沙漠中的饭店》

然而，三毛不仅嫁了荷西，而且谁都知道，在与荷西的婚姻生活中，三毛获得了极大的满足感和幸福感。显然，这种情形绝不能证明，有许多无法沟通之处的婚姻更好，然而可以说明，人唯有摆脱了压抑感，享受到充分的自由感之时，才能获得真正的爱情快乐。

荷西，实在是能让三毛无拘无束地，自由地把自己的爱投放和释放出来的人。

也许，三毛不该再回到她所熟悉的地方来。

三毛自杀了，原因自然是复杂的，但是，令人感到遗憾的是，她是在自己乡土自杀的。

实际上，论心理的痛苦，论身体的不适，论事业和生活的挫折，三毛在任何时候和地方都有自杀的理由，而且她确实一直想死，然而在那荒凉的大沙漠，三毛没有自杀；在那艰苦的中美洲之行中，三毛没有自杀；在无数次旅途中的危难时刻，三毛没有自杀，然而，然而……

三毛，是不是你回台定居后，在所熟悉的环境中，实在顶不住了？顶不住台湾特有的那种爱，那种闲言碎语，那种明里不说暗里插刀，那种苦海无边的人际关系……你拼命地想顶住，想超脱，想保持自我，但是，终于，终于……

早知如此，你为什么回台定居呢？

回到了家里，你就回到了地狱的门口，一次又一次地想到死，想到结束，想到自己突然在一个座谈会上死掉，想到自己的葬礼，甚至在梦中也逃不过死亡：

　　　有一次，梦告诉我，要送我两副棺材。

　　　　　　　　　　　　　　　　　　——《梦里梦外》

你本可以继续向沙漠深处走去的，走呵走呵，黄沙灌满了你的鞋子，你可以拾到一个更好的骆驼头骨，然后看见一队昂头挺胸的骆驼，它们驮着布匹，驮着水，还驮着一个蒙着红头巾的新娘……

你为什么不举起你的相机呢？

之二十一

三毛仍是一只不死鸟

有人说，自杀多半是一时想不开，但是也有人说，自杀的人是相当清醒的，对自己的一切知道得很清楚，因为太清楚了，所以才自杀。

我不知道三毛属于哪一种。也许，很可能是后一种。三毛生前曾写过一篇文章叫《不死鸟》，中间曾谈到了荷西死后自己对自杀的态度。她写道：

> 虽然预知死期是我喜欢的一种生命结束的方式，可是我仍然拒绝死亡。在这世上有三个与我个人死亡牢牢相连的生命，那便是父亲、母亲，还有荷西，如果他们其中的任何一个在世上还活着一日，我便不可以死，连神也不能将我拿去，因为我不肯，而神也明白。
>
> ……
>
> 所以，我是没有选择地做了暂时的不死鸟，虽然我的翅膀断了，我的羽毛脱了，我已没有另一半可以比翼，可是那颗碎成片片的心，仍是父母的珍宝，再痛，再伤，只要他们不肯我死去，我便也不再有放弃他们的念头。

从这里就可以看出，三毛一直用很大的决心抗拒着死亡的诱惑。而最使她痛苦的不是想死，而是生存的理由。因为三毛活着得有意义，否则不如死去。

然而，生存的理由并不容易找到，她说，是为了爸爸、妈妈的爱，不忍心让他们伤心，但是她又说，是为看看生的韧力有多么强大而深奥；后来，她又这样回答过这个问题：

> 你问我为什么要活？我能答复的是，为活下去而活下去，你不要问，生命自然在日后给你公平的答案。
>
> ——《谈心》

但是，这一切公平的答案到底在哪里呢？三毛已经死了，而且是自己结束了自己。生的原因实际上和死一样难测。

但是，这一切确实有答案。三毛写了那么多作品，三毛投入了自己的生命，答案就在三毛的作品中——写出来的文字和隐藏在文字背后的生命密码。

在休息的时候，在旅途中，在夜深人静的时候，细细阅读三毛的作品，就如同阅读一个充满矛盾和创造性的生命，它永远是鲜活的，在生与死之间奋力拼搏。

三毛，仍然是一只不死鸟。